그 남자,
주진욱

그 남자, 주진욱

1판 1쇄 찍음 2015년 9월 2일
1판 1쇄 펴냄 2015년 9월 9일

지은이 | 소피박
펴낸이 | 고운숙
펴낸곳 | 봄 미디어

기획·편집 | 정수경 박혜진

출판등록 | 2014년 08월 25일 (제387-2014-000040호)
주소 | 경기도 부천시 원미구 소향로17, 304(두성프라자) (우)420-864
영업부 | 070-5015-0818 편집부 | 070-5015-0817 팩스 | 032-712-2815
E-mail | bommedia@naver.com
소식창 | http://blog.naver.com/bommedia

값 9,000원

ISBN 979-11-5810-130-5 03810

그 남자, 주진욱

소피박
장편
소설

contents

※ “ ”는 한국어, 「」는 영어입니다.

prologue

첫눈에

아, 나는 어쩌자고 이 수업을 듣겠다고 했단 말인가. 수강 신청 패배자는 구석에서 조용히 눈물을 삼켰다.

'협상의 기술'. 강의명에 혹해서 수강 신청 버튼을 눌렀고 강의실에 들어와 버렸다. 그리고 정신줄은 교수가 앞으로 내줄 수많은 과제와 팀플에 대한 설명을 하자마자 놓은 상태였다.

그래, 오늘은 수강 정정 기간 마지막 날. 수업이 끝나자마자 튀어 나가서 드롭하면 돼! 겉으론 아무렇지 않은 척 교수님께 집중하고 있었지만 도무지 이것은 자신의 길이 아니라는 생각이 정신을 지배했다.

하아…… 지금 나가 버릴까. 다리가 가볍게 떨리고 무릎 위에선 양손이 서로의 손톱을 사정없이 긁고 있었다. 당장 나가고 싶었다. 으앙.

"그럼 설명은 여기까지 하기로 하고……."

시범 강의가 끝나기 30분 전이었다. 그래, 아직 정식 개강도 아니니 빨리 끝내 주시겠지! 좋아! 지금 나가서 당장……!

"지금 팀을 정하고 종이에 팀원들 이름과 학번을 적어서 제출하세요."

하마터면 잘 쓰지도 않는 욕설이 튀어나올 뻔했다.

교수님…… 왜 벌써부터 팀을 정하고 그러시죠. 아직 정정 기간인데요…… 교수님? 지금이라도 튈까? 아니야. 지금 나가면…… 아…… 어떡하지. 주여, 강의실에 들어오면서도 깨달았지만 이 많은 사람들 중에 아는 선배는 단 한 명도 없었다. 하하, 망했어.

게다가 다들 강의를 들을 생각인지 크게 토를 다는 사람도 없었다. 말도 안 돼.

한참을 그렇게 멍때리고 앉아 있을 때였다. 누가 부르는 것 같아 고개를 가볍게 흔들고 눈에 초점을 맞췄다. 교수님이었다.

"학생, 뭐하고 앉아 있나? 어서 일어나서 팀 찾아 돌아다니게."

"네? 아! 네!"

세린은 교수의 말에 주문이라도 걸린 듯 벌떡 일어나 고개를 휘휘 돌려 주위를 돌아봤다.

딱 보기에도 나이가 있는 선배들 조는 들어가기 죄송했다. 그다지 관심이 없는 수업이었고 무임승차할 가능성이 높았으니까. 그런데 선배들로만 구성된 조가 상당수였다. 쩝. 차라리 교수님한테 죄송하지만 드롭할 생각이라 말하고 나가는 게 더 나을 것 같기도 했다.

"저 교수님……."

"교수님."

크진 않지만 힘 있는 목소리가 귀에 또렷이 박혔다. 세린은 자연스레 소리가 들린 쪽으로 고개를 돌렸다. 그곳에 서 있는 남자를 바라본 순간 머릿속은 하얗게 비워지고 단 한 가지 생각만 가득해졌다.

'멋있다.'

그래, 그 남자는 정말 빛이 나도록 멋있었다. 손질한 듯 안 한 듯 자연스런 헤어스타일, 그 아래로 드러난 매끈한 이마와 짙은 눈썹, 깊은 눈매와 오똑한 콧날, 굳게 다문 입술. 유명한 배우나 모델이라고 해도 믿을 만큼 잘생긴 얼굴이었다.

게다가 그가 입고 있는 검은색 니트는 큰 키와 탄탄한 어깨를 부각시켜 주고 있었다.

댕. 댕.

귀에서 종소리가 들리는 것만 같았다.

세린은 입을 앙다물었다. 안 그러면 꺅 하고 비명이라도 지를 것 같았기에.

"괜찮다면 저희가 데려오고 싶습니다."

오…… 물론이죠. 오브 코올스. 얼마든지. 갑자기 이 강의가 무척 듣고 싶어졌다. 한 학기 내내 지옥을 경험할 것 같은 과제들이라 해도 저 사람과 함께한다면 그것은 더 이상 나락이 아니라 꽃길을 걷듯 행복한 일이 될 것만 같았다.

"학생, 어떤가?"

교수님, 뭐하러 그런 걸 물어보고 그러세요. 콜!

그러나 그렇게 말할 순 없었기에 세린은 '네' 하고 수줍게 대답한 뒤 가방을 챙겨 그에게로 향했다.

"안녕하세요."

조원들과 반갑게 인사를 나누었지만 보이고 들리는 것이라곤 '반가워요' 하고 손을 내미는 그의 얼굴과 목소리뿐이었다.

"주진욱이에요. 잘 부탁해요."

팀플에서 후배에게 먼저 손을 내밀어 자신을 소개하는 선배는 처음이었다. 그래서 더욱 멋있었다. 세린은 그가 내민 손을 꼭 마주 잡았다.

"박세린입니다. 잘 부탁드립니다."

기분 좋은 심장 소리가 귓가를 타고 울려 퍼졌다. 어쩌면 마주 잡은 손을 통해 그도 자신의 심장 소리를 듣고 있지는 않을까 긴장됐다.

그의 시원한 미소가 마음에 들었다. 차가운 자신의 손과 달리 따뜻한 손도 마음에 들었다. 가까이서 보니 더욱 잘생긴 눈, 코, 입, 아니, 그의 모든 것이 마음에 들었다.

진심으로 잘 부탁드립니다, 주진욱 씨.

그날로부터 10년 뒤, 헛것을 본 것처럼 얼이 빠진 내게 그는 또다시 먼저 인사를 건넸다.

"박세린 맞지?"

"반갑습니다, 주진욱 앵커님 맞으시죠?"

마치 처음 만난 사람을 대하는 듯한 말투와 악수를 하기 위해 내밀어진 손. 진욱은 세린이 내민 손을 잠시 물끄러미 내려다보았다. 뉴스를 마치고 급하게 달려온 이곳에서 마주한 그녀의 냉담한 태도에 그는 한숨이 터져 나올 것만 같았다.

시원시원한 이목구비와 성격만큼 쭉 뻗은 그녀의 손은 그가 잡고 싶었던 바로 그 손이었다. 하지만 지금 이 손은 그를 아프게 하고 있었다.

젠장.

악수를 하면 자신이 알고 있는 '주진욱 껌딱지' 박세린은 영원히 사라질 것만 같았다. 진욱은 그게 슬프면서도 짜증이 났다.

chapter 1

그래,
너

"한국이 낳은 최고의 구두 디자이너! 박세린 씨를 박수로 모시겠습니다!"

MC 서찬희의 목소리가 스튜디오를 가득 울렸다. 세계적인 명품 Z 브랜드의 동양인 최초 수석 디자이너. 그녀의 귀국 소식에 패션계와 언론의 관심은 뜨거웠다.

그녀가 겨우 만들어 낸 한 달간의 휴가는 인터뷰와 방송 출연으로 빽빽이 차고 말았다. '서찬희 쇼'는 그녀의 마지막 공식 스케줄이었다.

"어서 오세요, 세린 씨."

"반갑습니다."

깔끔한 블랙 페미닌 슈트와 그에 어울리는 에나멜 펌프스를 신은 세린의 당당한 모습을 카메라가 놓치지 않고 담았다. 가슴을 덮는 흑발과 음영이 진한 메이크업이 그녀를 더욱 고혹적으로 보이게 만들었다.

한국에서 온 슈퍼 루키. 세상 사람들은 세린을 그렇게 불렀다. 정식 디자이너 데뷔 6년 만에 그녀는 세계가 인정하는 구두 디자이너가 되어 있었다.

"디자인을 시작하게 되신 계기가 특별하던데. 그 얘기 좀 해 주시죠."

서찬희의 진행은 재미있고 매끄러웠다.

세린이 이탈리아로 떠나기 전까지만 해도 신인 연기자에 불과했던 그는 독특한 연기로 자신만의 색깔을 찾아 입지를 굳혔다.

입담이 뛰어난 그는 인기가 높아짐에 따라 토크쇼 진행도 하게 되었는데, 주위의 염려와 달리 시청률이 날로 상승하고 있는 중이었다.

"악바리 정신과 약간의 운, 그리고 인복(人福). 제 경우엔 이 세 가지가 가장 크게 작용한 것 같은데요?"

쇼가 진행될수록 객석 여기저기에서 자연스레 웃음이 터져 나왔다. 새침데기일 것 같은 첫인상과 걸쭉한 말투가 대조를 이뤄 신선함을 더했기 때문이다.

세린은 경영학을 전공했지만 틈만 나면 구두를 그렸다.

5학기 중간고사를 끝내고 기분 전환이나 해 볼까 하는 심정으로 Z 브랜드의 구두 디자인 공모전에 참가했다. 그런데 놀랍게도 그녀의 작품이 최우수작으로 선정되었고 브랜드 디자이너로 스카우트 제의를 받게 되었다. 감격적이었지만 동시에 부담으로 다가왔다.

그녀는 자신은 디자인 전공자가 아니라며 한사코 그 자리를 거절했다. 그러나 가능성을 높이 평가한 회사 측은 아파트 비용과 생활비, 그리고 디자인 공부에 필요한 학비까지 일체 부담하겠다는 파격적인 추가 조건을 내걸었다.

당시 화제가 된 그녀의 작품이 화면에 비춰지자, 관객들은 고개를 끄덕이며 수긍했다. 특히 여성 관객들은 저 구두 디자인이 한때 전 세계 여성들의 마음을 휩쓸었던 것을 기억하고 있었다.

"당시 디자이너 캐스팅 작업에 현 Z 브랜드의 수장, 마크 필립이 관여했다고 전해지던데 사실인가요?"

"네, 맞아요. 필립이 있었기에 지금의 제가 있다고 해도 과언이 아니죠."

마크 필립은 Z 브랜드의 수장을 맡은 지 얼마 안 된 시점에 직접 디자이너 캐스팅 작업을 진행했다. 사이코 같은 그의 추진력과 안목이 아니었다면 세린에 대한 Z 브랜드의 파격적인 행보는 어려웠을 것이다.

화면에 또 다른 사진 한 장이 비춰졌다. 네 명의 남녀가 우스꽝스런 포즈를 짓고 있는 사진 위에 각각의 이름과 소개 자막이 나타나자, 방청객에서 우와 하는 감탄사가 터져 나왔다.

가슴 위에서 팔을 교차해 고고한 표정으로 얼굴을 감싸 쥔 필립과, 기가 차다는 표정을 과장되게 지으며 카메라를 노려보고 있는 세린, 그리고 우습기로는 별반 다르지 않는 두 남녀는 Z 브랜드의 패션과 코스메틱을 총괄하는 디자이너 겸 디렉터인 알리샤와 알랭이었다.

겨우 한 장의 사진 안에 Z 브랜드를 움직이고 세계 패션을 주름잡는 젊은 거장들이 서로의 친분을 드러내며 모여 있었다.

"와아. 사진 한번 어마어마한데요?"

"하하, 그런가요. 아무래도 회사 내에서 가장 독한 사람들이 재밌게 놀아야 분위기가 밝아지더라고요."

세린이 어깨를 으쓱하며 웃었다. 서찬희는 게스트를 편하게 해 준다더니 정말이었다. 이미 여러 매체에서 했던 말들을 꼭두각시처럼 반복할 생각에 녹화 전부터 꽤히 진이 빠졌었는데 그것이 무색할 만큼 만족스러웠다.

찬희 덕분에 재미있게 웃고 떠들다 보니 어느새 녹화를 마칠 시간이 되어 있었다.

"그럼 앞으로도 멋진 행보 기대하겠습니다. 오늘 함께해 주신 박세린 씨께 큰 박수 부탁드립니다!"

몰려드는 방청객들에게 사인을 해 주고 스튜디오를 나서는 세린을 따라온 막내 작가가 붙임성 있게 팔짱을 꼈다. 사전 미팅과 인터뷰를 진행하며 여러 스태프들과 친해진 세린은 거부감 없이 활짝 웃어 보였다.

"언니! 저랑 같이 회식 장소로 이동하시면 돼요!"

한눈에 봐도 대학을 갓 졸업한 티가 나는 막내 작가가 재잘재잘 말을 이었다. 아담한 체구의 그녀는, 원래도 작지 않은 키에 높은 힐까지 신은 세린의 옆에 있으니 한 팔에 쏙 들어올 만큼 자그마해 보였다.

홍조를 띠며 오늘 녹화에 대해 칭찬을 하던 작가가 엄지를 척 치켜들자 세린은 키득거렸다.

'한 번쯤은 나도 그 사람한테 저렇게 귀여워 보였을까?'

저도 모르게 튀어나온 생각에 세린은 흠칫 놀랐다.

"짐 챙겨서 나오세요. 저도 금방 정리하고 올게요!"

싹싹한 막내 작가가 활기차게 왔던 길을 되돌아 뛰어갔다. 세린은 얼이 빠진 채 잠시 멍하게 그녀의 뒷모습을 바라봤다. 제 생각이 저도 모르게 누군가에게로 흘러가 버린 것도 참 오랜만이었다.

그러고 보니, 이 방송국 어딘가에 그가 있을지도 몰랐다. 아니, 분명 있겠지. 그는 SBC 방송국 최연소 수석 앵커이니까.

진욱이 이 방송국의 앵커가 되었다는 사실은 예전부터 알고 있었다. 아직도 연락을 주고받는 대학 동기들이 당연한 것처럼 그의 소식을 전해 주었기 때문에.

한국 최고의 방송사 SBC의 최연소 수석 앵커. 재작년, 주진욱은 서른두 살이라는 나이에 보도국 부장 자리도 맡았다고 했다. 여러 운이 있었겠지만 무엇보다 몸을 사리지 않고 취재하는 그의 열정과 실력, 그리고 인기가 크게 작용했었다고.

기뻤다. 그의 소식을 듣고 세린이 처음 한 생각은 그거였다. 아, 잘 살고 있었구나. 역시 주진욱이구나. 대학생 때부터 언론 고시를 준비하더니 그때나 지금이나 참 바른 길을 걸으며 사는 멋진 사람이구나. 원하던 꿈을 이뤄 참 잘됐다. 그렇게 생각했다.

그다음으로는 어쩌면 방송국에서 한 번쯤 마주치지 않을까 하는 생각을 해 봤다.

저 멀리 상념을 털어 내려 했지만 엘리베이터를 타고 올라오며 눈은 슬쩍 보도국이 몇 층에 있는지를 확인했고, 분장을 받는 동안 거울에 비친 저 문을 열고 그가 들어오진 않을까,

그런 쓸데없는 생각에 긴장을 했다. 방송보단 8년 만에 그를 볼 수 있을지도 모른다는 희망에 가슴이 부풀었다.

'바보같이.'

세린은 화장대 앞에 놓인 의자에 털썩 앉았다. 눈을 감았다 뜨면 거울에 비친 분장실 문이 열리진 않을까. 그 반듯한 얼굴로 잘 지냈느냐고 안부 인사를 건네진 않을까. 같은 학교 후배였는데, 좀 친하기도 했는데.

그래도 친했던 후배가, 어? 여기서 녹화한다는 소식을 들을 수도 있는 거고, 그럼 인사 한번 하러 올 수도 있는 거 아니야?

분장실에 놓인 TV에서 흘러나오는 광고처럼 세린의 마음속은 시끄럽기만 했다. 그녀는 입술을 비죽이며 마지막으로 딱 10까지만 숫자를 세 보기로 했다.

"10, 9, 8……."

똑똑—

그때, 누군가가 문을 두드렸다. 세린은 허억 하고 숨을 들이마셨다. 진짜 온 걸까?

세린은 목소리를 가다듬으며 어떻게 그에게 인사를 할지 생각했다.

'어머, 선배 안녕하셨어요?' 반갑게 인사할까. 아니면 '누구…… 혹시 주진욱 선배님?' 도도하게 내숭 좀 부려 볼까.

그 짧은 시간 이런저런 인사말을 만들어 내고 있을 때, 철커덕 문이 열렸다. 그 소리에 화들짝 놀란 세린은 드라마틱하게 머리카락을 휘날릴 준비를 했다.

그러나 문고리를 잡고 서 있는 이를 확인한 그녀의 얼굴은 짜게 식고 말았다.

"회식 장소로 이동하시죠."

문을 열고 들어선 건 한국 지사에서 붙여 준 비서였다. 조용히 비죽거리던 입술을 집어넣고 대기실을 나서는 그녀의 구둣발 소리는 무겁기만 했다.

그 사람과 관련된 일이라면 김칫국부터 들이켜고 보는 이 망할 습관은 8년이 지나도 고쳐지지 않았다.

그깟 짝사랑이 뭐라고. 마음처럼 무겁게 닫힌 문 뒤로 TV 뉴스 시그널이 흘러나왔다. 9시 정각이었다.

꼴깍, 꼴깍, 꼴깍.

차가운 서리가 낀 잔에 탄산 기포가 보글보글 올라오는 맥주가 한 모금씩 비워질수록 몰린 눈동자들이 반짝거렸다. 보기만 해도 이마가 찡해지고 온몸이 짜릿해지는 기분에 소리 없는 탄식이 좌중을 메웠다.

마지막 한 모금까지 깔끔하게 비운 세린이 탕 하고 맥주잔을 내려놓자 '와아아!' 하는 함성이 터져 나왔다.

세린 정도의 초특급 게스트는 녹화만 하고 쌩하니 사라지는 게 부지기수였다. 그러나 술자리에 흥을 더하고 호탕하게 웃는 그녀의 모습에 스태프들은 환호했다.

"언니, 애인 있으세요?"

저 멀리 떨어져 앉아 있던 막내 스태프가 씩씩하게 질문을 했다. 멀리 앉은 만큼 그녀의 목소리는 방 안을 쩌렁쩌렁 울렸다.

실례되게 뭘 그런 걸 묻느냐, 역시 막내라 그런지 패기 봐라, 여러 말들이 웃음과 함께 나왔지만 모두 귀를 쫑긋 세우며 세린의 대답을 기다렸다. 그런 그들의 모습이 귀엽다고 생각한 그녀는 입매를 늘였다.

"아니요. 저 모솔이에요."

느긋하게 머리를 쓸어 넘기는 당사자와 달리 주위는 삽시간에 경악으로 물들었다.

"모솔이라고요? 제가 아는 그 모태 솔로?"

"에이. 농담이시죠?"

"헐! 왜요?"

세린은 냄비처럼 들끓어 오르는 그들에게 '진짠데' 하고 응수하며 씩 웃어 보였다.

"그럼 데이트도 안 해 보셨어요?"

경악의 시발점을 제공한 막내 스태프가 또다시 우렁차게 질문을 했다.

"하하. 그건 아니고. 데이트는 여러 번 해 봤는데 바쁘기도 하고, 딱히 만나고 싶은 사람도 없고 그래서 아직 제대로 된 연애는 못 해 봤어요."

그녀의 대답에 스태프들은 그제야 관심의 불씨를 사그라트렸다. 완전한 금남의 생활을 기대했던 것인지도 모를 그들을 보며 세린은 너털웃음을 지었다. 화제는 자연스레 연애 이야기로 넘어갔다.

'연애'는 세상에서 가장 흥미로운 이야깃거리가 아닐까. 어떤 사람과 어떠한 연애를 해 봤고 어떻게 끝이 났는지. 달콤하기도 하고 씁쓸하기도 한 연애 이야기는 최고의 안줏거리였다.

스태프들은 '박세린의 성공 스토리'보다 '박세린은 누구와 데이트를 했는가'에 대한 관심이 더 많아 보였다.

경험 부족으로 딱히 풀 만한 연애담이 없었지만, 세린은 문제가 되지 않는 선에서 적당히 자신의 데이트 이야기를 풀어냈다.

세계 최정상급 모델의 차에 올랐는데 차 안 깊숙이 찌들어 있는 담배 냄새에 5분도 못 가서 자리를 박차고 나왔다는 이야기를 마칠 때쯤, 웃으며 듣고 있던 서찬희가 입을 열어 장단을 맞췄다.

그의 연애사야 이미 매체를 통해 알려져 유명했지만, 세린의 이야기에 흥이 났는지 찬희는 자신의 연애담에 시동을 걸었다.

"일반인이었을 때와는 많이 다르죠."

얼마 전 연예 뉴스를 떠들썩하게 했던 스캔들에 대해 얘기하던 서찬희에게 질문이 날아왔다. 일반인일 때와 셀러브리티 대열에 합류한 지금의 연애는 많이 다르다며 그가 고개를 끄덕이자 세린 역시 조용히 동조했다.

연애라고 볼 수 없을 만큼 짧은 데이트마저도 누군가에게 관심의 대상이 된다는 것. 칼 라거펠트, 안나 윈투어만큼의 유명세를 떨치고 있진 않지만 그녀 역시 세계에서 인정받는 디자이너였다.

옆에 앉아 있는 서찬희처럼 얼굴을 드러내는 직업은 아니지만 패션 관련 매체에 수도 없이 얼굴이 오르내렸다.

벌써 몇 년째 그녀의 이름 앞에 붙는 'Z 브랜드의 동양인 최초 수석 디자이너' 라는 수식어만으로도 화젯거리인데 스캔들이 터진다면? 가십난에 오르기 딱 좋은 헤드라인이 완성될 것이었다.

하지만 무엇보다 디자이너로 성공한 후 크게 변한 점은 겉

모습에 이끌려 다가오는 사람들이 많아졌다는 것이었다. 누군가는 명품 브랜드의 수석 디자이너라는 간판에 매혹되고, 또 누군가는 동양인에 대한 신비로움과 호기심에 매료되었다.

한국을 떠나 있던 지난 8년의 시간 동안, 세린은 때때로 그 남자를 무작정 따라다녔던 그때를 회상했다. 조건과 잇속 없이 좋다는 이유 하나만으로 온전하게 한 사람을 좋아할 수 있었던 그 시절이 가끔씩 그립기도 했다.

가족 경조사를 챙기러 잠깐잠깐 한국에 들어올 때마다 자신도 모르게 그 사람과의 뜻밖의 재회를 바랐고, 그의 흔적을 찾았다.

한국에서만이 아니었다. 자신의 인생에서 다시 한 번 그런 사람을 만날 수 있으려나 하는 생각까지 했다. 아니, 그런 걸 바라다간 평생을 혼자 살아야 할걸. 그 생각은 항상 세린이 자조적인 웃음을 짓도록 했다.

무르익었던 자리가 차츰 속도를 늦춰 갈 즈음, 세린은 클러치 백을 들고 조용히 복도로 나왔다. 비서를 퇴근시켰으니 직접 회식비를 계산할 생각에서였다.

복도로 나오느라 잠깐 열린 미닫이문 사이로 건넛방의 왁자지껄한 소리가 넘어왔다. 그 방 안 사람들은 이제 막 달리기 시작한 분위기였다.

"어후, 저긴 어딘데 이제 시작이야."

"지금 시간이면 빤하죠. 보도국 아니에요?"

"어어. 보도국 맞아. 9시 뉴스 마치고 온 걸 거야."

아무리 그래도 10시가 넘었는데 이제 시작이라니. 화장실에 가기 위해 세린을 따라 밖으로 나왔던 작가들이 고개를 절레절레 저었다.

계산을 마치고 화장실에 들른 세린은 가볍게 화장을 수정했다. 상큼한 향의 향수를 뿌려 술 냄새를 가리자 산뜻해진 기분에 발걸음을 뗐다.

복도를 향해 코너를 돌 때였다. 눈앞에 다가온 남자의 가슴팍에 세린은 급히 멈춰 섰다. 상대도 그녀를 발견하고 걸음을 멈췄다.

자칫 처음 보는 남자의 품에 코를 박을 뻔했다. 남자의 감색 코트에서 겨울바람 냄새가 난다고 생각하며 그녀는 한 걸음 뒤로 물러섰다.

사과를 하기 위해 으레 미소를 짓고 남자를 올려다보는 순간, 세린은 자신이 헛것을 보고 있나 생각했다.

재작년 수석 디자이너로서의 첫 패션쇼 무대에서 피날레 인사를 마치고 돌아오며 객석에서 그를 봤다고 생각했던 것처럼 또다시 착각을 하고 있는 거라고 입술을 깨물던 그때, 허상이라고 생각했던 남자의 입술이 열렸다.

"박세린 맞지?"

한 번쯤 만나면 좋겠다고 생각했던 남자를 회식 자리에서, 방송국 앞 고깃집 복도에서 만날 거라곤 상상도 못한 세린은 얼이 빠지고 말았다.

허, 진짜다. 진짜 주진욱이야.

방송국에서 그를 우연히 만나게 되면 무슨 말을 할지 대비했었는데 그런 것들이 하나도 떠오르지 않았다. 8년 만에 만난 자신을 단번에 알아본 이 사람한테 어떤 말을 해야 할지, 인사는 어떻게 해야 할지 도무지 감이 잡히질 않았다. 반갑게 휘어진 그의 입꼬리에 시선이 계속 붙잡혀서.

세린은 클러치 백을 쥐지 않은 오른손을 앞으로 척 내밀었다.

"반갑습니다. 주진욱 앵커님 맞으시죠?"

주진욱 앵커님 맞으시냐니. 세린은 자신의 머리를 쥐어뜯고 싶었다. 뇌를 거치지 않고 툭 튀어나온 것이 틀림없었다.

살벌한 패션계에서 살아남으며 익힌 표정 관리 덕에 겉으로는 평온한 척하고 있는 얼굴이 감사할 뿐이었다.

진욱은 한참 동안 그녀의 손을 내려다보기만 했다. 그 시선에 세린은 얼굴에 조금씩 열이 올라옴을 느꼈다.

그래, 이 사람도 당황했겠지. 반갑게 인사했는데 처음 보듯이 대했으니. 지금이라도 장난이었다고 웃으며 인사를 해 볼까.

세린은 아무래도 눈앞의 이 남자가 악수에 응할 것 같지 않다는 생각에 아무렇지 않게 손을 내리려고 했다. 그러나 그 순간 그의 손에 붙잡히고 말았다.

"반가워요."

크지 않지만 힘 있고 듣기 좋은 진욱의 목소리가 귓속을 파고들었다. 앵커가 됐다더니 목소리가 더 좋아졌다. 대학 때도 좋았지만 지금은 울림부터가 달랐다. 그를 처음 만났던 첫 수업 시간이 그녀의 머릿속으로 빠르게 지나갔다.

"오랜만입니다."

마주 잡은 손을 내려다보던 세린의 눈이 재빨리 위로 올라갔다. 짙은 쌍꺼풀 속 새카만 눈동자. 예전부터 그의 눈을 보고 있노라면 뒤죽박죽이던 머리가 정리되고 마음이 가라앉았다. 그리고 그것은 여전히 세린에게 먹혀들었다. 진욱은 아무런 의도가 없었을지라도.

박세린의 세상에 주진욱이 전부였던 2년도 안 되는 그 시간을 그는 어떻게 기억하고 있을까.

열심히 뒤를 따라다니는 그녀의 마음을 받아 주진 않았지만 그는 최선을 다해 좋은 선배 역할을 했다. 아낌없는 조언과 응원을 해 주고 때론 눈물 쏙 빠지게 혼도 냈다. 그래서 속절없이 더욱 빠져들었을지도 모른다.

　모험을 좋아하는 세린에게 새로운 도전이란 언제나 신나는 일이었다. 그러나 Z 브랜드의 슈퍼 루키로 발탁되었을 때, 그녀는 처음으로 모험에 있어 고민이란 걸 해 보게 됐다. 정확히는 가고 싶지 않았다. 이 남자 때문에.

　─조언을 구하고 싶은 게 있어서 그런데, 선배 혹시 어디 계세요?

　Z 브랜드가 원하는 출국 날짜는 바로 며칠 후인데, 그의 눈을 봐야만 머릿속이 단박에 정리될 것 같았다. 사실 그때의 세린은 가지 말라는 말을 듣고 싶었다.

　너무 위험한 모험이니 먼 타지엔 가지 말라고. 겨우 짝사랑 주제에 그녀는 그가 여자 친구에게나 할 법한 말을 바랐다.

　너무 큰 걸 바란 대가였을까. 진욱을 찾아갔던 그 밤, 그는 단 하나의 단어도 사용하지 않고 2년간의 짝사랑을 접게 만들었다.

　못된 남자 같으니. 얼마나 울었는지 모른다, 그 남자 때문에.

　그런데 어이없게도 그와 마주 보고 있는 지금, 기다렸단 듯이 가슴이 두근거리기 시작했다. 완벽한 슈트 핏과 멋지게 넘

긴 헤어스타일이 완벽에 가깝다며 아우성이었다. 수많은 쇼
와 촬영들을 경험하며 모델과 배우 틈에서도 끄떡없던 세린
의 이성이 좌우로 흔들거리기 시작했다.

심지어 아직도 손을 잡고 있다는 사실을 인지하자 맥박이
슬그머니 폭주할 기세를 내비쳤다. 아까 마신 소맥도 한몫하
는 것 같았고. 세린은 이 상황을 웃음으로 넘기고 싶어 이실
직고하기로 했다.

"잘 지내셨어요, 선배님? 저 연기 너무 못하죠?"

그녀의 말에 일자로 굳어 있던 진욱의 입매가 스르르 풀렸
다.

"어. 정말 못하더라. 이제야 박세린 같네."

웃는 진욱의 입매가 부드러운 곡선을 만들어 냈다. 그녀가
잘 알고 있는 웃음이었다. 이를 보이며 살짝 웃는 그의 입술
이, 눈웃음 속의 새까만 눈동자가 반짝였다.

맞아. 주진욱은 이렇게 웃던 남자였다. 그의 모든 것에서
성숙함이 느껴졌지만 웃음만은 그때와 변함이 없었다.

"앵커 되셨다는 소식 들었어요. 멋져요."

"혹시 봤니? 9시 뉴스인데."

진욱은 콧등을 잠시 찡그리며 검지로 눈썹 옆을 매만졌다.
겸연쩍어할 때의 습관이었다. 변하지 않은 것이 웃음뿐만이
아니란 사실에 뜻 모를 즐거움이 일었다.

"9시 뉴스인 건 몰랐어요. 음, 저도 오늘 SBC에 다녀오는 길이긴 한데."

그러고 보니 녹화가 끝난 시각이 9시 즈음이었다. 이 남자와 혹시 마주치지 않을까 온갖 시나리오를 상상했던 것도 그 시각이었고.

"저도 우연한 기회에 방송 출연이란 걸 하게 됐거든요. 하하. 그래서 녹화하고 스태프들이랑 회식하러 왔어요."

방송계 종사자도 아닌데 SBC에 있었다고 하는 게 이상한 것 같아 주저리주저리 말을 이어 붙였다. 그런데 그게 더 우스운 꼴이 된 것 같았다.

아. 박세린, 정신 차려. 오랜만에 만난 짝사랑 앞에서 당당한 모습을 보여도 모자랄 판에 왜 또 작아지는가.

하지만 진욱은 미소를 띠며 세린의 말에 고개를 끄덕였다.

"그래, 알아."

알아? 뭘 알아? 세린은 말의 의미를 알 수 없었다.

"네?"

녹화했다는 걸 알았다는 것인가, 회식하러 왔다는 걸 알았다는 것인가. 어느 쪽이든 그가 안다는 게 이상한 건 마찬가지였지만.

"어떻게 아는지 궁금하지."

세린은 자신이 잘못 들었나 싶었다. 확신에 찬 저 능글맞은 질문이 정말 주진욱 입에서 나왔단 말이야? 그때였다. 복도 끝에서 우렁찬 목소리가 울린 것은.

"어? 부장!"

한달음에 이쪽까지 다가온 남자는 진욱을 향해 친근하게 말을 걸었다.

"오셨으면 들어오시지 뭐하고 계세요?"

젊은 남자는 밖으로 나가려던 참인지 두꺼운 패딩 점퍼를 걸치고 있었다. 잠깐 마주친 남자의 눈이 세린에 대한 궁금증으로 희번득 빛났지만, 금방 들어간다는 진욱의 대답에 목례만 간단히 하고 심심하게 지나쳐 갔다.

뭐지, 저 남자는.

어색하게 마주 목례를 한 세린의 귀에 진욱의 목소리가 날아왔다.

"이따 내 차 타고 가. 그럼 알려 줄게."

세린은 다시 그에게 시선을 돌렸다. 8년 만에 만난 이 남자의 말이 당최 무슨 소린지 알아들을 수 없었다.

진욱은 아까보다 몇 배는 더 당혹스런 표정의 세린을 보며 미소 지었다.

chapter 2

나는
그
사람이
아팠다

"자자, 그럼 슬슬 일어나실까요?"

세린은 주차장으로 가 스태프들과 인사를 나누었다. 2차를 가는 사람들도 있었지만 대부분 흩어지는 분위기라 이참에 빠지기 쉬울 것 같았다.

"세린 씨도 2차 가면 좋을 텐데."

찬희가 옆으로 다가오며 말하자 세린은 미안한 표정을 지으며 거절했다.

"저 내년에 휴가 받으면 이탈리아 여행 계획하고 있는데, 가서 연락해도 되죠?"

능글맞게 던진 그의 말에 스태프들은 야유를 했다.

"어우, 우리 MC님 작업 들어가시는 거예요?"

"안 돼요, 언니. 찬희 오빠 영⋯⋯."

"맞아요. 세린 씨가 훨씬 아까워. 연락해도 무시해."

방송 전 사전 미팅을 통해 알게 된 지 한 달밖에 되지 않은 사람들이었지만 가족 같은 분위기다 보니 금세 정이 들었나 보다.

"찬희 씨뿐만 아니라 누구든지 이탈리아에 오실 일이 있으시면 연락 주세요. 환영입니다."

세린의 말에 스태프들은 너도 나도 유럽 여행을 떠날 기세로 왁자지껄하게 떠들기 시작했다.

"집도 차도 은행 건데 좀 더 땡겨 써야겠네, 유럽 여행 가려면."

어디선가 들려온 말에 또 한바탕 웃음이 터졌다.

"아, 정말 아쉬워요."

"그러게. 세린 씨, 우리 다시 한 번 꼭 함께해요."

"네! 저도 그랬으면 좋겠어요."

다음을 기약하며 세린은 스태프가 잡아 놓은 택시에 올라탔다. 그리고 손을 흔드는 사람들에게 창문을 열어 화답을 했다. 도로에 진입하고 그들이 보이지 않게 되자 그녀는 시트에 몸을 편히 기댔다.

주변이 조용해지는 순간 곧바로 그 남자가 떠올랐다.

기다리라고 했는데……. 비서도 먼저 보내고 차도 안 가져와서 남아 있기 뭐한 상황이었다. 이탈리아에 가서 새로 휴대폰을 개통해 버려 저장된 예전 번호가 없기에 연락할 수도 없었다. 그나마 있는 건 SNS를 통해 먼저 연락이 온 동기들의 번호뿐.

"지금 명함이 없어. 그러니까 기다려, 꼭."

진욱은 세린이 주겠다는 명함도 마다하고 단호한 목소리로 당부를 했다. 그렇게 통보 같은 말을 하고 사라진 그 남자에게 연락할 길은 없었다. 그와 한동안 맞잡고 있었던 오른손이 저릿했다.

디자인 공부를 위해 이탈리아로 떠났던 순간부터 세린은 공부 외의 것은 모두 차단했다. 무의식중에 그에게로 흘러가는 생각을 다잡고, 또 다잡았다. 그렇게 수십, 수백 번 자신의 감정을 정리하다 보니 어느 순간 그 사람을 생각해도 마음이 시리지 않았다.

때때로, 그와 함께하며 행복했던 날들이 떠올랐지만 더 이상 두근거리지 않았다. 그런데 그와 잠시 마주친 5분의 시간이 지난 8년의 시간을 너무나 쉽게 뒤집어 버렸다.

안 되겠다. 그의 SNS라도 찾아서 메시지를 남겨 놔야겠다.

주진욱이 SNS를 하긴 할까? 하나의 물음표가 꼬리에 꼬리를 물고 다른 물음표를 만들어 냈다.

휴대전화를 어디다 뒀더라. 주머니를 뒤적거리던 그녀는 무릎을 치며 아! 하고 탄성을 내질렀다. 고깃집 테이블에 올려 두고 그냥 나온 것이 생각났기 때문이다.

"기사님, 죄송한데 아까 식당 좀 다시 가 주세요. 뭘 좀 두고 와서요."

그새 전부 돌아갔는지, 주차장을 한가득 메웠던 스태프들의 차는 사라진 상태였다. 사람들과 함께 있을 땐 몰랐는데 오늘 정말 춥다고 생각하며 그녀는 코트 깃을 여미고 종종종 가볍게 뛰어 식당 안으로 들어갔다.

종업원들이 치우고 있던 테이블에 올려져 있는 전화기를 얼른 챙겨 들었다. 다시 돌아온 김에 진욱을 기다릴까 하다가 그의 방이 아직 시끌벅적해 그냥 나오고 말았다.

일단 SNS를 찾아야지. 그러다 못 찾으면 말지, 뭐. 20대 때의 짝사랑을 지금까지 붙잡아서 뭐에 써먹겠나.

혹시 그사이에 메시지가 오진 않았나 확인하며 주차장으로 나오는데 기다려 달라고 했던 택시가 보이지 않았다. 아저씨 좀 기다려 주시지. 한숨에 입김이 몽글몽글 공중으로 흩어졌다.

"어?"

세린은 이마에 닿는 차가운 기운에 하늘을 올려다봤다. 이제 내리기 시작한 눈이 까만 하늘에 드문드문 수를 놓고 있었다.

코트 주머니에 손을 넣고 잠시 눈이 내리는 걸 감상하던 그녀에게 애써 묻어 두려 했던 짝사랑의 흔적 하나가 피어올랐다.

그 남자를 만나니 별일이 다 떠오르네.

세린은 그 생각에 푸시시 미소를 짓다 고개를 땅으로 떨궜다. 추운데 집에나 얼른 들어가자. 안 그래도 오랜만에 한국에 들어온 딸이 언제쯤 집에 오나 궁금해하는 엄마에게 온 문자를 확인하던 참이었다. 상념을 털어 내듯 가볍게 머리를 저은 그녀는 다시 택시를 타기 위해 주차장 쪽으로 나섰다.

"박세린."

그때, 낯익은 목소리가 포근한 눈처럼 그녀에게 날아왔다. 설마하며 고개를 돌린 그곳에 그가 서 있었다. 막 식당에서 나오던 참인지 두 계단 위에 서 있는 그의 몸짓엔 급한 기색이 배어났다. 그의 얼굴을 마주하자 또다시 쿵쿵 뛰어 대는 가슴에 그녀는 눈을 질끈 감고 싶어졌다.

"일행 있어?"

계단을 내려오며 다가오는 진욱에게 세린은 '아뇨, 택시' 하고 대답했다. 그의 구둣발 소리에 묻힐 정도로 작은 목소리였다. 그러나 용케 알아들었는지 그의 고개가 비뚜름하게 기울어졌다.

"그럼 기다리라니까. 또 말도 없이 사라지려고 하네."

어느새 두세 걸음 안으로 가까이 다가온 그가 말했다.

"데려다줄게."

"아니요. 택시 타고 가면 돼요."

세린은 떨리는 입술을 감추며 최대한 아무렇지 않은 척 대답하려고 노력했다. 클러치 백을 연 그녀는 그에게 자신의 명함을 건넸다.

"오랜만에 봐서 반가웠어요, 선배. 다음에…… 기회가 되면 봐요."

진욱은 악수를 청하려 세린이 손을 내밀었을 때처럼, 그녀가 내민 명함에 초점 없이 시선을 던졌다. 이윽고 그가 가로채듯 명함을 받아 들자 세린은 돌아섰다. 담담한 얼굴로 표정을 가리고 뒤돌아서는 그녀에게 그의 음성이 화살같이 날아와 박혔다.

"어이, 껌딱지."

택시를 부르기 위해 팔을 뻗던 세린의 고개가 다시 그를 향했다.

지금 뭐라고 한 거야?

"언제적 별명을!"

동기와 선배들이 진욱을 쫓아다니는 그녀를 놀리듯 껌딱지라고 불렀어도 정작 그는 세린의 이름을 고집해서 불렀더랬다. 그런데 껌딱지라니?

　마침 미리 얘기를 해 둔 것인지 주차 요원이 진욱의 차를 끌고 왔다. 주차 요원에게 키를 받아 보조석 문을 여는 진욱의 얼굴을 세린이 멍하니 올려다봤다.

　"너무 늦어서 미안해. 그만 튕기고 얼른 타지?"

　진욱은 여전히 탈 생각이 없는 듯 자신을 황망하게 올려다보는 세린을 보며 한숨을 쉬었다. 그리고 몇 걸음 돌아와 그녀의 양어깨를 두 손으로 붙들었다.

　"저기요! 주진욱 앵커님! 잠깐만요!"

　깜짝 놀란 반응을 뒤로하고 보조석 쪽으로 이끄는 진욱과 가지 않으려고 버티는 세린 사이에 힘겨루기가 일어났다. 결국 세린은 그의 힘을 버틸 재간이 없어 보조석 앞까지 밀려가고 말았다.

　"주진욱 씨! 아이, 참! 저 진짜 택시 타면 되거든요?"

　택시를 탈 거라는 그녀의 외침이 들리지 않는 듯 그는 아무런 대꾸도 하지 않았다.

　"선배!"

　그녀를 차에 태울 때까지 절대 뜻을 굽히지 않을 것 같던 그의 발이 우뚝 멈춰 섰다.

"응."

"허, 참 나."

세린은 뒤를 돌아 진욱을 마주 봤다. 아니, 이 남자 왜 이래, 진짜. 삐죽 노려보는 그녀의 낯에도 그는 마냥 웃기만 했다. 이까지 보이며 활짝 웃어 보이는 그 모습에 그녀도 그만 콧바람을 내쉬며 웃고 말았다.

"그럼 부탁할게요."

"얼마든지."

두 사람의 머리 위로 새하얀 눈송이들이 떨어졌다.

밥 먹자는 소리에 겨우 눈만 뜨고 일어나 방을 나간 세린은 거실 소파 위에 다시 누워 버렸다.

아침잠이 많은 그녀는 일을 할 때도 늦게 출근해서 늦게 퇴근하는 걸 선호하는 편이었다. 다행히 Z 브랜드는 근무 시간이 자유로워 문제 될 것이 없었다.

오히려 세린은 한국에 들어와서 잠을 못 자고 있었다. 며칠 후 외국으로 다시 돌아갈 딸과 많은 시간을 함께 보내고, 더 맛있는 음식을 해 주고 싶어 하는 세린의 모친은 매일 7시면 그녀를 깨웠다.

세린은 손을 뻗어 쿠션을 베개 삼아 눈을 감았다. 틀어 놓은 TV에선 광고가 흘러나왔다. 세제, 장난감, 냉장고…… 소란스러운 광고 소리가 자장가처럼 저만치 멀리 들렸다. 그러다 깜빡 잠들려는 순간, 요란한 뉴스 시그널 음악에 고운 미간이 찌푸려졌다.

저게 제일 시끄러워. 시그널을 감미롭게 만들면 좀 좋아?

스르르 빠지려던 잠이 깨서인지 괜히 심통이 난 세린은 뉴스를 진행하는 앵커의 목소리에 그 남자를 떠올렸다. 어젯밤 집까지 데려다줬던 그 남자도 뉴스를 진행하는 사람이지, 참.

—시청자 여러분 안녕하십니까. SBC 아침 뉴스의…….

여성 앵커의 목소리임에도 그녀는 실눈을 뜨고 TV를 힐끔 바라봤다. 단정하게 드라이한 단발머리가 잘 어울리는 똑 부러진 이미지의 여자다. 저런 여자에겐 어떤 구두가 어울리겠지, 하고 생각하는 건 그녀의 직업병이었다.

수석 앵커라면 응당 저녁 뉴스를 진행하겠지. 진욱이 진행하는 뉴스는 어떨까 그려 보던 세린의 생각은 자연스레 어젯밤 그가 데려다주던 그 길로 흘러갔다. 차에 오르고 그가 꺼낸 첫 마디가 귓가에 맴돌았다.

"잘 지냈어?"

"네, 뭐. 잘 지냈죠. 정신없이 바빴어요. 타지에 혼자 있으니까 그 편이 더 나았던 것도 같고. 선배는요?"

"나도 잘 지냈지. 바빴고."

바빴다는 목소리가 어딘지 모래알처럼 버석거리는 구석이 있어 세린은 고개를 돌려 진욱의 얼굴을 확인하고 싶다는 충동이 들었다.

바로 실천하지 못한 것은 넓은 차 안에 그의 목소리가 너무 가깝게 들려 고개를 돌리면 진욱이 코앞에 있을 것 같다는 바보 같은 상상을 했기 때문이다.

"식당에서 다시 볼 줄은 꿈에도 몰랐어요. 8년 만이죠?"

일부러 분위기를 밝게 만들려는 세린의 모습에 진욱은 웃기만 했다.

"우연치고 참."

"그러게. 우연치고 참."

말 사이사이에 공간이 있었지만 세린은 그건 그가 운전에 집중했기 때문이라고 여겼다. 그러다 그녀의 시선에 시계가 들어왔다.

식당에서 출발한 시간을 감안해도, 30분 내로 나오겠다던 그는 전혀 늦지 않았다. 너무 늦었다는 그의 사과가 이상했지만, 그것 역시 그냥 나온 말이려니 싶었다.

집으로 향하는 동안 간간이 이어지는 침묵과 그것을 깨려는 짧은 대화들이 오고 갔다. 익숙한 동네가 보이자 세린은 내리는 눈에 기억을 되짚으며 입을 열었다.

"선배, 그때 생각나요? 엠티 갔는데 폭설 쏟아지던 날 있었잖아요. 저는 선발대로 가 있고 선배는 후발대로 오고. 근데 후발대 버스가 빙판길에 미끄러져서 접촉 사고로 거기 탄 사람들 몇 명이 병원 갔잖아요."

다음 해 새내기 배움터 답사 겸 경영학과 친목이랍시고 추진했던 엠티였다. 강원도로 가기로 했는데 그날 아침부터 눈이 펑펑 쏟아졌다.

이래서 갈 수나 있겠느냐 말들이 많았지만, 과 대표의 주장에 따라 일단 다들 버스에 올랐다.

생각보다 길이 막히지 않아 제 시간에 도착한 선발대 사람들은 방에 보일러를 틀어 놓고 옹기종기 모여 앉아 있었다. 고기며 술은 후발대가 장을 봐서 사 오기로 했었으니까.

엠티에 와 들뜬 세린이 동기들과 수다 삼매경에 빠져 있을 때였다. 후발대 버스가 빙판에 미끄러져 앞차와 추돌 사고가 났다는 소식이 전해졌다.

나중에 알게 된 바로는 경미한 사고였고 크게 다친 사람은 없지만 놀란 몇몇은 병원에 갔다는 게 전말이었다.

하지만 사고 당시, 후발대 버스에 타고 있던 남자 선배의 말은 생각보다 크게 부풀려 전해졌다. 버스가 눈길에 미끄러져 앞차를 박았는데, 사람들이 병원에 갔다고.

게다가 연락을 준 선배가 다급하게 말을 하다 일방적으로 전화를 끊은 탓에 선발대들 사이에선 난리가 났었다. 대형 사고가 난 게 아니냐고.

세린은 그 순간 진욱을 다시는 못 볼지도 모른다는 생각을 했다. 지금 생각하면 우습지만 당시에는 그게 그렇게 서러울 수가 없었다.

"나 주진욱한테 갈 끄야, 으엉엉."

그날 세린은 멀쩡한 진욱을 고인으로 만들며 서럽게 울었더랬다.

"저, 그때 울고불고 난리도 아니었잖아요."

그 통곡은 얼마 안 되어 후발대와 함께 신기루처럼 등장한 진욱에 의해 멈추고 말았다. '얘가 또 생사람 잡았네' 하는 어느 선배의 장난기 어린 말을 시작으로 세린을 토닥이던 동기들부터 주위의 모든 사람들이 웃음이 터뜨렸다.

하여간 못 말려. 그들은 그렇게 말하며 숙소로 들어갔다. 그러나 그녀는 주위 사람들의 반응에 아랑곳하지 않고 그가 살아 돌아왔구나 하는 안도감에 눈에 눈물을 그렁그렁 매달았다.

말없이 웃고만 있던 진욱이 저벅저벅 눈길을 걸어왔다. 그의 머리 위엔 눈송이가 앉아 있었고 추운 날씨 탓에 하얀 얼굴엔 붉은 기운이 감돌았다.

바로 코앞까지 다가온 그가 멈춰 섰을 때, 세린은 처마 위에 맺힌 고드름처럼 얼어붙고 말았다. 얼굴과 마찬가지로 붉어진 커다란 손이 머리 위로 안착하자 그녀는 숨을 멈추고 그를 올려다봤다.

머리카락을 헝클어트리거나 빗어 주는 것이 아닌, 정수리 위에 가만히 손을 얹은 진욱의 눈과 마주한 몇 초의 순간, 세린은 그제야 부끄러워졌다.

아까와는 다른 의미의 상기된 얼굴로 그녀는 뒤를 돌아 숙소 안으로 뛰어 들어갔다. 그 많은 사람들 앞에서 엉엉 울었다는 사실보다, 그의 손길과 눈길 하나에 사춘기 소녀처럼 떨렸던 게 그저 부끄러웠기 때문에.

세린은 그때 생각에 웃음을 터뜨렸다. 짝사랑의 추억 한 자락을 꺼내는 게 부끄러웠지만 막상 말하고 나니 꽤 재미있었다. 옆에서 들리는 낮은 웃음소리에 진욱을 돌아볼 용기도 생겼고.

어쩐지 그의 웃음에 손가락이 간지러워져 세린은 양손을 깍지 꼈다.

"그때 나한테 고맙다고 말한 거 맞죠?"

"음?"

"제 머리에 손 올려놓고 눈빛 쏴 주셨잖아요. 제가 또 그런 건 잘 맞추거든요. 눈으로 말해요, 같은 거."

얼마나 웃겼을까. 한겨울에 눈물을 그렁그렁 달고 그를 신기루 보듯 올려다봤던 자신의 모습을 떠올리며 세린은 미소를 지었다.

"아닐걸."

진욱은 운전대를 잡고 있던 왼손을 창틀에 걸치고 세린을 힐끔 바라봤다. 이내 뜻 모를 미소를 지으며 그가 빙글거렸다.

뭐야. 웃음이 헤퍼졌어, 주진욱. 무슨 뜻이냐고 물으려는 찰나, 그가 먼저 입을 열었다.

"내일 점심 먹자."

맘마미아. 이 남자가 지금 나랑 점심 먹자고 했어?

당황한 듯한 표정을 짓는 세린의 반응이 재밌는지 진욱은 계속 큭큭대며 웃기만 했다. 이 남자 좀 이상해졌다. 확실히.

"내일 점심 약속 있어요."

세린은 괜히 있지도 않은 점심 약속을 만들어 냈다.

"그럼 저녁 먹자."
"저녁에도 약속 있어요."
"그럼, 모레 점심."
"그때도 안 될 것 같은데……."

"그날 저녁이 좋겠네."

세린은 남은 휴가는 집에서 뒹굴거리며 보내려 했기에 애초에 약속은 잡지도 않았다. 고로 텅텅 빈 스케줄이었지만 없는 약속을 지어 냈다.

그녀의 부자연스러운 말투는 억지스러운 티가 났지만 그는 군소리 없이 계속 점심, 저녁을 번갈아 가며 물었다.

예전 같았으면 저렇게 물어보는 건 세린의 역할이었다. 선배, 오늘 뭐해요? 선배, 어디예요? 선배, 이따 커피 한잔할까요? 이젠 그 말을 주진욱에게서 들으니 감회가 새로울 지경이었다.

그렇게 가벼운 입씨름을 나누다 보니 어느새 집 앞에 도착해 있었다. 두 사람의 실랑이는 차에서 내려서도 계속됐다.

"내일 오후에 데리러 올게."
"약속 있다니……."
"약속 없는 거 알아. 있어도 취소해."

진욱은 세린의 눈을 마주 보며 단정하지만 확고한 어투로 얘기했다. 이 남자는 뭐가 이렇게 당당하고 확실한지 모르겠다.

"우리 할 얘기가 그렇게……."

"많지."

할 얘기가 그렇게 많으냐고 따지려 했는데 그가 선수를 치며 대답했다.

"네 말대로, 8년 만에 만났잖아."

그가 덧붙였다.

"선배, 진짜 이상한 거 알아요?"

'이런 건 원래 내 담당이었잖아요' 라고 입에서 맴도는 말을 삼키며 세린은 할 수 있는 한 담담한 표정을 지었다.

"다시 만나서 반갑지 않니? 난 무척 반가운데."

어깨를 으쓱이며 그가 웃었다. 떨리는 가슴을 감추려고 애를 쓰는 세린과 달리 진욱은 예전이나 지금이나 여유만만이었다.

"감기 걸리겠다. 어서 들어가."

세린은 대학생 시절 마주했던 것보다 더욱 깊어진 진욱의 눈을 바라보며 생각했다. 이 사람에게 자신은 그저 오랜만에 만난 후배에 불과하다고. 성공한 디자이너가 됐지만 겨우 하이힐 높이만큼 그와 가까워졌다고. 그냥 딱 그 정도의 물리적 거리만큼. 왠지 점점 오기가 차올랐다.

"같이 왔으니까 아까 식당에서 알려 준다는 거, 그거 말해 줘요."

그의 입술이 조금 벌어졌다. 세린은 진욱의 얼굴에 미묘하게 당황스런 기색이 번지는 걸 캐치해 냈다. 그는 답지 않게 말하기를 망설였다.

"아, 그게."

진욱의 목이 붉어지는 것도 모른 채, 세린은 그저 그가 오랜만에 만난 후배에게 밥 한번 사 주기 위해 괜히 흥미를 끈 것이라고 생각했다.

저도 모르게 고대해 왔던 진욱과의 재회는 생각보다 가슴 아픈 일이었다. 다른 곳을 보는 사람에게 마음을 주는 건 이미 충분히 겪었다. 그런 사람에게 또다시 마음을 주고 싶지 않았다.

이제 확실히 알았다. 나는 이 사람이 아팠다.

세린은 잠깐 진욱에게 동요한 걸 쿨하게 인정하기로 했다. 그리고 자신 역시 오랜만에 만난 학교 선배처럼 그를 대하기로 마음먹었다. 멋진 앵커가 된 그처럼, 그녀 역시 전 세계가 인정하는 디자이너로 성장했다. 한 남자 앞에서 작아지는 일은 더 이상 하지 않을 것이다.

"됐어요. 내일 우리 맛있는 거 먹으러 가요. 근 10년간 있었던 일 얘기하려면 한참 걸리겠네."

세린은 활짝 웃으며 둘 사이에 잠시 머물렀던 정적을 깼다. 피렌체로 돌아가기 전, 소리 없이 남겨 두었던 그에 대한 미련을 제대로 정리할 수 있는 기회가 될 것이라 생각하며.

"딸, 밥 먹어!"

쩌렁쩌렁 울리는 모친의 한마디에 세린은 상념을 털어 내며 주방으로 향했다. 그녀는 푸짐한 아침상을 보며 그를 만날 때 무슨 신발을 신을지 생각했다. 거기에 어떤 옷을……. 아니, 그전에.

"엄마, 우리 사우나 가서 때나 시원하게 밀고 올까?"

뭐니 뭐니 해도 자신과의 싸움이 제일 어려운 법. '미련 청산'이라는 전쟁에 나가는 데 목욕재계는 필수라고 생각하며 세린은 아침을 먹기 위해 숟가락을 들었다.

chapter 3

돌아오는
길

가죽 소재의 검은 스키니 진에 흰색 블라우스, 튀지 않는 레오파드 아우터를 걸친 세린은 버건디 톤의 백을 멋스럽게 들었다. 블라우스와 맞춘 연한 진줏빛의 스틸레토 힐은 이번 F/W 시즌에 유명세를 떨친 그녀의 작품이었다.

거울로 옷매무새를 살피던 세린의 눈길이 한곳에 머물렀다. 묶었다 풀었다를 반복하다 결국 옆으로 느슨하게 묶은 머리를 보며 그녀는 난감하게 웃었다. 제 손으로 직접 화장을 하고 머리를 만져 본 게 너무 오랜만이었기 때문이다.

한참 동안 헤어스타일에 대해 고민하다 결국 그대로 나와 진욱의 차를 타고 영화관에 왔다. 그가 영화를 예매하러 간 사이, 세린은 파우더 룸 거울 앞에 서서 한참을 떠나지 못했다. 헤어스타일이라는 게 참 사람을 고뇌에 빠지게 만드는 능력이 있었다.

"애인 없는데."

세린은 문득 진욱이 낮은 목소리로 했던 말이 떠올라 손을 멈칫했다. 영화관으로 향하는 길, 주말인데 애인이랑 데이트 해야 하는 거 아니냐며 가볍게 핀잔을 주는 세린에게 그가 한 말이었다.

무엇 하나 빠지는 것 없이 완벽한 남자가 애인이 없다니 놀랄 노 자였다. 자신과 네 살 차이가 나니, 서른넷이면 결혼을 생각하고 있는 여자 친구가 있을 거라고 생각했다. 한편으론 있으면 좋겠다고 바랐다. 그러면 이 사람을 완전히 정리하는 데 도움이 될 테니.

"너도 없었으면 좋겠다."

진욱의 말에 세린의 고개가 돌아갔다. 저건 무슨 뜻인가 싶어 놀란 눈을 깜빡이는 그녀를 아는지 모르는지, 그는 전방만 주시했다. 부드러운 표정을 짓는 그의 얼굴엔 언제나처럼 여유가 깃들어 있었다.

"너만 있으면 억울하잖아."

진욱은 황망하게 쳐다보는 세린의 얼굴을 흘끗 바라보곤 입꼬리를 끌어 올렸다. 운전대 위에서 가볍게 리듬을 타고 있는 그의 손가락이 그녀의 신경을 날카롭게 만들었다.

헷갈리게 하지 말지.

싱숭생숭한 대화를 떠올리던 그때, 전화벨이 울렸다. 그를 너무 오래 기다리게 했나 싶어 깜짝 놀란 세린은 발신자를 확인하곤 이내 긴장을 풀었다.

—세린?

Z 브랜드의 총괄 디렉터이자, 그녀에겐 더없이 절친한 친구 알랭이었다. 익숙한 그의 프랑스식 영어 발음이 반가웠다.

「어, 나야.」

—보고 싶은 달링. 휴가는 잘 보내고 있어?

겉모습과 달리 섬세하고 여성스런 기질이 다분한 알랭은 세린이 멀리 출장이나 휴가를 갈 때면 이렇게 전화를 걸어 안부를 묻곤 했다.

다정하기도 하지. 그런 그에게 이성적인 매력을 느낄 법도 했지만 그는 게이였다. 외로운 타지 생활에서 끈끈한 우정을 나눈 알랭은 그녀에게 친구 이상의 존재였다.

알랭은 틈만 나면 세린의 사무실로 찾아와 연애의 좋은 점을 어필할 정도로 연애를 적극 장려했다. 그런 그에게 그녀가 짤막하게 들려준 '첫사랑 재회 스토리'는 엄청난 관심의 대상이었다.

—이거 토픽감인데!

전화기에서 곧 튀어나올 것처럼 호들갑을 떨던 알랭은 '데이트가 아니라 마음 정리를 하러 가는 것'이라고 못을 박는 세린에게 사람 일은 모르는 거라며 정색을 했다.

—난, 네 자신이 어떻게 느끼느냐가 무엇보다 중요하다고 생각해. 네 행동을 그가 어떻게 생각할지보다 말이야.

세린은 속사포로 쏟아 내는 알랭의 말을 들으며 어느 정도 수긍을 했다. 사실, 하나같이 맞는 말이었다.

—나도 이 조각 같은 외모에 얼마나 많은 남자들한테 바람을 맞았는지 얘기해 줬잖아. 표현하고 상처 받는 걸 두려워하지 마, 달링. 좋은 걸 참으면 그건 뭐 마음 편한 줄 알아?

새침한 아가씨처럼 쏘아붙이는 알랭의 말에 세린은 웃음을 터뜨리고 말았다. 명쾌한 답을 내놓는 그의 말을 들으며 그녀는 가방을 챙겨 들고 파우더 룸을 나섰다. 조금 떨어진 곳에서 자신을 기다리고 있는 진욱을 보며.

부드러운 소재의 짙은 버건디색 니트와 살짝 삐져나온 흰색 티셔츠. 짙은 톤의 진, 흰색 슈퍼스타 스니커즈. 그러고 보니 오늘 두 사람이 입은 옷 스타일이 비슷했다. 어제와 달리 자연스럽게 넘긴 머리는 진욱의 미소와 너무도 잘 어울렸다.

깊어진 눈과 성숙한 태가 아니었다면 진욱은 서른넷이 아니라 스물넷이라고 해도 믿을 정도였다. 그를 한 번씩 쳐다보고 지나가는 사람들이 눈에 들어오지 않는지 그는 미동 없이 영화 팸플릿을 읽고 있었다. 그러던 그가 세린의 시선을 느꼈는지 주변을 두리번거리기 시작했다.

미소를 지으며 손을 높이 흔들고 있는 세린을 발견한 진욱이 가까이 다가왔다.

─그냥 자기 하고 싶은 대로 해. 좋든 싫든 후회 없이 표현하는 게 좋지 않겠어? 설령 그 남자가 나쁜 목적으로 너한테 다가왔다고 해도 멋있으면 멋있다, 싫으면 싫다, 마음껏 표현해 봐. 어차피 2주 뒤면 피렌체로 돌아올 거잖아.

신신당부하는 알랭의 말을 들으며, 세린은 이왕 마음대로 하는 거 좀 더 용감해져 보기로 했다. 지난날처럼 그가 자신을 돌아보지 않아도 상관없을 것 같았다.

그의 마음을 얻는 것보다 후회가 남지 않는 길을 택하는 걸 더욱 중요시하고 싶었다. 후회를 남기기 싫다는 마음이 망설임을 넘어서는 순간이었다.

─행운을 빌게, 허니.

끊어진 전화를 손에 쥐고 세린은 진욱이 다가오는 모습을
지켜봤다. 애인도 없다는데 문제 될 게 뭐 있어? 상처 받으
면 어때. 그러면 또 그가 생각나지 않도록 일에 파묻혀 살지,
뭐.

세린은 결과가 어떠하든 이탈리아로 돌아가면 알랭이 눈
여겨보던 남자 모델과의 식사를 주선해 줘야겠다고 생각했
다.

"누구랑 그렇게 통화를 해?"

진욱이 특유의 미소를 지으며 말했다. 유럽에서 산다고 만
나는 사람마다 껴안거나 볼 키스로 인사하는 것은 아니지만,
세린은 만남의 기쁨이 격양되면 자연스럽게 팔이 앞서곤 했
다. 지금이 딱 그랬다. 지금 이 순간 그를 만난 게 몹시 기뻤
다. 오늘 처음 본 것도 아닌데 마치 처음 만난 순간처럼 느껴
졌다.

짧은 순간 무엇에 홀린 것처럼 기분이 새로워졌다. 세린은
진욱에게 하고 싶은 대로 자신의 감정을 표현하기로 했다.
그가 뭘 한 거냐고 물으면 그냥 인사한 거라고 뻔뻔하게 둘
러댈 생각이었다.

"와, 선배. 오늘 진짜 멋있네요?"

세린의 해사한 웃음을 지켜보던 진욱의 얼굴에 미소 대신
놀람이 자리를 잡았다. 갑작스럽게 무언가가 지나가자 그는

숨을 참고 눈을 깜빡였다.

"팝콘이 좋아요, 나초가 좋아요?"

싱긋 웃으며 간식 계산대로 향하는 그녀의 뒷모습이 너무나 자연스러워서 그는 아주 잠깐 꿈을 꾼 것이 아닌가 하는 착각이 들었다. 목에 둘러졌던 그녀의 팔, 볼에 마주 닿았던 부드러운 볼의 촉감, 그리고 귓가를 간질였던 찰진 마찰음.

"하, 박세린."

한 방 먹었다는 듯 진욱은 팸플릿으로 얼굴을 가리고 올라가려는 광대뼈를 한참이나 진정시켜야 했다. 그러다 팸플릿을 살짝 내려 세린의 모습을 훔쳐봤다. 검지로 입술을 톡톡 두드리는 그녀의 모습에 겨우 진정시킨 광대뼈가 다시 올라갔다.

맛있는 저녁을 먹은 두 사람은 영화에 대한 감상을 나눴다. 그러다 진욱이 기자 생활을 거쳐 앵커가 된 것과, 세린이 Z 브랜드에서 겪었던 일로 대화가 흘러갔다.

서로가 모르는 시간에 대한 이야기는 카페로 장소를 옮기고 그가 세린을 집까지 바래다줄 때까지도 계속됐다. 흥미로운 주제였지만 어딘지 씁쓸했다. 각자의 분야에서 인정받기까지 근 10년이란 시간이 흘렀다. 짧으면 짧고 길다면 긴 시간. 두 사람은 서로가 '청춘'에 속한 아름다운 나이라는 걸 인정했다.

세린에게 8년 만에 만난 그의 존재는 서운함도, 미움도 아닌 위로였다. 그 자체로 그녀는 지금의 자리에 서 있기까지 걸어왔던 길에 대한 위로를 얻었다.

진욱과의 대화는 화려한 미사여구 없이도 즐거웠다. 잔잔히 이어지는 그와의 대화 시간은 손에 쥔 따뜻한 라테 같았다. 그와 다시 못 만나게 될지라도 라테를 보면 오늘의 대화가 떠오를 것 같은 밤이었다.

"내일은 뭐 할 거야?"

이대로 헤어지기 아쉬운 세린의 마음을 읽은 것인지 그가 질문을 던져 왔다.

"왜요?"

"만나게."

간결한 대답이 이어졌다.

"아이스크림 사 줄게. 만나자."

"이 날씨에 무슨 아이스크림?"

"아이스크림은 이런 날씨에 먹어 줘야 제 맛이라며."

그건 그의 말이 맞았다. 개인적인 지론으로 아이스크림은 추운 날씨에 먹어 줘야 제 맛이니까. 진욱은 언젠가 세린이 흘리듯 말한 걸 아직도 기억하고 있었다.

이상한 주진욱. 애도 아니고 아이스크림 하나 사 준다는 말에 바로 따라갈 줄 아나.

"두 개 사 줄게."

"몇 시에 올 건데요?"

❀　　　❀　　　❀

삐. 일요일 오전 11시. SBC 보도국의 주말 회의를 알리는 벨이 울렸다. 보도 국장과 사회부, 경제부, 정치부 등을 총괄하는 각 부서장들과 PD, 그리고 주말 뉴스를 책임지는 앵커들이 모여 뉴스 내용에 대한 그림을 그리기 시작했다.

부장들이 어제 미리 짜 놓은 그림들을 서로 맞추자 순조롭게 회의가 흘러갔다. 앵커가 아닌 사회부 부장으로 회의에 참여한 진욱은 날카로운 눈으로 취재 꼭지들을 훑어보았다. 전쟁 같은 30분의 시간이 흐르고 뉴스의 밑그림이 그려지자 다들 각자 맡은 일을 하기 위해 흩어졌다.

지난주까지 시끄러웠던 이슈가 잠잠해지자 주말에도 풀가동됐던 인원들이 오랜만에 집에서 휴식을 즐길 수 있게 됐다. 평소의 절반도 안 되게 출근한 직원들을 보며, 진욱은 만족스럽게 웃었다.

진욱은 사회부 취재팀 캡인 설 차장을 불렀다. 15년째 사회부에서 취재를 맡고 있는 설 차장은 나이가 많았지만 부장을 맡고 있는 진욱에게 늘 깍듯하게 대했다.

설 차장은 깊은 진욱의 눈을 바라보며 새삼 자신의 밑에서 열심히 일을 배우던 그의 수습 시절을 떠올렸다. 그때부터 맡은 일을 제대로 처리해 내는 그의 싹수를 보며 크게 되리라 생각했었다.

실력 덕분이었지만 고속 승진으로 부장 자리에 앉게 되었을 때 진욱은 미안함과 죄책감으로 설 차장을 보기 어려워했다. 설 차장은 그런 그에게 먼저 술자리를 제안하고 '형님'이라 부르라며 편하게 대해 줬다.

"진욱아, 분명 힘들 거야. 수석 앵커가 된 지 얼마 안 돼 사회부 부장 자리까지 맡은 널 보며 어떤 이들은 시기와 질투를 하겠지. 하나만 맡아도 힘든 자리를 동시에 해내려면 몸이 열 개라도 부족할 거야."

친동생 같은 진욱에게 소주잔을 건네며 설 차장은 입을 열었다. 혹시 이 녀석이 못하겠다고 우는소리를 내면 어떡하나 걱정도 했었다. 그러나 진욱이 숙이고 있던 고개를 천천히 들었을 때 보인 흔들림 없는 눈빛에 설 차장은 직감했다.

이 어린 녀석은 꽤 괜찮은 상사가 될 것이라고.

그 예감은 적중했다. 진욱은 열심히 하겠다던 간결한 다짐을 2년 동안 하루도 빠짐없이 지키고 있었다. 그 어느 방송국

보다 일이 드세기로 유명한 SBC 보도국은 6개월마다 부서장들이 바뀌곤 했다. 그런 자리를 2년이나 버티고 있을 정도로 그는 아주 성실하고 능력 있게 일을 해 나갔다.

그가 평일 9시 뉴스를 맡게 된 이후로 사회부에 대한 칭찬은 날마다 늘어 갔고 심지어 시청률까지 상승했다.

"캡, 한 개 정도는 저번 주까지 나갔던 것들 마무리 짓는 차원으로 가고 나머지는 어제 말씀드린 그림으로 가도록 하죠."

고놈, 잘생기긴 했단 말이야?

설 차장은 그답지 않게 딴생각을 하며 아버지 같은 푸근한 미소를 지었다.

"설 차장님, 듣고 계십니까?"

그러다 날카로운 음성에 정신을 차리고 서둘러 수첩에 내용을 적기 시작했다. 진욱이 취재 컨펌에 대해 말을 꺼내고 있었다. 조금만 더 딴생각을 하다간 호된 소리를 듣고 말 것이 분명했다.

"오늘 꼭지 최종 컨펌은 제가 아니라 설 차장님께서 책임져 주십시오. 데스크 회의 때 미리 말해 둔 사항이니 문제없을 겁니다."

갑작스런 권한 부여에 설 차장은 어리둥절했다. 그러나 진욱은 개의치 않아 하며 웃는 낯으로 부장실로 향했다.

❖　　　❖　　　❖

"그래서 언제 오는데?"

어쩐지 취조 같은 물음에 세린은 눈꺼풀을 들어 찻잔 너머
의 우빈을 힐끔 노려봤다. 그만 좀 물어봐. 그녀는 찻잔을 내
려놓고 잡지를 뒤적거렸다. 그러나 그의 질문은 계속해서 이
어졌다.

"야, 친구 좋다는 게 뭐야. 언제 오는지 알아야 내가 스케
줄 싹 빼놓고 너희 광고 찍을 준비하고 있을 거 아니냐."

우빈이 날카롭게 올라간 한쪽 눈썹을 씰룩거리며 능글맞
게 굴자 세린은 고개를 들어 그의 얼굴을 가만히 살폈다.

날렵한 인상의 그는 요즘 CF를 휩쓸고 있는 대세 중의 대
세였다. 대학생 때부터 모델로 활동해 간간이 드라마 조연으
로 출연하다 올 초에 방영한 드라마와 연이어 개봉한 영화로
급부상하여 러브콜 세례를 받는 스타 배우였다.

게다가 최근 우빈의 누나가 유명 패션 잡지사의 편집장이
라는 사실이 알려지며, 남매에 대한 관심은 세간에 뜨거운
감자가 되기도 했다. 인터넷에선 연일 그의 모든 것이 조명
됐다. 손톱의 때까지 치명적인 남자일 것이라며.

우빈은 끝까지 대답하지 않는 세린이 맘에 들지 않는다는
듯 팔짱을 꼈다.

저게 무슨 치명적이라고.

"딱 봐도 맹구지."

맹구란 소리에 발끈하며 구시렁거리는 그는 명불허전 눈빛 하나로 여자의 맘을 훔친다는 배우, 최우빈이었다.

"야, 너 가서 머리나 헹구고 와."

"말 돌리지 말고 그래서 언제 오는데?"

"몰라, 내년 이맘때쯤? 이번에 들어가 봐야 알아. 너 그러다 머리 샛노랗게 변하면 어쩌려고."

"어느 벽화의 그리스 신처럼 보이겠지. 여하튼 광고, 나 써라. 꼭."

"그리스 신 같은 소리 하고 있네. 팬들이 염색약만 선물할걸, 검은색으로. 그리고 여자 구두 광고에 왜 널 써. 네가 신게? 그렇게 이상한 성적 취향을 드러내고 싶냐?"

"얘가 또 시대를 역행하네. 너 얼마 전에 남자 가수가 여자 백 들고 나온 광고 못 봤어? 원래 그런 게 더 섹시해 보이는 거라고."

"허옇게 염색약 바르고 섹시는 무슨. 여기에 여자 구두까지 걸쳐 봐. 난리 난다."

4층으로 이뤄진 청담동 미용실의 가장 위층은 연예인 중에서도 가장 핫한 VVIP들의 프라이빗을 지켜 주기 위한 공간이었다. 일반 고객들을 받는 아래층은 북적였지만, 예약제 손님만 받는 이곳은 헤어 디자이너와 메이크업 디자이너, 그리고 막내 스태프 한 명으로만 모든 일을 진행할 정도로 비밀스러운 장소였다.

4층의 스태프들은 우빈의 열렬한 팬이었다. 보통 진상을 부리거나 깐깐하게 굴어 혀를 내두르게 하는 스타들이 많은데 그는 그렇지 않았다. 높은 인기에도 젠틀하고 유쾌한 모습에 그들은 우빈의 예약이 잡히면 두 손을 들고 환영했다.

오늘도 우빈의 예약이 잡혀 있어 싱글벙글했던 스태프들은 그가 염색을 함께할 거라며 여자를 데리고 오자 호기심과 질투로 두 사람을 바라보았었다.

하지만 둘이 하고 있는 저 만담은 무엇이란 말인가. 댄디하고 인텔리한 느낌을 주던 최우빈이 맞나 싶었다. 여자는 그의 장난과 억지에 썩소를 지으며 시니컬하게 응수했고, 심지어 가끔씩 그를 '최띨띨'이라 부르기도 했다.

그들의 대화로 짐작해 보아 둘은 오랫동안 알고 지낸 사이 같았지만 연인은 아닌 듯했다. 더욱이 문제는 고목나무와 매미 같은 둘의 모습에 웃음을 참기가 힘들다는 것이었다.

만담이 계속되자 스태프들이 하나둘 숨을 죽이고 큭큭거리기 시작했다. 그들의 웃음소리에도 한참이나 계속되던 실랑이는 알람 소리를 듣고 다가온 스태프 덕분에 멈추게 되었다.

"저, 머리 헹구시러 오시겠어요?"

겨우 웃음을 참으며 다가온 스태프가 두 사람을 샴푸실로 데리고 갔다.

"설마 그 옷 그대로 입고 갈 건 아니지?"

수건을 얹은 얼굴 위로 비통하다는 듯 손을 올린 우빈이 이내 이를 내보이며 자신만만하게 웃었다.

"야, 그럴 줄 알고 이 오빠가 네 옷도 협찬해 왔다."

"뭐? 남자 배우한테 여자 옷 협찬해 주는 정신 나간 브랜드가 어디야?"

"그 정신 나간 브랜드 책임자가 우리 누나다, 인마."

그의 말에 세린은 아, 하고 고개를 끄덕였다. 그녀는 우빈의 누나인 유주와도 자주 연락을 하며 가깝게 지내는 사이였다. 세린은 새 구두가 나오면 한 켤레는 유주에게 보내 주었다. 선물용으로 줬는데도 꼭 잡지에 자연스런 홍보 기사를 넣어 줘 더욱 고마울 따름이었다.

언니한테 전화 한번 해야겠네. 실력을 인정받는 그녀가 보낸 옷이라면 분명 예쁠 것이다. 세린은 오른쪽 다리를 높게 들어 오늘 신고 나온 구두를 확인했다.

검은색 스틸레토 힐은 그녀를 그 남자에게로 이끌어 줄 준비를 마친 것처럼 화려하게 빛나고 있었다. 흠, 좋아.

"우리의 주진욱 씨는 이쪽으로 오는 거 확실하지?"

"응, 곧 도착한대."

먼저 머리 손질을 끝낸 세린이 메이크업을 받기 시작하자, 우빈이 머리를 털며 옆자리에 앉았다. 그녀는 진욱이 보내온 문자를 보며 걱정스런 표정을 지었다.

"선배가 정말 질투란 걸 하겠어?"

자초지종을 듣게 된 우빈은 세린을 납치하듯 미용실로 데려왔다. 그건 모두 그의 계략이었다. 맹충이같이 볼 키스를 핑계로 8년 만에 만나 입술부터 들이대는 여자가 어딨냐며 혼을 내는 우빈에게 세린은 '찐따' 소리까지 듣고 말았다.

지금이라도 늦지 않았으니 시키는 대로 하라는 그의 말에 그녀는 정치인이었던 어떤 남자를 떠올렸다.

내 눈을 바라봐, 넌 주진욱을 갖게 되고. 뭐, 그런 거?

일단 진욱을 이곳으로 불러 자신과 함께 있는 모습을 마주치게 하라는 게 우빈의 주문이었다. 그의 말대로 진욱에게 와 달라고 하긴 했는데……. 세린은 조금 걱정스러웠다.

어느새 드라이를 마치고 머리를 넘긴 우빈이 뒤로 다가와 섰다. 그리고 양손으로 세린의 어깨를 잡더니 얼굴을 가까이 붙였다.

거울을 바라보며 씨익 웃는 그의 모습은 흡사 만화영화에 나올 법한 마녀 같았다. 최근 영화에서 중상모략가 역할을 맡게 됐다더니 눈빛이 예술이다. 희번덕거리며 빛나는 게.

"걱정 마. 넌 그냥 오빠 말대로만 하면 돼."

짙은 남색 계열 컬러에 벨벳 소재 원피스는 세린의 몸을 부드럽게 감싸 주었다. 몸에 맞춘 듯 딱 떨어지는 길이와 핏감에 그녀는 설핏 웃었다.

하여간 유주 언니 센스는 알아줘야 해. 평소 공식 석상에서도 매니시한 정장에 그와 어울리는 여성스런 아이템 한두 가지로 포인트 주는 스타일을 선호하는 그녀였기에 원피스는 오랜만이었다.

팔과 허리선까지 라인을 드러내며 달라붙는 치맛자락은 허벅지 중간에서 넓게 퍼져 나풀거렸고 커프스 버튼처럼 소매를 장식하고 있는 진주알은 치마 끝자락에도 수놓아져 있었다. 덕분에 슬쩍 움직일 때마다 치마를 따라 흩날리는 진줏빛이 신기하고 마음에 들어 세린은 거울 앞을 꽤 오랫동안 떠나지 못했다.

거울 앞에 서서 이리저리 몸을 돌리는 세린에게 나설 채비를 마친 우빈이 다가와 속삭였다.

"거울 좀 그만 봐. 예뻐 가지고."

세린은 우빈이 건네주는 외투에 팔을 끼워 넣으며 찌릿 그를 노려봤다. 말은 살살 녹게 해도 그건 그의 놀리는 방식 중 하나였다.

이거 아직도 이렇게 놀리네. 해나가 보살이야, 보살.

장난기 가득한 얼굴로 웃고 있는 우빈의 옆을 해나가 스쳐 지나갔다. 그녀는 아주 가까운 지인들만 아는 그의 오랜 연인이었다. 세린 역시 우빈을 알고 지낸 지 꽤 오래되었지만, 그 둘은 훨씬 전부터 함께였다.

모델로 데뷔한 그가 점점 유명세를 타면서 두 사람에게도 위기는 있었지만, 우빈의 끈질긴 설득 끝에 지금까지도 별 탈 없이 연애를 이어 오고 있었다.

털털한 해나의 성격 덕분인지, 그녀는 그 한 번의 위기를 제외하고는 여자들과 스스럼없이 지내는 그의 행동—그럼에도 우빈은 다른 여자에게 이성적인 관심은 단 한 번도 가진 적이 없었다고 말한다—에 대해 가타부타 토를 달지 않았다. 겉으로는 능글맞아도 누구보다 그녀를 위한다는 것을 잘 알고 있었다.

"여자는 거울 앞에 서면 시간 가는 줄 모르는 법이야."

목 뒤로 손을 넣어 코트 속으로 들어간 머리카락을 정리한 세린은 핸드폰을 들어 메시지를 확인했다.

〈도착.〉

그 짧은 두 글자에 잠잠하던 가슴이 울렁거리기 시작했다.

"사랑하는 사람 앞에서도 그런 법이지."

코트 주머니에 핸드폰을 집어넣던 세린은 우빈의 말에 수

궁했다. 그 말을 듣는 순간 진욱과 함께했던 20대 초반의 자신이 반사적으로 그려졌으니까.

강의를 듣는 내내 옆에 앉아 있던 그를 의식하다 교수님의 질문을 놓친 날도 있었고, 그와 함께하는 80분의 강의 시간이 총알처럼 빠르게 지나갔을 때도 있었다.

리포트를 쓰다가도, 발표 준비를 하다가도, 수첩에 구두를 그려 보다가도 생각은 물 흐르듯 진욱에게로 향했다. 그러다 사춘기 소녀처럼 애틋한 자신의 짝사랑에 쓴웃음을 머금곤 했었다.

매번 그와 함께 있을 때면 달아나듯 빠르게 지나가는 시간이, 오늘도 변함없을까? 아니, 그것보다 궁금한 건 따로 있었다. 나와 함께하는 그의 오늘은, 나와 같은 속도로 흘러갈까?

세린은 문득 오랜 시간 동안 한 사람과 같은 속도로 함께한 우빈의 연애가 부러워졌다.

"가자."

그녀는 거울에 비친 제 모습을 곧게 바라보며 가방을 손에 쥐었다. 어쩐지 비장함이 느껴지는 세린의 말에 우빈 역시 진지한 표정을 지으며 앞장서 엘리베이터로 걸어갔다.

"내가 이따 어떤 짓을 해도 그냥 넌 웃기만 해."

"무슨 짓을 하려고……."

"깔깔대며 웃을 필욘 없고 미소 정도면 돼."

그가 섬뜩하게 미소 짓는 걸 보며 그녀는 저도 모르게 몸을 떨었다. 엘리베이터 문이 열리자마자 치마 밑으로 들어오는 차가운 바람에 세린은 절로 몸을 굽혔다. 아, 추워. 어깨가 움츠러들고 온몸에 힘이 들어갔다.

"선배!"

4층만을 오가는 엘리베이터는 주차장으로 내려가는 계단과 바로 이어져 있었다. 밖으로 향하는 문이 열리자 한 층 아래에 서 있는 진욱이 보였다. 세린은 손을 흔들며 그를 불렀다. 그 부름에 안 그래도 그녀에게 향해 있던 시선이 더욱 또렷해졌다.

깃을 세워 잠근 검은색 코트와 같은 색의 진, 그리고 어두운 회색 스니커즈는 진욱의 큰 키와 슬림한 몸매를 더욱 매력적으로 드러냈다.

반듯하게 떨어지는 앵커 주진욱과는 사뭇 다른 모습이었다. 은은한 미소까지 입에 걸고 그녀를 올려다보는 그는 어제보다 확실히 밝고 편안한 느낌을 주고 있었다. 게다가 올리고 있던 앞머리를 내리자 소년 같은 느낌까지 발산했다. 이 남자…… 정말!

"잘생겼네."

자신의 입에서 튀어나온 말인 줄 안 세린이 깜짝 놀랐지만 그것은 우빈이 내뱉은 말이었다. 그치, 세린은 그의 말에 가

녑게 응수했다. 왠지 모르게 올라오는 뿌듯함에 미소가 절로 지어졌다.

그런데 진욱의 표정이 아까보단 좀 굳은 것 같았다. 방금 전까지 분명 옅게 웃고 있었는데? 하긴 날씨가 이렇게 추운데 나와서 기다렸으니 고생했겠다. 빨간 그의 코끝이 눈에 들어오자 그녀는 걱정스럽게 입을 열며 발걸음을 재촉했다.

"추운데 차에서 기다리지! 어……."

계단으로 향하는 스틸레토 힐 위로 무언가가 가볍게 걸리는 느낌이 든 순간, 세린은 중심을 잃고 앞으로 고꾸라지려 했다.

넘어질 뻔한 그녀의 손목을 붙잡아 제 품 안에 가둔 건 우빈이었다. 앞으로 중심이 쏠려 고개를 숙였을 때, 세린은 우빈의 한쪽 발이 자신의 구두 바로 앞에 놓인 것을 포착했다. 겨우 중심을 잡고 선 세린의 귓가로 아까 흘려보낸 우빈의 말이 어렴풋이 떠올랐다.

"미리 사과한다."

그제야 상황을 인지한 세린은 천천히 얼굴을 들어 우빈과 눈을 마주했다. 입 끝까지 육두문자가 차올라 그녀는 살짝 인상을 썼다.

"걱정 마. 넌 그냥 오빠 말대로만 하면 돼."

무시무시한 세린의 표정에도 우빈은 그저 웃는 낯으로 조용히 속삭였다. 웃어, 웃어.

그는 꽤 오버스러운 표정과 말투로 그녀를 걱정했다.

"하마터면 넘어질 뻔했잖아. 조심해야지."

허이고, 조오시임? 골로 보낼 뻔한 게 누군데 이게 진짜. 세린은 당장 우빈의 멱살을 잡고 따지고 싶었으나, 일단은 꾹 참고 그의 장단에 맞춰 보기로 했다.

억지로 웃는 티가 덜 나도록 천천히 입술을 끌어 올리며 고개를 돌리자 굳은 표정의 진욱이 보였다. 코트 주머니에 넣고 있던 손을 뺀 그는 아까보다 계단과 가깝게 서 있는 것 같기도 했다.

잘되고 있는 건가? 놀란 가슴을 쓸어내리고 끓어오르는 분노를 진정시키며 세린은 차분하게 미소를 이어 가려 노력했다. 그리고 계단을 내려가는 내내, 우빈은 그녀를 걱정하듯 어깨를 부여잡으며 또다시 진상 같은 말을 내뱉었다.

"이 예쁜 얼굴에 흠집 나면 어쩌려고."

진정으로 온몸이 가려워져 벅벅 긁고 싶었다. 어젯밤 주진욱 때문에 간질거렸던 손가락과는 차원이 다른 가려움이었다.

아, 스틸레토 힐 안에 자리한 발가락이 오그라들고 있었다.

느끼한 말들을 연속해서 쏟아 내는 우빈 때문에 점점 가까워지는 진욱의 얼굴을 보기가 부끄러워졌다. 그러나 그러면서도 진욱의 표정에 변화가 있는 것 같자 한편으론 좀 더 그를 골려 주고 싶어졌다.

우빈은 어쩐지 떫은 표정을 하고 서 있는 진욱을 마주하며 갑자기 세린의 얼굴을 부여잡아 제 쪽으로 돌렸다. 무대의 대미를 장식하기 위해서였다.

"세상에. 우리 쎄리니. 놀라서 얼굴 하얘진 것 봐. 청심환 먹어야 하는 거 아니야? 아이구."

그는 모르는 사람이 본다면 애정이 뚝뚝 묻어난다고 여길 만한 얼굴을 하고 있었다. 이 오그라드는 연기가 진정 이 시대의 핫한 아이콘 최우빈의 것이란 말인가. 미안하다, 구토 유발한다.

세린은 코트 안에서 가렵다고 몸부림치는 자신의 몸이 사그라질 것만 같다는 생각이 들었다. 그의 얼굴을 저 뒤로 밀어 해방감을 맛보고 싶었지만 그녀는 어금니를 꽉 깨물며 참고 미소 짓는 것을 택했다. 그러면서도 허파 깊은 곳에서 연극인 듯 연극 아닌 연극 같은 이 상황에 진심으로 웃음이 터져 나올 것만 같았다.

"괜찮아."

그러니까 이것 좀 놔줄래, 제발? 주진욱 씨 때문에 별걸 다하네. 노력이 가상한 만큼 질투를 해 줘야 할 텐데.

"선배, 왔어요?"

우빈의 손에서 빠져나온 세린은 몸을 돌려 진욱을 똑바로 마주 봤다. 추운데 차에서 기다리지. 가까이서 그를 보자 빨개진 코와 귀가 더욱 눈에 들어왔다.

미간을 찌푸린 그녀는 냉큼 그를 끌어 차 안으로 들어가고 싶었지만 조금 참기로 했다. 보고 싶은 게 있었으니까.

응, 하고 간단히 대답한 진욱이 괜찮으냐고 물어 왔다. 계단에서 넘어질 뻔한 걸 얘기하는 거겠지. 괜찮다고 대답을 하려는 찰나, 그가 두어 걸음 더 다가와 곁에 서며 물었다.

"이분은 누구시지?"

진욱을 마주한 우빈은 울림 좋은 그 목소리 속에 미묘하게 날이 서 있다는 걸 느꼈다. 그리고 세린의 어깨를 감쌀 때 얼굴 어디쯤을 구멍 낼 듯이 빤히 바라보던 시선의 뜻도 전부 알아챘다.

이 남자, 질투하는 게 확실했다. 오빠 덕분인 줄 알아라.

"친굽니다."

세린에게 묻는 듯했지만 사실상 우빈에게 물었던 진욱은 그에게서 대답이 흘러나오자 한쪽 눈썹을 짧은 순간 가볍게 올렸다 내렸다. 넉살 좋게 악수를 청하며 웃는 우빈의 손을 잠시 바라보다 마주 잡았다.

"최우빈입니다."

"주진욱입니다."

악수치고 조금 오랫동안 잡았던 손을 놓자, 이번에는 우빈이 질문했다.

"그러는 그쪽은 누구시죠?"

날카로운 말투에 진욱은 잠시 말을 하지 못했다. 그가 대답하려는 순간, 세린이 끼어들어 대신 말했다.

"내 대학 선배."

세린은 디자인할 때를 제외하고 처음으로 여자의 직감이라는 걸 사용해 보았다. 우빈이 던진 미끼에 기웃거리는 이 물고기 앞에서 제대로 낚싯대를 흔들어 줘야겠다고 말이다.

그녀의 대답에 진욱의 입술이 굳게 다물렸다. 무언가 마음에 들지 않는다는 뜻이었다. 대학 시절 알게 된 그의 많은 표정 중 하나였다.

"먼저 실례하겠습니다."

진욱이 우빈을 향해 정중히 말했다.

"가자."

먼저 몸을 돌려 차로 향하는 그의 손은 코트 주머니 안으로 다시 삐뚜름하게 들어갔다. 찬바람이 부는 것 같은 그의 뒷모습에 그녀는 새어 나오려는 웃음을 참으며 입술을 깨물었다.

우빈과 눈을 마주하자 그가 가볍게 윙크를 날렸다.

"가, 추워."

"응, 연락할게. 해나한테 안부 전해 주고."

고개를 끄덕이는 우빈에게 세린은 작게 손을 흔들며 뒤돌아 조수석을 향해 종종거리며 뛰어갔다. 미리 데워 놓아 따뜻해진 시트에 앉은 그녀는 안전벨트를 매고 사이드미러에 비치는 우빈에게 속으로 고마움을 전했다.

생각해 보면 한창 바쁜 스케줄 때문에 시간도 없을 텐데, 머리며 옷까지 신경을 써 줬다. 다음엔 진짜 광고 모델로 한번 고려해 봐야겠다.

진욱의 차가 주차장을 빠져나오고 얼마 안 돼서 세린의 휴대전화가 진동을 했다.

〈악수하다 손가락 나갈 뻔. 무슨 악력이…….〉

아, 악수가 길어진 이유가 그것 때문이었구나. 세린은 키득거리며 메시지를 확인했다. 그리고 이어진 또 하나의 메시지에 입가를 쓸던 검지를 가볍게 깨물었다.

〈그 남자, 질투 중.〉

과속방지턱을 넘어가는 차처럼 마음이 덜컹하고 울렸다. 슬그머니 고개를 들어 올린 세린은 여전히 굳어 있는 진욱의 옆모습을 바라보며 속으로 물었다.

 '선배, 정말 질투 중인 거예요? 당신의 오늘이 나의 속도와 같은 거 확실한 거예요?'

 또다시 손가락이 간지러워졌다. 터질 듯 말 듯 하고 싶은 말들이 맴도는 입술 또한 마찬가지였다.

 저 이제 짝사랑 청산해도 되는 건가요? 세린은 시선을 돌리지 못했다. 굳게 다문 입술로 운전을 하는 진욱의 눈은 깊고 날카로웠다. 그래서 왠지 더 웃음이 났다. 결국 첫눈처럼 몽글몽글해진 기분에 입을 열고 말았다.

 "선배, 우리 어디 가는 거예요?"

 "밥 먹으러."

 표정과 달리 부드러운 목소리에 세린은 잠시 눈을 감았다 떴다. 그러자 진욱의 시선이 그녀를 향했다. 짙은 눈썹 아래에 놓인 그의 눈이 가늘어졌다.

 "왜, 아까 그 친구랑 같이 밥 못 먹어서 아쉬워?"

 말도 안 되는 소리다. 하지만 저렇게 묻는 주진욱을 좀 더 골려 주고 싶었다.

 "네, 아쉬워요."

그 말에 그는 한참 동안 대답을 하지 않았다.

"다시 데려다줘?"

이제는 세린도 느낄 수 있었다. 진욱의 말에 담긴 머뭇거림을. 세린은 대답 대신 그를 가만히 바라보았다.

터질 듯 부풀어 오른 숨은 계속해서 심장 박동 수를 증가시켰고 어떠한 깨달음에서 오는 기쁨은 뒤엉킨 것 같던 머릿속을 말끔히 정리해 주었다. 그러다 오랜 시간 담아 왔던 설움에 눈앞이 금세 희뿌옇게 변해 버렸다.

이와 비슷했던 어느 날이 스쳐 지나가 정면을 바라보고 눈을 크게 떴다. 망울져 떨어질 것 같은 이슬을 말리던 세린은 바보 같은 짝사랑은 어렸을 때로 충분하다고 생각하며 입을 열었다.

"선배는요?"

진욱과 세린의 눈이 허공에서 부딪쳤다.

"선배는 어떡하고 싶은데요?"

chapter 4

시간과
낙엽

그날은 생일을 이틀 앞둔 금요일이었다. 진욱은 생일을 챙기는 성격은 아니었지만, 생일날 아침이면 어머니가 끓여 주는 미역국을 먹으며 지내 왔다.

따뜻한 미역국에 밥을 말아 먹고 든든한 속으로 가방을 메면 현관에는 언제나 같은 크기의 상자 두 개가 놓여 있었다. 열어 보지 않아도 언제나 그랬듯 내용물은 똑같을 것이다. 물론 두 상자 중 하나만 진욱의 것이었지만.

그는 취향이 확실한 편이었다. 하지만 같은 선물을 받는 것에 대해 크게 불만을 갖지 않았다. 진욱은 신발을 신고 그중 하나를 집어 들었다.

감사하다고 인사를 하면 보통 어머니는 이렇게 말씀하셨다.

"케이크 사 놓을 테니 일찍 들어와라."

하지만 진욱의 모친은 예상을 빗겨 나가는 말로 아침부터 그를 당혹시켰다.

"생일인데 데이트도 하고 그래. 아들, 요즘 만나는 친구 없어?"

"네?"

현관 문고리를 잡은 채 진욱이 반문하며 몸을 돌리자, 머리를 동그랗게 말아 놓은 그의 모친이 그를 보며 생글생글 웃었다.

"없어요."

생소한 질문을 받아서일까, 아니면 순간적으로 그 녀석이 생각나서일까. 평소 같았으면 바로 나섰을 문 앞에서 그는 주춤거리고 있었다.

"이렇게 잘생기게 낳아 놨는데 없을 리가. 케이크 사 놓긴 할 건데, 이왕이면 네 아빠랑 데이트 좀 하게 늦게 들어와."

"없다니까 그러네."

이번에는 어머니의 말에 응수하며 단번에 현관문을 열었다.

"하긴, 네 성격에 생일이라고 먼저 말할 것 같지도 않다. 그래도 누가 챙겨 주면 밥 먹고 들어와. 알았지, 아들?"

어머니의 말을 뒤로하고 진욱은 올라오는 엘리베이터를 기다리며 거울 앞에 섰다. 머리를 정리하고 수염 자국 없이 깨끗한 턱을 매만졌다.

이렇게 잘생기게 낳아 주신 부모님의 데이트를 막는 불효막심한 아들이 될 순 없지. 금요일인데 수업 끝나고 친구들을 불러 술이라도 한잔해야겠다고 생각하며 그는 도착한 엘리베이터에 올랐다.

금요일 4시부터 6시까지 듣는 수업은 항상 학생들을 시험에 들게 했다. 아무리 학기 초에 열심히 듣겠다고 결심했어도 3주쯤 지나 월요일 1교시 수업과 금요일 마지막 수업을 들을 때면 자괴감에 빠져들었다.

하고 많은 강의 중에 하필 왜 이걸 선택했지. 모든 학생들의 공통적인 생각이었다. 누군가는 공강이라 금요일부터 주말이 시작되기도 했고, 또 누군가는 적어도 3~4시면 수업이 끝났다.

후문 앞 술집에 삼삼오오 모이기 시작할 시간에 수업을 듣는 이들은 몸을 꼬며 교수님과 시계를 번갈아 보았다.

지석도 예외는 아니었다. 금요일 수업은 언제나 지루했지만 오늘은 유독 시간이 굼벵이처럼 흘러가는 것만 같았다. 저번 주부터 공들인 타 대학 무용과 학생들과의 미팅 날이 바로 오늘이었기 때문이다.

시간아, 빨리 가라. 빌고 빌었던 마지막 수업이 끝나자 그는 냉큼 가방을 챙겨 들었다. 그리고 조금 떨어진 자리에 앉아 있는 진욱을 돌아봤다.

"독한 새끼."

노트 마지막 줄까지 강의 내용을 요약해 쓰고 있는 진욱을 보며 지석이 말했다.

"끝나자마자 달려 나가도 모자랄 판에, 금요일 마지막 교시에 그러고 싶냐?"

지석은 혀를 끌끌 차며 그에게 다가갔다.

"야, 너 진짜 안 나갈 거야?"

"어딜?"

"어디긴 어디야. 무용과 여신들과의 만남이지, 인마."

"어, 난 됐어."

고개도 들지 않고 무심하게 가방을 챙겨 일어서는 진욱을 보며 지석은 한숨을 쉬었다.

"밥을 입에 처넣어 줘도 못 먹네, 자식이."

진욱은 미팅엔 별 관심이 없었다. 그의 관심은 한 층 올라가면 있을 그의 사물함에 온통 쏠려 있었다.

학기 초 자리를 맡아 놓느라 휘갈겨 쓴 학번 말고는 이름도 써 놓지 않은 구석 자리의 사물함. 중요한 것을 필기한 노트는 바인더에 따로 모아 놨기에 그는 사물함에 딱히 자물쇠를 채워 놓지 않았다. 딱히 눈에 띄지 않아서 누가 물건을 훔쳐 갈 염려도 없었다. 사실, 훔쳐 가도 그만이었지만.

그런데 언젠가부터 그 사물함이 계속 신경 쓰이기 시작했다. 안에 빼빼로가 들어 있었던 그날부터였다.

그 후로 '무슨 데이'라고 하는 날에는 꼭 그것과 관련된 간식거리가 놓여 있었다. 시험 기간에는 초콜릿이나 껌, 캔 커피 등이 들어 있었는데 누가 넣은 것인지는 확실했다. 포스트잇에 이름과 응원 메시지를 적어서 남겼으니까.

박세린. 그 후배였다.

생일도 잘 챙기지 않는 진욱에게 '무슨 데이'라는 것은 생소하기 그지없었다. 기념일을 챙길 일이 없었던 그는 사물함의 내용물을 보고서야 '아, 그래서 다들 난리구나' 하고 생각했다.

그러다 하루는 매점에 가서 세린에게 받은 비슷한 간식거리를 하나 사 두었다. 받기만 하는 건 예의가 아니라고 생각해서였다. 그뿐이었다. 그러다 줄 때를 잊어 타이밍을 놓치고 말았다.

그러던 어느 날, 진욱의 시선에 열람실에서 공부하던 세린의 뒷모습이 들어왔다. 다가가 캔 커피를 책상 위에 올려 주자 갑자기 등 뒤에서 뻗어 나온 손에 화들짝 놀라 돌아보는 그녀와 눈이 마주쳤다.

너무 놀래켰나. 안 그래도 큰 눈이 튀어나올 듯 더욱 커지자 진욱은 미안함을 느꼈다. 그러나 놀라던 것도 잠시, 배시시 웃으며 입 모양으로 고맙다고 말하는 그녀의 얼굴은 마치 몇만 송이 장미꽃을 받은 것처럼 기쁨과 고마움으로 물들어 있었다.

생각 이상으로 좋아하는 그녀의 얼굴을 보니 그는 어찌할 바를 몰랐다.

"열심히 해."

어쩐지 잘 올라가지 않는 입꼬리를 올리며 진욱은 가볍게 응원을 건넸다. 자리로 돌아오는 내내 설명할 수 없는 감정에 그는 당황스러웠다.

그렇게 좋아할 일인가? 예쁘게도 웃네. 열람실에 자리를 잡고 앉아 샤프를 쥔 진욱의 오른손이 화끈거려 왔다.

그날 이후, 단것을 좋아하지 않던 그는 사물함에 놓인 간식들을 챙겨 자신의 방 책상 한구석에 두었다. 동생이 무슨 과자들이야, 하고 물어도 손대지 말라고 어물쩍 넘기며 모은 것들이 이제는 꽤 쌓여 있었다.

지석은 책을 넣어 둘 요량으로 사물함이 있는 3층으로 올라가는 진욱의 곁을 따라다니며 미팅에 가자고 설득했다. 너는 왜 떠먹여 줘도 못 먹냐, 우리 둘이 나가면 작살 난다 등등.

"아직도 안 갔냐? 가라, 좀."

사물함 앞에 도착한 진욱은 지석을 돌아보며 귀찮은 표정을 지었다. 손까지 휘이 저어 가며 거부감을 드러냈지만 그는 쉽사리 자리를 뜨지 않았다.

한 명이 급하게 펑크를 내는 바람에 인원수가 안 맞던 차였다. 어떻게 잡은 미팅인데. 지석으로선 진욱이 나가면 모든 게 완벽했다. 멀끔하게 생긴 데다 키도 훤칠하니 앉아서 얼굴마담만 해도 분위기는 금방 살 터였다. 여자에게 별 관심도 없으니 딱인데. 아쉬움에 지석은 입맛을 다셨다.

"아, 왜! 저녁에 뭐 약속 있어?"

결국 짜증을 내며 묻는 그에게 진욱은 상큼하게 그렇다고 대답했다. 지석을 신경 쓰지 않고 사물함에 손을 올린 진욱은 확신했다.

이 안에 분명 자신의 생일을 축하하는 무엇이 들어 있을 거라고. 누가 들으면 제대로 도끼병에 걸렸구나 혀를 차겠지만 그는 자신하고 있었다. 그리고 머릿속을 맴도는 어머니의 말을 실천해 볼까 생각 중이었다.

"그래도 누가 챙겨 주면 밥 먹고 들어와. 알았지, 아들?"

그래, 밥 한 번쯤은.

진욱은 세린에게 전화를 걸어 같이 밥을 먹자고 할 계획이었다. 옆에 있던 지석의 존재도 잊은 채 그는 휴대전화를 들었다. 전화번호를 찾아 통화 버튼을 누르고 귀에 휴대전화를 가져다 대자 지석이 더욱 신경질을 냈다.

"야, 진짜 저녁 약속 있어?"

가볍게 지석의 말을 무시한 그는 뚜루루, 하는 연결음을 들으며 사물함을 열었다. 그리고 이내 입꼬리를 말아 올렸다.

'생일 축하합니다!' 라는 문구와 요란한 케이크, 폭죽 그림을 그려 넣은 손바닥만 한 포스트잇이 사물함 안쪽에 붙어 있었다. 그리고 테이프로 고정시켜 놓은 멜론맛 알사탕 하나. 진욱은 포스트잇을 떼어 다시 한 번 그것을 빤히 보았다. 생일 축하합니다.

수화음이 꽤 오래 갔는데도 세린은 전화를 받지 않았다. 일단 휴대전화를 뒷주머니에 넣고 그는 알사탕을 까서 입에 넣었다.

이거면 충분했다. 입이 얼얼할 정도로 달았지만 그는 웃고 있었다.

어쩐지 만족스러운 웃음을 짓는 진욱을 이상하게 바라보던 지석은 어깨 너머로 그가 손에 쥔 것을 슬쩍 훔쳐봤다.

생일 축하합니다…… 박세린? 아, 역시 집념의 후배. 껌딱지 박세린 양. 여자가 그러는 것도 쉽지 않을 텐데. 지석은 세린의 구애에 혀를 내두르면서도 그 귀여운 용기가 가상하다고 생각했다. 또 한편으론 그런 녀석의 끊임없는 애정 공세를 받는 진욱이 부럽기도 했고.

"근데 너, 박세린 귀찮아하지 않았어?"

1학년 때 수업을 들었던 원론학 책을 꺼내 든 진욱은 맨 뒷장에 세린이 준 포스트잇을 붙였다. 동그란 외모와 달리 네모 정자의 반듯한 글씨체가 그녀의 정성을 대변해 주는 듯 느껴져 버리기가 찝찝했다. 그래, 처음엔 찝찝한 게 싫어서 시작했다.

그런데 한두 장씩 붙여 두었던 포스트잇이 어느새 원론학 책의 맨 뒷장을 다 채우고도 모자라 다른 페이지들을 넘어가자 그 '찝찝함'은 '기념'이 되어 있었다.

작은 선물들과 그 시간들을 기념하다 보니 어느새 진욱은 사물함 여는 것을 기대하고 있는 자신을 발견하게 되었다.

하지만 그는 그것을 왜 기대하고 있는지에 대한 자신의 감정은 제대로 깨닫지 못했다.

"아니, 그다지."

진욱은 무덤덤하게 지석의 말을 응수하며 사물함 문을 닫았다. 귀찮은 적이 있었던가? 그런 적은 없었던 것 같은데. 그는 다시 핸드폰을 꺼내 통화 버튼을 눌렀다. 이번에는 몇 번 울리지 않아 세린이 전화를 받았다.

—아, 선배!

밝은 목소리에 그의 입꼬리가 무의식적으로 올라갔다. 어디냐 묻는 물음에 경영관으로 이어지는 통로 쪽에 있다는 대답이 돌아왔다. 사물함이 있는 곳에서 코너를 돌아 조금만 더 가면 되는 곳이었다. 언젠가 보았던 그녀의 놀란 얼굴이 다시 보고 싶어져 그는 발걸음을 급히 옮겼다.

코너를 돌아 세린을 발견한 순간, 가벼웠던 진욱의 발걸음이 무거운 납덩이를 단 것처럼 천천히 멈췄다. 남자와 친근하게 걸어오는 그녀 때문이었다.

한 손으론 전화기를 들고 자신과 통화하며 다른 사람에게 환히 웃어 주고 있는 모습에 그는 이상하게 심사가 뒤틀렸다.

마침 고개를 돌린 세린은 진욱과 그의 뒤를 따라온 지석을 발견했다.

"야, 저녁 세린이랑 먹기로 한 거였어?"

그녀를 보고 놀란 듯 지석이 물었다. 세린과 남자가 진욱과 지석의 앞에 다가와 섰다.

"네? 저녁이요?"

마주 본 두 사람의 표정이 심상치 않다는 것을 느낀 지석은 지금 이 상황이 흥미로워졌다.

주진욱이 껌딱지한테 항복했구만?

"바쁘니?"

"네? 아뇨. 그런 건 아닌데…… 아, 참. 이쪽은 우리 학과 선배님. 얘는 고교 홍보하면서 친해진 고등학교 후배예요. 인사드려."

말간 세린의 얼굴을 바라보던 진욱은 후배라는 녀석의 씩씩한 인사를 받아 주었다.

우리 학과 선배님이라고? 맞는 말인데도 유쾌하지 않았다. 오히려 그 반대에 가까웠다. 자신을 설명할 단어가 그것뿐인가.

"참, 선배. 저녁이라뇨? 무슨 말씀 하시던 거예요?"

언짢은 기분이 들었지만 그녀에게 저녁을 사 주고 싶은 마음은 여전했다. 세린의 옆에 서 있던 새내기가 무심코 끼어들며 '누나, 우리 저녁 먹으러 가는 거 아니었어?'라고 묻지 않았더라면. 굳이 그 타이밍에 주머니를 뒤적거리다 나온 사탕을 먹지 않았더라면. 그 사탕이 적어도 멜론맛이 아니었더라면.

저 녀석도 사탕을 받은 건가? 아니면 쟤한테 받은 걸 나한 테 준 건가?

물음에 대답도 하지 않은 채 새내기의 사탕을 빤히 쳐다보 는 진욱의 시선에 세린도 그쪽을 바라봤다. 물론 옆에서 이 상황을 관람하듯 바라보던 지석의 시선 역시 그러했다.

갑자기 쏟아진 세 사람의 시선에 당황한 새내기는 주머니 를 뒤적거려 진욱에게 손을 내보였다.

"서, 선배님도 하나 드실래요?"

갑자기 속에서 치미는 욕지기에 진욱은 그가 내미는 멜론 맛 사탕을 던져 버리고 싶은 충동을 느꼈다.

"아무것도 아니야. 저녁 맛있게 먹어라."

진욱은 뒤돌아 걸어가며 혀를 굴려 열심히 녹여 먹던 사탕 을 와그작와그작 씹었다.

"잘 가, 얘들아. 같이 가, 이 또라이야!"

지석은 애써 웃음을 참으며 진욱의 뒤를 따라갔다. 의외로 입이 무거운 지석은 그 일을 다른 곳에 퍼트리진 않았지만 한동안 진욱을 이렇게 불렀다.

"아유, 우리 삐돌이."

❖   ❖   ❖

빨간 신호등에 차가 멈춰 섰다.

"선배는요?"

돌아본 진욱의 시선과 세린의 눈이 허공에서 부딪쳤다.

"선배는 어떡하고 싶은데요?"

나는 어떡하고 싶으냐고? 그 질문에 그는 하하, 하고 웃음
이 나올 것 같았다.

그 뒤로 한참이 지난 후, 진욱은 긴장된 마음으로 사물함
을 열었다. 포스트잇이 붙은 초콜릿 한 상자가 전공 도서들
앞에 자리한 걸 보았을 때 자신도 모르게 안도의 한숨을 내뱉
었다. 그러나 포스트잇을 집어 들고 그것이 세린에게서 온 게
아니란 걸 확인했을 때의 그는 그제야 자신이 무엇을 잃었는
지를 깨닫고 말았다.

자신이 깨닫기도 전에 말도 없이 떠나 버린 그녀가 미웠
다. 그러나 그보다 세린이 떠나고 나서야 감정을 깨달은 자신
에게 미치도록 화가 났다. 빨리 표현하지 못한 자신의 모습에
통탄도 했고.

8년 전이나 지금이나, 단지 그녀의 대학 선배라는 수식어로
자신이 설명되는 게 짜증 났다. 그전과 다름없이 다른 남자 옆에
서 웃고 있는 세린의 모습도 마음에 들지 않았다. 미치도록 불
안했다. 그럼에도 당당히 그녀에 대한 소유권을 주장할 수 없
음에 답답했다.

'이렇게 맑은 눈으로 날 바라보는 네가 돌아가고 싶다고 말한다면 나는 속수무책으로 차를 돌릴 수밖에 없을걸.'

진욱은 무거운 한숨을 속으로 삼켰다. 신호에 잠시 정차하니 시동을 끈 것처럼 덜덜거리던 엔진 소리가 멈췄다. 순식간에 차 안은 적막에 휩싸였다.

어떻게 하고 싶으냐고? 솔직히 말해 줄까.

"나는 너랑 자고 싶어."

"선배는 어떡하고 싶은데요?"

그의 대답을 기다리며 두근거리는 자신의 심장 소리가 귓가를 가득 울렸다. 세린을 직시하고 있는 진욱의 눈은 화가 난 듯 애매하게 찡그려진 상태였다.

그녀는 지금 이 순간 그가 활짝 웃었으면 좋겠다고 생각했다. 그러면 적막으로 가득 찬 차 안이 조금은 소란스러워지지 않을까. 이미 두근대는 자신의 심장 소리 때문에 시끄러울지도 모르겠지만.

"나는 어떡하고 싶으냐고?"

진욱의 표정은 점점 빙글거림에 가까워졌다. 그는 마주한 시선을 놓지 않으며 서서히 머리를 기울였다. 대답을 듣고 싶다고 고개를 끄덕이는 그녀를 보며 핸들 위에 이마를 기댄 그가 반짝 웃었다.

"놀랄 텐데."

세린은 그래도 듣고 싶었다. 계속해서 뜸을 들이는 그의 얼굴을 바라보며 사뭇 비장한 표정을 지었던 것도 같다. 어서, 내게 말을 해. 어느 가요의 가사처럼 그녀는 계속해서 마음속으로, 눈으로 재촉했다.

그가 좀 더 질투해 주길 바랐다. 오랜 시간 동안 이어 온 짝사랑에 대한 보상을 받고 싶었기에. 8년 전에 보여 주길 바라고 바랐던 모습을 왜 이제 와서야 보여 주는 건지 궁금했지만 지금 그녀가 바라는 건 단 하나였다. 그의 말속에 담길 마음이 자신을 향한 것이기를.

대답을 들으려 진욱의 얼굴을 바라보길 한참, 신호가 바뀌고 앞에 서 있던 차가 출발했다. 시선을 바로 하며 그가 브레이크에서 발을 떼자 조용하던 엔진에 다시 시동이 걸렸다. 부릉 하는 소리와 함께 그가 입술을 열었다.

"나는 너랑 자고 싶어."

뭐라고? 물기로 가볍게 젖어 있던 세린의 눈이 튀어나올 것처럼 커졌다.

처음 Z 브랜드 본사가 위치한 이탈리아 피렌체에 적응해 나갈 때 그녀가 가장 애를 먹었던 것은 바로 남자들의 음담패설이었다.

신사적인 이탈리아 남자들이었지만 어린아이부터 노인까

지 유전자 깊숙이 박힌 치근덕거림—누군가는 섹시하고 매력적이라고 생각하겠지만—은 적응하기까지 꽤 오랜 시간이 걸렸다.

더군다나 런던과 파리를 자주 왕래하며 최고의 작품을 만들어 내는 이들은 하나같이 드세고 말이 거칠었다.

음흉함을 담배 한 모금과 함께 여과 없이 거칠게 쏟아 내느냐, 아니면 입에 한가득 오일을 머금은 느끼함으로 포장하느냐의 차이였다.

모두가 비정상적인 곳에서는 정상적인 의견을 개진하는 게 비정상인 것처럼, 그곳에서 성희롱이란 단어는 먹혀들지 않았다. 세린은 살아남기 위해 여러 방면에서 독해져야 했고 섹슈얼한 단어들을 입에 붙이는 것에 서슴지 않도록 노력해야 했다.

촬영을 위해 입고 있던 가운 사이로 드러난 가슴골을 들이밀며 은근한 섹스어필을 하는 건 남자 모델들도 마찬가지였다. 그런 일들에 익숙해지기까지 꽤나 고전했지만 벌써 8년이란 시간이 흘러 있었다.

흔히 말하는 남자들의 작업에 얼굴이 빨개졌던 시절은 한참 전에 지났다. 수석 디자이너의 간판을 단 지금, 그녀는 그런 모습에 코웃음을 치며—적어도 겉으로는—무시하거나 더 노골적인 말로 상대를 제압했다. 언젠가 모조리 성희롱으로 처넣으리라 결심하며.

그런데 주진욱이 하는 말에는 어떤 반응을 해야 할지 아무것도 떠오르지 않았다.

"네?"

단지 멍청한 표정으로 되물을 뿐.

"장난치지 말고요."

당황스럽다는 듯 세린이 말을 덧붙이자 진욱은 당당하게 받아쳤다.

"장난 아닌데."

정말이지 당혹스러웠다. 저 얼굴 뒤에 외계인이 붙어 있는 게 아닐까. 주진욱 씨 맞느냐고, 원래 주인 어디 갔냐고 물어보고 싶었다.

정면을 바라보고 있는 그의 얼굴에는 웃음기 하나 찾아볼 수 없었다. 주진욱이 '너랑 자고 싶다'라고 말하다니, 놀랄 노 자다.

세린은 엔진 소리 때문에 잘못 들었다고 애써 생각했다. 그러기엔 진욱의 발음이 너무 정확하고, 얼굴도 매우 진지했지만.

무슨 앵커가 천의 얼굴을 가지고 그래? 지가 배우야? 가지 말라는 말이면 충분했다고. 너무 갔어, 주진욱 앵커님.

"너랑 자고 싶어."

또다시 날리는 연타에 세린은 히익 하고 숨을 들이마셔 버렸다. 게다가 아까와 마찬가지로 정욕 하나 묻어나지 않은 깔끔 담백한 목소리라니. 속에 담긴 큰 뜻과 어울리지 않는 투였다.

거기다 장난기 하나 없는 그의 얼굴이란.

욕정이 뚝뚝 떨어지는 게 정상일 법한 저 문장이 그의 입술을 통해 너무도 담백하게 흘러나오자 그녀는 이상하게 입꼬리가 올라감을 느꼈다.

각각 놓고 보면 코미디적인 요소는 하나도 없었지만 웃음이 날 것 같았다. 외설적인 향기를 풍기며 다가왔던 남자들에게 지었던 차가운 철벽같은 비웃음이 아니었다. 저 말이 왜 이렇게 사춘기 소년의 수줍은 고백처럼 들리는지 모르겠다.

"너무 노골적인 거 아니에요?"

웃음을 참기 위해 부러 한숨을 쉬며 세린은 창밖을 쳐다보았다. 그리고 멀리 던졌던 시선을 끌어와 다시 진욱의 눈, 코, 입을 찬찬히 살펴보다 한곳을 응시했다. 저거였다. 그의 말이 거북하지 않았던 이유.

그때, 그가 그녀의 물음에 질문으로 답했다.

"그래서 도망갈 거야?"

도망은 이미 한 번 갔었는데. 다 잊고 새 출발하자고 다짐하며 타지까지 갔지만 별수 없이 이렇게 돌아온 걸 보면 글렀다. 도망은 텄네, 이 남자야.

"제 별명 까먹었어요?"

주진욱 껌딱지. 언제는 막무가내로 불러 대더니. 세린이
작게 구시렁거렸다.

"그리고."

빨갛게 물든 그의 귓바퀴를 보며 그녀는 개구쟁이 같은 미
소를 지었다. 나만 당할 순 없지.

"도망은 호텔로 가 볼까 하는데."

호기로운 말이 차 안에 울려 퍼지자 덤덤했던 그의 얼굴에
균열이 일어났다. 손에 힘이 들어갔는지 마침 좌회전을 하던
차가 덜컹 흔들렸다.

"뭐?"

여유롭던 진욱의 얼굴이 와르르 무너지는 걸 보며 세린은
해맑게 웃었다.

"왜요? 자고 싶다면서요."

사실이었다. 먼저 자고 싶다고 말을 꺼낸 건 진욱이었다.
그러나 어디 그게 진심으로 룸을 잡자고 한 말이었겠는가.

그는 8년 만에, 아니, 것보다 더 오랜 시간을 기다려 함께
한 첫 데이트에 그녀를 호텔 방으로 데려갈 정도로 미친놈은
아니었다. 흔히들 말하는 선수 짓에는 문외한이었다. 게다가
그녀가 이렇게 저돌적으로 나올 줄은 전혀 예상치 못했다.

이제 당황한 건 진욱이었다.

진욱을 보며 한참을 웃던 세린이 안전벨트를 풀고 운전석 쪽으로 몸을 돌렸다. 그녀가 손을 뻗어 진욱의 어깨를 짚자, 그의 몸이 움찔 굳었다.

아까 직구를 날리던 남자가 맞는지 의심스러울 정도의 반응이었다. 그에 세린은 오히려 빨갛다 못해 터질 것처럼 부어오른 그의 귓가에 입술을 가져갔다.

"근데, 선배. 부끄러우면 귀부터 빨개지는 건 여전하네요?"

종족부터 특이하다는 이탈리아에서 8년을 살고 온 내공을 무시하면 안 되죠, 선배님.

세린은 붉은 기운이 목까지 내려가는 걸 보며 개운한 표정으로 돌아와 앉아 손을 내밀었다.

"천 리 길도 한 걸음부터. 호텔 직행 전에 우리 손부터 잡을까요?"

새색시마냥 머뭇거리는 진욱의 손을 확 채 간 세린이 호탕하게 웃자 결국 그도 웃음을 터뜨리고 말았다.

─시청자 여러분 안녕하십니까. SBC 9시 뉴스의 주진욱입니다.

꼴깍꼴깍.

뉴스를 진행하는 그를 보고 있자니 왠지 입에 침이 고였다. 그렇다고 같이 뉴스를 보는 엄마 옆에서 노골적으로 침을 삼켜 댈 수도 없는 노릇이라 물을 한 통 가져와 마셨다.

뉴스 시작한 지 얼마나 됐다고 1.5리터 생수의 반이 사라졌다.

"웬 물을 그렇게 마셔?"

침이 고여서. 솔직히 말하기엔 어감이 좀 이상했다.

"그, 그날이 가까워져서 그런가?"

그날은 무슨. 30년 동안 단 한 번도 그날이 다가왔다고 물을 통째로 들이켠 적은 없었다. 떡볶이 접시에 코를 박고 흡입하거나 초콜릿을 박스로 사다 걸신들린 듯이 먹어 치운 적은 있어도.

"그래도 천천히 마셔. 물도 체해."

"응."

엄마가 사과를 내밀었다. 배가 불렀지만 지금 안 먹으면 출국해서 후회할 게 뻔했다. 사과는 거기도 있지만, 엄마가 주는 사과는 적어도 내년에나 먹을 수 있으니까. 그러다 보니 세린은 문득 제쳐 두었던 사실이 생각났다.

"근데 요즘엔 앵커도 얼굴 보고 뽑나 보네. 내 친구들도 요즘 쟤 때문에 뉴스 본다더라."

안방극장으로 향하려는 주부들의 채널도 고정시킨다는 저 남자. 그를 볼 시간이 얼마 남지 않았다. 바본가. 돌아가는 것과 그를 만나는 걸 별개로 생각하고 있었다니.

그와 헤어진다. 이 사실은 스물두 살의 그때나 지금이나 변함없이 암담하게 다가왔다. 앉아 있는 바닥이 밑으로 푹 꺼지는 기분이 들었다. 안 돼. 이제는 안 된다. 그냥 못 헤어지겠다.

서로를 기다릴 수 있을까?

세린은 반문하며 옆에 두었던 핸드폰을 집어 들었다. 그리고 이미 여러 번 읽었던 메시지를 다시 한 번 읽었다.

〈뉴스 보고 피드백 준비해 놔. 끝나고 확인할 거야.〉

그가 나오는 뉴스를 보겠다는 문자에 대한 답장이었다. 세린은 스크롤을 올려 그와 나눴던 대화들을 눈에 담았다. 자신을 바래다주고 집에 도착했다는 문자를 시작으로, 출근해서 회의를 하러 들어간다는 둥 그는 바쁠 텐데도 자주 메시지를 보내 왔다.

방금 전까지만 해도 푸흐흐 하고 웃음이 새어 나오게 하던 문자들이 이제는 마음을 착잡하게 만들고 있었다.

경쟁사에 비해 아시아 지지율이 떨어지는 Z 브랜드는 내년부터 시작될 아시아 진출 계획에 큰 비중을 두고 있었고 그에 대한 총괄자로 거론되고 있는 게 세린이었다. 무엇보다 아시아 출신의 수석 디자이너이기에 한국에서의 명성을 기반으로 브랜드의 얼굴이 될 수 있다는 게 회사의 생각이었다.

전문 경영인들이 배치되어 그녀는 브랜딩과 디자인 쪽에 주력하겠지만, 결국 총괄자의 소임을 위해서는 MBA 과정을 거쳐야 했다. 그게 세린에겐 떳떳하게 실력을 쌓고 펼칠 수 있는 길이었다. 세린의 미래 계획에 주진욱은 없었지만, 한번 들어온 이상 그는 그녀에게 포기할 수 없는 존재로 자리매김했다.

이렇게 된 이상…… 흠……. 혼자 앞서 가는 생각이래도 어쩔 수 없다. 안 되면 보쌈이라도 해 버리고 싶었다.

세린은 짐짓 고뇌하는 표정으로 말했다.

"엄마, 나 결혼할까?"

예상외로 세린의 모친은 기쁜 표정을 지었다. 무슨 뜬구름 잡는 소리냐며 나무랄 줄 알았는데. 엄마 딸 나이가…… 벌써 결혼 얘기에 그렇게 반색할 정도인 거야?

"어머, 누구 있어? 저번에 알랭인가 하던 그 남자애?"

가끔 이탈리아 집에 머물다 갔던 세린의 모친은 전에 봤던 훤칠하고 싹싹한 총각을 떠올렸다. 말은 잘 안 통해도 애가 참 착하던데.

"아니, 아니. 알랭은 게이고. 저 사람이랑."

세린은 쭈그려 앉아 손가락을 쭈욱 내밀어 한곳을 가리켰다. 그녀의 손끝은 얼마 전 새로 사 벽에 달아 둔 TV로 향해 있었다. 모친의 눈에 마침 뉴스를 마치고 인사를 하는 잘생긴 앵커가 들어왔다. 저 손가락이 가리키고 있는 게 설마.

"저 사람이 사위면 어떨 것 같아?"

그 말을 끝으로 두 사람 사이에 몇 초간의 정적이 흘렀다.

꺄핳핳핳허오호홍핳.

엄마가 그렇게 웃는 건 정말 오랜만이었다. 배꼽을 부여잡고 깔깔댔다. 세린은 그런 엄마를 멍하니 바라봤다. 퍽퍽, 소파까지 내리치며 웃는데 도대체 어떤 시점이 그렇게 웃겼을까가 궁금해졌다.

한동안 말도 못 하게 웃은 세린의 모친은 볼이 아픈지 두 손으로 톡톡 두드리며 자리에서 일어났다.

"호호, 올해 김장 배추에 물이 많더라니. 김칫국이 흘러넘쳤나 보네. 나가기 전에 약 한 첩 해 먹여야지. 애, 엄마는 너 진짜 결혼한다는 줄 알고 좋아했잖아."

그녀는 딸에게도 가이드라인이 확실한 사람이었다.

〈11시쯤 도착해.〉

마침, TV 속에서 사라진 남자에게서 문자가 왔다. 한 시간 후에 도착한다는 내용에 알겠다고 답장을 하니 뭐하냐고 묻는다.

나? 눈에서 땀 닦아.

chapter 5

우리
무슨
사이야?

출국일까진 시간이 조금 남았지만, 세린은 진욱과 헤어져
야 한다는 생각만 하면 한숨이 절로 나왔다. 알랭은 2주 동
안 열심히 즐기다 돌아오라고 했지만 그게 잘 안 됐다. 늪 같
은 그에게 빠지기 시작하니 헤어 나올 방법이 없었다.

　아, 돌아가기 싫다. 가지 말까? 그러기엔 맡은 일이 막중했
다. 봄 시즌 컬렉션이 기다리고 있으니 가자마자 패션쇼 준비
에 돌입해야 했다.

　언제 돌아오는 거냐고 빗발치는 전화도 너무 많이 왔다. 8년
만에 받은 제대로 된 휴가. 브랜드의 수석 디자이너가 회사를
비우기엔 너무 긴 시간이라고 잔소리를 늘어놓는 비서에게 '그

래도 틈틈이 디자인 보내 주고 시장 리포트도 체크하고 할 일 다 했다'라고 항의하며 만든 한 달이었다.

이 달콤한 한 달이 이제 겨우 며칠 남지 않았다. 게다가 그녀는 지금 달콤함의 정점을 찍으려는 단계였고.

달력을 체크하며 소리 없는 아우성을 지르던 세린은 다시 무거운 한숨을 쉬며 화장실로 향해 가열된 생각을 식히고자 찬물을 틀었다.

어지러운 생각까지 뽀드득 소리 나도록 깨끗하게 씻은 세린은 수건을 들고 얼굴의 물기를 꼼꼼히 닦았다. 방송을 위해 받았던 피부 관리 덕분에 그 어느 때보다 피부가 뽀얗게 빛나고 있었다.

패션계는 그녀의 구두에 열광했다. 덩달아 회사도 그녀를 놓치지 않고 싶어 했다. 집, 차, 돈. 모든 것을 아낌없이 지원했다. 동양에서 온 어린 샛별은 회사가 투자한 몫 그 이상을 해 주었으니까.

디자이너로 성공하기 전엔 이런 호사는 꿈도 못 꿨는데. 그녀가 디자인한 구두는 인생을 꽤 크게 바꿔 놓았다. 다음 달 집세 걱정을 하던 어머니에게 아파트를 떡하니 사 드릴 수 있을 만큼. 삐죽삐죽 튀어나온 눈썹을 직접 정리하지 않아도 될 만큼.

세린은 거울을 보며 얼굴을 가볍게 두드렸다.

'용 됐네, 용 됐어.'

전과는 확연히 달라진 현재의 삶에 새삼 이질감을 느꼈다. 그리고 예전부터 궁금했지만 애써 생각하지 않으려 노력했던 찜찜함이 밀려왔다.

주진욱은 왜 이제야 자신을 돌아본 걸까?

마음 한구석에서 떠나지 않던 의구심이 고개를 들자 세린은 또다시 생각에 빠져 버렸다. 자신이 그렇게 매달려도 후배 이상으로 보지 않았던 것 같은데. 하지만 그때도 밀어내진 않았었다. 그런 그의 행동에 헷갈렸지.

'혹시 자신의 성공이 그의 마음에 영향을 끼친 걸까' 하는 데까지 생각이 이어지자 세린은 화들짝 놀라 거울 속 자신의 눈을 바라봤다.

"선배 그런 사람 아닌 거 잘 알잖아."

진욱이 겉모습으로 사람을 평가하지 않는다는 건 지구가 돈다는 명제처럼 당연한 사실이었다. 학부 시절에도 그는 부모의 재력이나 지위를 이용하는 동기, 선후배들을 질색했다.

세린은 볼을 툭툭 건드리며 과거에 들었던 이야기를 떠올렸다.

진욱과 친한 동기 무리가 몇 학번 위의 선배 차에 탄 적이 있었다고 한다. 생일이라며 강남의 어느 술집으로 무리를 이끈 선배는 건물 앞에 도착하자 아버지뻘 되는 경비에게 차 키를 던졌다고.

자리를 비운 주차 담당자 때문에 일단 열쇠를 받긴 했지만 불안한 주차 실력 탓에 외제차에 되레 흠집이라도 낼까 안절부절못하며 곤란해하고 있던 경비에게 진욱이 다가갔다고 했다.

"주십시오. 제가 하겠습니다."
"야, 그걸 네가 왜 해!"

멀뚱히 서 있던 무리를 이끌고 건물 안으로 들어가려던 선배가 진욱을 돌아보며 소리를 치자 그는 대답도 하지 않고 차를 몰아 단번에 좁은 공간에 차를 주차시켰단다.

"너 내 말 무시하냐? 야!"

차에서 내린 진욱이 경비에게 열쇠를 맡기며 다가오자 선배는 다시 한 번 언성을 높였다고 했다. 주차 전부터 굳은 표정을 유지하던 진욱이 선배의 앞에 우뚝 서자 입을 열려던 그가 주춤 뒤로 물러섰다고.

"제가 주차 전문이라서요."

진욱의 말투엔 선배를 곤란하게 할 생각은 아니었다는 듯 다정함까지 서려 있었지만, 무리는 전부 목격했다고 한다. 그 눈에 비친 경멸이란 두 글자를. 그날 그의 행동과 표정은 계속해서 회자되어 과에서 모르는 사람이 없게 되었다. 세린 역시 누군가가 장황하게 풀어낸 얘기에 귀 기울여 알게 되었다.

결국 그 이야기는 영웅담처럼 부풀어 버렸지만 확실한 건 주진욱이 겉모습만큼이나 반듯한 속을 지녔다는 것이었다. 그런 사람을 속물이라 생각할 순 없었다. 갑자기 바뀐 자신의 지위만 보고 접근했다고 하기에는 무리가 따랐다.

가볍게—라고 쓰고 '모공 하나 안 보이게 꼼꼼히'라고 읽는—화장을 하고 집을 나선 세린은 엘리베이터 버튼을 눌렀다. 지그시 자신을 바라보던 진욱의 눈동자를 떠올리자 몸에 전기가 찌릿 흘렀다.

그러나 세린은 또렷하게 기억하고 있었다. 그날의 그 차가웠던 목소리를. 그 한마디에 받았던 상처를.

지하 주차장으로 내려선 세린은 근처에 주차된 진욱의 차를 발견했다. 손을 흔들며 다가오는 그녀에게 그는 라이트를 두어 번 깜빡이며 화답했다.

짙은 선팅 탓에 진욱의 얼굴은 볼 수 없었지만 쭉 째진 라이트가 마치 개구쟁이처럼 웃고 있는 그 같다는 착각이 들었다. 세린의 얼굴에도 미소가 피어났다.

그녀는 상처가 곪으면 고름을 제대로 짜내지 않는 이상 계속 피딱지만 앉을 거라고 생각했다. 새살이 돋아나려면 상처를 무시할 게 아니라 제대로 치료해야 했다.

그래. 물어볼 건 물어보고 치유할 건 치유하면 된다. 더 이상 그의 대답이 두려워 도망부터 치고 마는 스물둘 박세린으로 남아 있을 수는 없었다. 그건 관계에 대한 예의이기도 하니까.

"왔어요?"

진욱은 차에 오르는 세린의 모습을 하나하나 놓치지 않고 관찰했다. 보조석 문을 열고 그와 눈이 마주치자 이를 내보이며 활짝 웃는 그녀의 보조개가 깊게 파였다. 그런 그녀의 모습에 사우나에 온 것처럼 쌓인 피로가 풀리는 기분이 들었다. 다정한 인사는 꼭 퇴근한 남편을 맞이하는 것 같았다.

그는 속절없이 그녀에게 빨려 들어갔다. 바쁜 와중에도 그녀에게 연락하고 답장을 기다릴 만큼 적극적인 자신의 모습에 당혹스러우면서도 만족스런 아이러니함을 오늘 하루 경험하고 오는 길이었다.

"아, 따뜻해."

세린은 데워 놓은 시트에 몸을 묻고 히터 앞으로 손을 가져다 댔다. 추위를 잘 타지 않는 진욱은 평소 히터를 틀지 않았지만, 그녀를 위해 출발할 때부터 시트의 열선을 켜 놓았다. 한파가 조금 가신 날씨에도 오들오들 떨던 모습이 눈에 선해서였다.

어린아이처럼 두 팔을 쭉 뻗고 있는 세린을 따라 진욱도 팔을 뻗었다. 그리고 히터 앞에 놓인 그녀의 손을 덥석 잡았다.

진욱은 세린이 살짝 놀라 눈을 크게 뜨는 것조차 놓치고 싶지 않아 시선을 떼지 않았다. 조금 빨개진 얼굴로 손을 마주 잡아 오는 그녀가 너무나 사랑스러웠다.

이런 모습을 빨리 봤어야 했는데. 그는 학부 시절의 자신을 탓하며 이제라도 그녀를 잡았다는 사실에 감사했다.

자신을 빤히 바라보는 그의 시선을 피하는 대신 세린은 눈을 휘며 말했다.

"수고했어요."

피곤함에 진욱의 눈이 더욱 깊어진 걸 알아채고 건넨 말이었다. 메이크업을 받은 그의 얼굴을 처음 보는 것도 아닌데, 오늘따라 새롭게 느껴졌다.

TV로 볼 땐 별다를 바 없었는데 이렇게 가까이서 보니 눈썹이 더 짙었고 피부도 뭔가를 바른 듯했다. 얼굴뿐만 아니라

몸까지 화장을 하는 모델들의 메이크업을 자주 봐 왔지만, 그의 얼굴은 왠지 모르게 낯설게 느껴졌다. 그만큼 세린에게 최근 진욱의 모습은 새롭기만 했다. 물론 좋은 의미에서.

이놈의 콩깍지란.

세린은 자신이 어떤 하루를 보냈으며 방금 전 뉴스가 어땠는지 등에 대해 재잘재잘 말을 이었다. 높지 않은 그녀의 목소리가 경쾌하게 차 안을 울렸다. 진욱은 지금 이 순간이 너무도 행복했다.

잠시 눈을 감았다 뜬 그는 잡고 있던 그녀의 손에 입을 맞추곤 후 하고 따뜻한 기운을 불어넣어 주었다. 움찔거리는 그녀를 바라보며 그가 낮게 중얼거렸다.

"예쁘네, 박세린."

파닥거리는 그녀의 맥박이 느껴졌다. 놀란 듯 눈을 깜빡이는 모습에 진욱의 미소는 짙어져만 갔다.

"안아 봐도 돼?"

핸들에 기대고 있던 몸을 바로 세우며 천진한 아이처럼 질문하는 그의 모습에 그녀는 반사적으로 '네?' 하고 반문했다. 그러나 애초에 허락을 받을 목적은 아니었다는 듯 진욱은 세린의 작은 몸을 당겨 품에 담았다.

허리에 두 팔을 두르고 어깨에 얼굴을 묻은 그가 한동안 꼼짝없이 그러고 있자 그녀는 또다시 눈을 깜빡였다.

이 남자, 그동안 사귀자 혹은 연애하자, 라는 말 한마디 하지 않았다. 심지어 좋아한다는 그 흔한 말도! 자고 싶다는 헉소리 나는 한마디만 던졌을 뿐. 그게 그거라지만 뭐든 말로 확인하고 싶은 게 여자 마음 아니던가. 세린은 슬쩍 몸을 비틀며 새침하게 입을 열었다.

"우린 무슨 사이예요?"

그녀의 허리를 더욱 꽉 껴안은 그가 말했다.

"하루 종일 연락해도 밤에 달려와서 보고 싶은 사이."

웃음기 섞인 말에 그녀는 올라가려는 입꼬리를 애써 추스르며 눈을 굴렸다.

"아니, 뭐 연락하고…… 보고 싶고 그러는 건 친구 사이에도 가능한 거 아닌가?"

혼잣말처럼 중얼거리다 끝을 올리는 말속엔 진욱의 마음을 확인하고 싶은 의도가 확연히 드러났다. 어깨에 더욱 깊게 얼굴을 파묻었던 그가 곧 고개를 들어 그녀의 눈을 마주했다. 그에 세린은 일부러 새침한 표정을 유지했다.

귀여워 죽겠네, 이 아가씨.

"친구라니."

진욱은 손을 들어 세린의 얼굴을 감쌌다.

"친구 사이에 이런 것도 하나?"

어느새 다가와 코앞에서 속삭이는 그의 목소리가 귓가로

흐트러졌다. 이내 입술에 느껴지는 부드러운 감촉에 세린은 눈을 감았다. 담백하게 입술만 맞댄 그가 잠시 후 입술을 떼자 쪽 하는 마찰음이 차 안을 크게 울렸다.

부끄러워할 줄 알았던 세린이 생긋 웃으며 꺼낸 한마디는 진욱의 이성에 불을 지피고 말았다.

"이런 건 그냥 안부 인사지. 안 그래요?"

세린은 지잉 하는 소리와 함께 몸을 기대고 있던 등받이가 갑자기 내려가자 깜짝 놀라 몸을 떨었다. 그 몸짓에 그녀는 더욱 진욱에게 깊숙이 안긴 꼴이 되었다. 놀란 가슴을 진정시켜 주려는 듯 부드러운 그의 손은 연신 그녀의 등을 천천히 오르내렸다.

진욱은 운전석 쪽으로 난 보조석 컨트롤 버튼을 누르며 등받이를 계속해서 뒤로 내렸다. 놀람이 완전히 가시지 않은 데다 뒤로 떨어지는 듯한 느낌이 싫은지 세린은 그의 목을 더욱더 꼭 껴안았다.

서로를 깊숙하게 파고들던 입맞춤이 잠시 멈추었다. 다만 달래듯 자잘하게 입술 도장을 찍는 진욱 때문에 입술이 떨어지진 않았다. 의자가 반 정도 내려가자 세린은 좀 더 편하게 누울 수 있게 되었다. 커다란 손이 다시 그녀의 허리를 파고들어 갔다.

어느 틈에 점퍼를 벗어 깔아 둔 것인지 허리 밑이 푹신했다. 안에 입고 있던 반팔이 그로 인해 드러나게 되자 잠시 싸한 기운이 몰려왔다. 하지만 계속 몰아치는 그의 열기에 그것이 오히려 시원하게 느껴졌다.

"이런 건 그냥 안부 인사지."

세린이 던졌던 말의 후폭풍은 매우 뜨겁게 돌아왔다. 위험하게 짙어지는 진욱의 눈동자를 보며 그녀는 두려우면서도 짜릿한 기분에 휩싸였다.

"안 그래요?"

탕 하는 소리와 함께 경주마들이 달려 나가듯 도발적인 한마디를 듣자마자 진욱은 급하게 세린의 입술을 찾아 달려들었다. 세린은 뜨겁게 이어지는 키스에 열성적으로 답했는데 그런 행동은 그에게 불에 기름을 붓는 격이었다.

넘어간 시트에 몸을 기댄 세린이 이번엔 먼저 입을 맞춰 왔다. 허리에 둘렀던 손을 앞으로 가져와 진욱의 셔츠를 움켜쥐고 살짝 그를 잡아당겼다.

가벼운 입맞춤을 하듯 잠시 그의 아랫입술을 머금었다 쪽

하는 소리와 함께 떨어져 나갔다. 코끝이 가까이 맞닿아 그의 표정을 볼 수는 없었지만 자신의 얼굴 어딘가를 향하는 강렬한 시선은 느낄 수 있었다.

세린은 음담패설에 빠삭했다. 그동안 온갖 섹슈얼한 단어들을 섭렵했던 것은 상대방을 당혹시킬 만큼의 카운터펀치를 날리기 위해서였다. 실제로도 머리에 그 생각밖에 없는 그쪽 남자들을 막아 주는 효과적인 방패로 작용했다.

번갈아 가며 열리는 셀럽들의 거창한 파티는 세린에게 항상 곤혹을 주었다. 특히 크리스마스 파티는 더더욱.

외로움에 몸서리치는 건 셀럽들이 더했다. 파티에 참석한 많은 사람들은 눈에 레이더를 장착하고 유혹의 말들을 쏟아냈다.

병아리 시절 세린은 조각 같은 외모의 남자들이 건네는 말들에 침을 흘렸었다. 그러나 자신에게 윙크를 했던 남자가 몇 분 후 커튼 뒤에 숨어 어느 여자와 낯 뜨거운 키스 장면을 연출하는 것을 본 이후론 학을 뗐다.

언젠가 알랭이 혀를 차며 조용히 속삭였다.

"넌 섹스를 입으로 배웠어."

그는 유능한 아티스트이자 남자를 보는 데 탁월한 눈썰미를 지닌 게이였다. 또한 그녀가 성적인 발언—혹은 공격—을 하고 뒤에 가서 벌건 얼굴을 남몰래 부채질하는 걸 아는 유일한 사람이기도 했다.

연애 좀 하라고 하루가 멀다 하고 남자들의 사진을 들이밀던—보통의 여자들에게 그는 절대 괜찮은 남자의 사진을 보여 주지 않았다. 아마 그녀들을 경쟁자쯤으로 생각하는 모양이었다—그가 지금 자신의 모습을 알게 된다면 꽤 놀라지 않을까.

그런 생각이 들려던 찰나 갑작스럽게 오른쪽 가슴에 퍼지는 쾌감에 세린은 신음을 흘렸다.

"박세린."

진욱은 옷 위로 세린의 가슴을 움켜쥐며 낮게 경고했다.

"다른 생각 하지 마."

섹시한 목소리에 정신이 아찔해졌다. TV로 뉴스를 시청하는 사람들은 절대 알 수 없는, 그녀만이 들을 수 있는 그의 다른 목소리였다.

허리춤을 맴돌던 진욱의 한쪽 손은 이제 티셔츠 안으로 미끄러지듯 진입하고 있었다. 옆구리 살과 뱃살이 신경 쓰여 세린이 저도 모르게 허리를 쭉 펴자 그가 입술을 맞댄 채 싱긋 웃었다.

"날씬하니까 걱정 말아."

"그럴 리가."

퉁명스레 흘러나오는 말에 그의 웃음이 더욱 짙어졌다.

"예뻐 죽겠다고."

아예 허리를 움켜쥐고 말하는 통에 세린은 헉 하는 숨을 내쉬고 말았다. 이 남자야, 그게 핸들이냐! 그렇게 소리를 치려는데 진욱이 입을 막듯 다시 깊게 혀를 옭아맸다.

세린은 여전히 허리를 매만지고 있는 그에게 항의하듯 단단한 어깨를 두드렸다. 그러나 점점 농밀해지는 손길에 그녀의 주먹은 서서히 풀리고 있었다.

턱 선을 따라 입을 맞춘 그가 목에 정착했다. 입술과 혀로 부드럽게 목을 애무하자 그녀는 한숨과도 같은 신음을 내쉬었다. 코끝에서 그가 쓰는 헤어 제품의 향기가 맡아졌다.

진욱이 목을 깨물자 감았던 세린의 눈이 살짝 뜨였다. 점차 피어오르는 뜨거움을 느끼며 그녀는 몸을 틀어 운전석을 향해 돌아누웠다. 그런데 대각선에 위치한, 그의 어깨 너머로 보이는 차가 어쩐지 낯이 익었다.

어? 세린의 눈이 번쩍 뜨였다.

"선배."

"음."

귓불로 입술을 옮겨 가던 진욱이 중얼거리듯 대답했다.

"여기 주차장인데."

살짝 고개를 젖혀 그의 입술을 피한 그녀가 다시 입을 열었다. 그 모습에 잠시 미간을 찌푸린 진욱은 고개를 들고 '밖에서 안 보여'라고 대답했다. 그리곤 다시 귓불에 입술을 가져다 댔다.

뭐야, 안 보이면 뭐 어디까지 갈 건데. 웃음을 참기 위해 세린은 입술을 꾹 깨물었다.

선팅을 해서 밖에서 안 보인다는 건 알지만, 자신이 먼저 도발했다는 것도 알지만 여긴 주차장이었다. 특히나 저쪽 대각선 자리에 주차되어 계속 신경을 쓰이게 만드는 낯익은 시커먼 세단을 간과하고 있었다.

해가 밝기 전에 가만히 주차된 저 차에 누군가가 들이박아 흠집을 낼 확률은 얼마나 될까. 세린은 엄마의 차를 보곤 스멀스멀 올라오는 불안감을 느꼈다.

내일 차를 몰기 전까지 차에 무슨 일이 생기지 않는 이상, 이 차에서 내리는 자신을 확인할 일이 없다는 걸 알면서도, 굳이 따로 널 확인할 일이 없다는 걸 알면서도.

널 발견하자마자 불안한 기운이 발끝에서부터 서서히 올라오기 시작했다.

빛을 내며 자신의 존재를 각인시키는 너는…….

블랙박스, 저건 누가 만들었어.

이번에 새로 바꿔 찍히는 반경이 아주 넓고 선명하다며 좋아하던 엄마의 모습이 눈앞에 그려졌다. 아, 이렇게 가까운

133

거리면 진욱의 차로 향하던 자신의 모습이 찍혔을지도 몰랐
다. 거기다 힐끔 시계를 확인하니 벌써 시간이 훌쩍 흐른 상
태였다. 주진욱이랑 키스를 이렇게 오래했단 말이야? 이런
블랙홀 같은 남자.

여하튼 가능성이 희박해도 피곤한 일은 만들고 싶지 않았
다.

"선배."

세린은 막 브래지어 위로 향하려던 진욱의 손목을 저지하
듯 붙잡았다. 잠시 그와 그녀 사이에 작은 실랑이가 벌어졌
다. 정점을 지배하려는 남자와 막으려는 여자의 다툼이랄까.

이래저래 그녀가 설명을 마치자 그의 손이 스르륵 힘을 빼
며 티셔츠 안에서 빠져나왔다. 목 언저리에 키스를 하던 그가
고개를 들었다.

"안 돼, 그러지 마."

그리고 작게 칭얼거렸다.

"오늘 밤에 어머님께서 블랙박스 확인하실 일이 생길 확
률은 극히 드물어. 아시더라도 차 안은 안 보인다고."

중얼거리며 항의했지만 진욱은 괜히 자신의 욕심 때문에
그녀가 곤란한 일을 겪게 하고 싶진 않았다.

"집으로 납치해 버릴까."

아쉬움을 표현하는 대신 세린은 볼에 자잘한 입맞춤을 남

기고 등을 껴안아 가볍게 토닥거려 주었다. 그 손길에 깊게 한숨을 내쉰 진욱은 마지막으로 그녀를 힘껏 끌어안고 팔을 풀었다.

흐트러진 그녀의 옷매무새를 정리해 주고 등 뒤로 손을 뻗어 흘러내렸던 점퍼를 어깨에 걸쳐 준 뒤에야 그는 운전석으로 돌아왔다. 그리고 고개를 조금 돌려 문제의 차량을 한 번 더 확인했다.

어쩔 수 없지. 진욱은 계획을 조금 더 앞당겨야겠다고 조용히 다짐했다.

chapter 6

네가
모르게

주말 동안 일어났던 사건을 정리하고 한 주간의 보도 흐름을 파악하기 위해 월요일 아침마다 보도국은 회의를 진행했다.

오후나 심야 뉴스를 진행하는 앵커들과 아나운서들은 조금 늦은 출근을 하는 게 보통이었지만, 사회부를 지휘하는 부장인 진욱은 아침 일찍 출근해야 했다.

평기자 시절 때처럼 현장을 발로 뛰며 취재하는 일은 없었지만 그를 따르는 기자들을 진두지휘하고 기사를 확인하는 일은 체력적으로나 정신적으로나 얕잡아 볼 것이 아니었다. 그는 보통 열네 시간 넘게 보도국에서 지냈다.

부장 부임 초기, 자리를 잡으려 일에 몰두하는 바람에 체력 관리를 소홀히 한 적이 있었다. 아직 팔팔한 나이라 자부했지만 매일같이 몰아치는 일의 양에 눈앞이 아득해지는 경험을 겪었다.

그 후로 낮잠과 운동을 꼭 사수한 덕분에 살인적인 스케줄에도 단 한 번의 결근이나 지각을 한 적이 없었다. 이렇게 힘든 일을 2년이나 성실하게 소화해 내는 진욱을 윗선에서도 흐뭇하게 생각했다.

특히 그의 능력을 믿고 파격적인 인사 제안을 한 보도 국장의 어깨가 팔팔하게 살아났다.

한 달이라도 버티나 두고 보자던 이사들은 기적같이 올라간 뉴스 시청률과 착실히 부장직을 겸임하고 있는 능력에 이내 진욱의 편으로 돌아섰다. 그리고 이왕이면 그가 할 수 있는 한 오래도록 그 자리를 맡아 주었으면 하고 바랐다.

당장 그만두겠다며 발을 빼도 이상할 게 없을 정도로 힘든 자리였지만 직무 권한을 좀 더 부여해 주고 급여를 올려 주면 될 거라고 생각했다.

회의를 마친 그가 보도 국장실로 들어가기 전까진.

"좋은 아침입니다."

"어, 왔어?"

노크를 한 진욱이 국장실로 들어서자 국장은 살피던 서류에서 시선을 떼며 그를 맞이했다.

"앉아."

웃는 낯으로 자리를 권한 국장은 버튼을 눌러 비서를 호출했다. 오늘 아침 커피는 너랑 먹는구나, 그는 허허 웃으며 비서에게 커피를 부탁했다.

보도국의 새해 예산 서류를 검토하던 국장은 서류 뭉치들을 책상에 내려놓고 일어났다.

5년 전까지만 해도 그는 SBC를 대표하는 앵커로 활약을 했었다. 작은 키에 마른 체구를 지녔지만 눈빛만큼은 형형하게 빛이 나는, 포부가 큰 인사였다. 잠시 정권 대변인으로 활동하는 듯하더니, 몇 년 후 방송국으로 돌아와 국장직을 맡았다.

진욱에게도 그는 살아 있는 전설 같은 존재였다. 처음 진욱의 진가를 알아보고 설 차장을 시켜 본격적으로 앵커로 키운 것도 국장이었다.

그는 평소엔 매우 엄했으나 사석에서는 작은아버지처럼 느껴질 정도로 정이 깊은 사람이었다. 진욱이 지금의 위치까지 올 수 있었던 것 역시 짧지 않은 시간 동안 회사에 반항 아닌 반항을 하며 그를 지켜 온 국장의 노력 때문이었다. 그래서 그는 항상 국장에게 감사한 마음을 가지고 있었다.

투정 한 번 부리지 않고 맡은 바를 착실히 수행하는 진욱

덕분에 국장 역시 웃을 일이 끊이지 않았다. 이 예쁜 녀석 덕분에 그는 내년도 고위 임원 승진 명단에 포함되었고 보도국 예산 편성 비율도 전에 비하면 무지막지하게 올라갔다.

"국장님."

국장은 진욱의 얼굴을 뿌듯하게 바라봤다. 크으, 정녕 이 녀석이 내가 만든 작품이란 말이냐. 국장은 감격의 눈물이라도 흘리려는 듯 코끝을 매만졌다.

"그래, 무슨 일이야?"

안 그래도 잘하고 있다고 어깨 한 번 두드려 주려고 했는데 때마침 잘 찾아왔다. 사람 좋은 미소를 짓는 국장을 보며 진욱 역시 입꼬리를 단정하게 말아 올렸다.

"전에 국장님께서 딱 2년만 버텨 봐, 라고 말씀하셨던 거 기억하십니까?"

언제 들어도 참 울림이 좋고 또렷한 목소리다. 뉴스 진행을 할 때도 진욱의 목소리는 듣는 이의 귀에 정확히 날아와 꽂혔다. 하지만 불안을 상기시키는 말투 때문인지 그 목소리가 오늘따라 더욱 또렷하고 크게 들렸다.

불안한 얼굴로 '그래서?' 라고 묻는 국장의 얼굴을 진욱이 마주했다.

"2년 됐습니다, 국장님."

어딘지 편안해 보이는 진욱의 모습에 국장은 초조해졌다.

142

그가 금방이라도 사직서를 제출할 것 같았기 때문이다.

이거, 이거 빠져 가지고. 젊은 놈의 자식이 겨우 2년만 하고 물러나? 난 앵커만 10년을 넘게 했어, 인마.

번데기 앞에서 주름 잡지 말라고 호되게 야단을 칠까 하다가도 아차 싶은 국장이었다. 자신도 힘들기로 유명한 부서장 자리와 앵커를 겸임하진 않았었다.

저거 빡세게 굴리긴 했지. 미안하단 생각이 들면서도 지금 그만두면 안 되는데, 하는 개인적인 욕심이 들어찼다.

그가 당장 부장직을 그만두게 되면 이번에 특혜처럼 주어진 예산이나 인사 배치가 물거품처럼 사라질지도 몰랐다. 아니, 사라질 것이 확실했다. 사색이 된 국장이 입을 열었다.

"안 돼, 인마."

진욱이 사직서를 낼 거라고 결론 내린 국장은 재빨리 입을 열어 그의 말을 막았다. 그런 모습에 진욱은 예상했다는 듯 말을 아꼈다.

"야, 진욱아. 내가 너 예뻐하는 거 알지. 책상 위에 있는 저 서류들, 오늘 날아온 따끈한 공문이거든. 근데 저 공문들 때문에 나는 널 사랑해 마지않게 되었어요. 어? 네 덕분에 이번에…… 하여튼. 안 돼."

국장은 하소연과도 같은 말들을 필사적으로 쏟아 내며 진욱의 바짓가랑이를 붙들었다.

"네가 아무리 커리어가 좋아도 SBC보다 괜찮은 곳이 있겠어? 야, 나 대변인 하다가 돌아온 거 보면 몰라?"

심지어 자책으로 둔갑한 협박을 늘어놓기도 했다. 그러나 진욱은 말없이 소파 앞에 놓인 탁자를 쳐다보며 국장이 하는 얘기를 듣고 있을 뿐이었다. 벽에 대고 소리치는 것도 아니고 혼자 하는 실랑이에 지친 국장은 결국 회유에 들어갔다.

"딱 반년만 더 하자, 진욱아."

요지부동이었던 진욱이 고개를 들었다.

"2년 뒤엔 제 뜻대로 해 주겠다고 말씀하신 건 국장님이셨습니다."

진욱의 말에 국장은 후우 하고 한숨을 내쉬었다.

그래, 그렇게 얘기했었지. 그때 이렇게까지 잘할 거라고 예상이나 했겠냐. 근데 왜 하필 지금이야!

머리를 쥐어뜯고 싶었다. 딱 며칠 뒤 해만 바뀌면 명패 앞에 국장이 아니라 이사를 달 수 있는 기회인데 말이다!

"그래, 진욱아. 너 많이 힘들다는 거 이해한다."

소파의 양 팔걸이를 손바닥으로 쓱쓱 비비며 국장은 속에서 일어난 흥분을 잠재우려 애썼다. 그리고 어떻게 하면 우리의 주진욱을 SBC의 간판 앵커로, 사회부 부장으로 머물게 할 수 있을까를 고심했다.

한 손으로 입을 가리며 미간을 좁힌 진욱은 '네' 하고 방금 전까지의 것과는 확연히 다른 힘없는 목소리를 냈다. 그 모습에 국장은 내심 짠해졌다.

"이제 그만 쉬고 싶습니다."

비련의 여주인공 같은 진욱의 발언은 국장의 귀엔 마지막 선고처럼 무자비하게 들릴 뿐이었다.

으악, 안 돼!

진욱의 어깨를 덥석 부여잡은 국장이 다급히 입을 열었다.

"야! 너 일단 좀 쉬어! 이번 주까지만 뉴스 진행하고 다음 주는 나오지 마!"

"국장님, 하지만……."

"아니다. 얼마 안 남았는데, 그냥 말일까지 쉬어!"

당혹스럽다는 듯 벙긋거리는 진욱의 입까지 손으로 틀어막으며 국장은 사뭇 비장하게 말했다.

"뒤처리는 내가 해 주마. 뉴스 대타만 구해 놓고 가라."

혹시라도 진욱의 입에서 사직의 '사' 자라도 나올까 노심초사한 국장이 내민 카드는 매우 컸다.

사회부를 진두지휘하는 사람이, 가장 중요한 9시 뉴스를 진행하는 앵커가, 다음 주까지 도합 다섯 번의 뉴스 펑크를 허락한 것이었다.

우선 알겠다며 국장실을 나가는 진욱의 뒷모습을 보며 진이 빠진 국장은 털썩 소파에 등을 기댔다. 일단 내년까지 그가 있어 준다면 시간을 좀 더 벌 수 있는 셈이었다. 말로는 힘들면 언제든 얘기하라 했어도 진욱이 없는 상황에 대한 대비책이 없었다.

사회부는 설 차장이 잠시 부장 자리를 대신하고 자신도 조금 신경 써 주면 된다. 뉴스가 문제인데……. 진욱이 괜찮은 적임자를 찾아 놓겠지만 과연 그를 대신할 만한 앵커가 있을지 의문이었다.

'저 자식이 얼마나 귀한 자식인데.'

국장은 벌떡 일어나 자리로 돌아갔다. 이러고 있을 때가 아니지. 핸드폰을 든 국장은 동네에서 작게 병원을 운영하는 친구, 김 원장의 번호를 찾았다. 주진욱은 내일부터 에볼라급 심한 독감에 걸릴 예정이니까.

국장실을 빠져나와 담담히 걷던 진욱은 몇 발자국 가지 않아 주위에 아무도 없는 것을 확인하곤 걸음을 멈췄다.

"예쓰!"

그는 주먹을 불끈 쥐고 짧고 굵게 기쁨을 만끽했다.

연기 좀 되네. 아까의 상황을 떠올린 진욱이 만족스레 웃음을 지었다.

일은 힘들긴 했지만 해 볼 만했다. 지금 당장 필요한 건 휴가였다. 몸이 힘들어서가 아니라 세린과 함께할 시간이 필요했다. 지금 위치에서는 주중은 고사하고 주말에도 휴가를 쓰기가 어려운 상황이니.

대학생 때 들었던 '협상의 기술'이란 수업이 이럴 때 요긴하게 사용될 줄이야. 세린을 만나게 해 준 고마운 수업이었는데 그녀와 함께할 수 있는 시간까지 만들어 주다니.

아, 박세린 보고 싶다.

갑자기 그녀가 그리워졌다. 그동안 어떻게 참았을까 싶을 정도로 한 번 터져 버린 마음은 봇물 터지듯 흘러넘치고 있었다. 참을 수 없이 세린의 목소리가 듣고 싶어졌다. 당장 품에 안고 싶은 마음뿐이었지만 얼굴을 볼 수 없으니 목소리라도 듣고 싶었다.

주머니에서 휴대폰을 꺼내 든 진욱의 엄지손가락은 자연스레 세린의 번호를 찾아 눌렀다. 통화 버튼을 누르자 화면 가운데 크게 뜨는 수신자의 이름.

보고 싶다.

세린이 떠난 후 얼마 되지 않아 진욱은 술에 취해 뒤늦게 사랑을 깨달았다.

그날, 그녀에게 밤새 전화를 걸었다. 신호도 가지 않고 '지금 거신 번호는 없는 번호이오니……' 하는 기계적인 목소리만 들어야 했지만 계속해서 전화를 했다.

내가 잘못했다. 네가 밉다. 어디에 있는 거냐. 그리고……
보고 싶다.

술에 취한 기분에 결국 '박세린'이라는 단조로운—그 순
간 세상 어느 단어보다 그를 아프게 했던—세 글자를 지우고 네 음
절을 대신해 넣었다. 그는 그때 생각에 볼이 조금 붉어졌다.
참, 간지럽다.

"연락 왔는데, 모델들이 글쎄……."

"한국에 와서 핸드폰 다시 개통한다 하더라고요. 번호는 그대
로라던데."

"서찬희 토크쇼 맡은 연출이 그러는데 박세린 한국 온다더
라?"

"세린이 말일쯤 출국한다던데요?"

주위에 스파이들이 얼마나 많은지 그녀는 모를 것이다. 그
녀가 곧 떠나야 한다는 사실은 수많은 스파이들의 활약으로
진작 알고 있었다.

8년 전 세린이 자신을 따라다녔듯 그녀를 우연처럼 만나
기 위해, 그리고 다시는 놓치지 않기 위해 진욱은 치밀한 계
획을 세웠다.

세린을 다시 보게 된 건 8년 만이 아니라, 딱 4년 만이었다. 재회는 방송국 근처 회식 장소가 아니라 부산이었다. 물론 그건 혼자만의 기억이었지만.

방송국에 입사하고 치열하게 살아가는 와중에도 문득 나타나 머릿속을 어지럽혔던 세린이 거짓말처럼 자신의 앞에 서 있던 날. 그날은 진욱이 다시는 세린을 놓치지 않겠다고 다짐한 날이었으며, 그녀를 향한 작전이 시작된 날이었다.

박세린 깸딱지라. 어감 괜찮은데?

그런 자신의 모습에 진욱은 키득거렸다. 뚜르르 신호음이 멈추고 사랑스런 세린의 목소리가 귓가를 파고들었다. 그는 어젯밤 그녀가 보여 준 환한 웃음을 떠올리며 같이 웃었다.

우리 재회도 어쩌면 우연을 가장한 사기극일지도 모르지. 미안, 박세린. 어떻게 찾아온 기회인데. 어떻게 내가 널 놓칠 수 있겠어. 안 그래?

입사 4년 만에 처음 얻은 휴가였다. 진욱은 깊게 호흡하며 바다의 짠 내를 들이마셨다. 두둑한 보너스와 특진, 그것은 미친 듯이 일한 결과였다. 해외여행도 문제없을 정도의 많은 보너스를 받았지만 그는 국내선 비행기에 올랐다. 귀한 첫 휴가의 목적지가 왜 부산이냐고 물으면 그는 그냥이라고 응수했다.

그냥, 부산에 대한 어떤 환상이 있어서?

신문을 집어 든 그의 입술에 실소가 흘렀다. 이틀째 꼼짝 않고 호텔에 머무는 중이었다. 살이 타도록 더운 날, 차가운 바닷물에 발끝 하나 담그지 않았다. 그저 널찍한 주니어 스위트룸에 머물며 늘어지게 늦잠을 자다 늦은 식사를 하거나 바다를 보며 마시는 맥주 한 잔을 즐겼다.

"부산이 뭐 특별하다고……."

부산 시민이 들으면 명치로 주먹이 날아올 법한 소리를 그는 잘도 비죽였다. 수염도 안 깎은 채 샤워 후 대충 털어 말린 머리가 부스스했지만 무심한 그의 분위기는 그런 모습조차 섹시하게 만들었다.

이틀째 호텔 곳곳에서 출몰하는 진욱에게 뭇 여성들이 눈독을 들였지만, 그는 누구와도 눈을 맞출 생각이 없었다.

레스토랑 테라스에 앉아 신문을 읽던 그는 문득 고개를 들어 한참 동안 바다를 응시했다.

"부산 어때, 부산!"

동그란 뒤통수에 높이 묶은 머리 아래로 드러났던 하얀 목덜미가 떠올랐다. 누구랑 통화를 하는 건지, 세린의 목소리는 한껏 들떠 있었고 그가 뒤에 다가와 있다는 것도 알아채지 못했다. 마음이 가고 있다는 것, 그 작은 것 하나를 인정하고 보니 그녀의 통화 상대조차도 신경이 쓰였다.

"내일 시험 다 끝나니까 괜찮아. 그럼 부산으로 가는 거다? 응. 이따 봐, 엄마."

도대체 왜 부산에 가겠다는 건지는 모르겠으나 진욱은 세린의 어머니에게 질투한 자신을 깨닫고 정신이 혼미해졌다.

통화를 마무리 짓고 뒤를 돌아본 눈동자가 그를 발견하고 화들짝 커졌다. 그러고 보면 세린은 놀라기도 잘 놀라고 웃기도 잘 웃었다. 언제 왔냐고, 시험은 잘 봤냐고 재잘거리던 그날의 그 모습이 아직도 눈에 선했다.

벌써 4년째였다. 홀연히 사라진 세린의 대한 생각을 하기 시작한 것이. 취재를 가던 차 안에서, 경찰서 기자실에서, 마감을 하고 동료들과 벌이는 술자리에서.

몸이 바쁘면 문득 생각나는 횟수가 적어지던데, 아예 휴가를 받고 쉬고 있으니 본격적으로 떠오르는구나.

"부산 한 번도 안 가 봤거든요. 부산은 뭐랄까, 저한텐 낭만이 있는 곳이에요. 그냥 그 자체로 멋질 것 같은 느낌? 선배는 가 봤어요?"

그것이 진욱이 기억하는 세린의 마지막 모습이었다. 그녀
가 여행을 다녀오면, 천천히 얘기하려 했다. 더는 숨기고 싶
지 않았던 진심 모두를. 어지러운 오해의 실타래에 결국 아
무 말도 하지 못한 채 그녀를 떠나보내야 했다.

지금 부산에 와 있다는 걸 알면, 그녀는 어떤 표정을 지을
까. 그는 씁쓸하게 웃었다.

시간이 꽤 지났는데도 이렇게 생각나는 걸 보면, 그리움인
지 아니면 마음을 표현하지 못한 것에 대한 아쉬움인지 모르
겠다. 그것도 아니면 질척하게 늘어지는 미련인 것인지. 이
제는 목소리조차도 생각나지 않는 그녀의 잔상이 그를 괴롭
혔다.

브런치와 함께 시킨 커피를 마시며 진욱은 창밖을 내다보
았다. 대학생쯤으로 보이는 무리가 작렬하는 태양 아래 물장
난을 치며 놀고 있었다. 반쯤 비운 커피 잔을 내려다보던 그
는 어쩐지 맥주 생각이 나 자리에서 일어났다.

"넌 왜 다 놔두고 부산이야?"

바에서 캔 맥주 하나를 가져와 홀짝이는데, 뒤쪽에서 소란
스런 말소리가 들려왔다. 남자가 틱틱거리며 여행지가 부산
이라 불만이라는 투로 말을 내뱉었다. 서울에서 들었던 말을

여기서도 듣게 되다니.

뻐근한 목을 돌리며 진욱은 그들의 대화에서 신경을 끄려 했다.

"야, 부산 얼마나 좋아! 낭만이 있잖아. 낭만이."

세린과 비슷한 소리를 하는 여자다. 그의 귀가 다시 뒷자리에 앉은 무리로 향했다.

"스케줄 빼라고 닦달을 하더니, 국내로 오면 이 오빠가 편히 쉴 수 있겠니?"

"이 자식이. 해나야, 저거 뒤통수 한 대만 때려 줘. 쇼 끝나자마자 바로 달려왔더니만."

맞받아치던 여자의 말이 끝나자 퍽 하고 둔탁한 소리가 났다. 맥주를 한 모금 머금던 진욱이 풉 하고 웃음을 터뜨렸다. 해나라는 여자가 진짜 남자의 뒤통수를 때린 것 같았다.

"야, 말은 바로 하자? 스케줄 빼라고 닦달하던 게 누군데. 내가 커플 여행 따라오자고 반나절을 꼬박 비행기 타고 날아와야겠냐, 어?"

냅킨으로 입가를 닦으며 진욱은 의자 뒤로 몸을 기대 본격적으로 그들의 대화를 엿듣기 시작했다. 그 뒤로도 한참을 이어진 대화는 퍽 재미있었다. 커플 여행에 껴 온 신세라고 한탄을 했지만 대화로 미루어 볼 때 그들은 꽤 오래된 친구 사이 같았다.

"근데, 너 아직도 남자 친구 없는 거 아니지?"

한결 기가 누그러졌지만 남자는 말다툼하던 여자를 놀리려는 기색이 다분한 채로 말을 내뱉었다. 커플 여행에 혼자 온 것도 그렇고, 일을 하다 비행기를 타고 올 정도라면 남자 친구가 없는 게 아닐까.

흥미롭게 여자의 대답을 기다렸지만 아무 소리도 들려오지 않았다. 대신 남자의 얄미운 웃음소리가 돌아왔다.

"시선 피하는 거 보니 빤하네. 너 아직도 그 남자 못 잊었지."

"아니야."

대답하는 여자의 목소리엔 힘이 없었다. 여자도 누군가를 못 잊은 모양이었다. 국내 여행을 간다고 핍박받는 처지나, 기약 없는 상대에 대한 그리움이나 동병상련의 신세였다. 그는 처음 본, 정확히는 목소리만 들은 뒷자리의 여자가 안쓰러워 혀를 찼다.

"벌써 이게 몇 년째니, 시스터. 이제 그만 남자 좀 만나자. 그 선배는 잊고, 좀!"

"다 잊었어. 생각도 안 난다니까?"

기세등등하던 태도는 어디 갔는지, 풀이 죽은 목소리가 여자의 마음을 대변하는 듯했다. 누군지는 몰라도 남자를 향한 여자의 짝사랑은 먼 타지에서도 계속되고 있는 것 같았다.

"그러니까 거지도 꽃미남이라는 이탈리아에서 4년 동안 살면서 남자 하나 못 만났지. 그럼 연락이라도 해 보든가. 어휴."

"그만, 그만. 최우빈 너 심해."

계속되는 남자의 핀잔에 잠자코 있던 해나라는 여자가 끼어들며 둘 사이의 대화를 중재시켰다. 4년이라니. 들으면 들을수록 여자와 그는 비슷한 점이 많았다.

여자가 무언가를 들이켜는 소리가 여기까지 났다. 꼴깍꼴깍. 진욱이 아는 누군가도 무언가를 마시면 그런 소리가 나곤 했다. 이윽고 잔을 탁 하고 내려놓는 소리가 들려왔다.

"그래! 생각난다! 에이, 진짜. 나 아직도 못 잊었어, 됐냐? ⋯⋯망할 주진욱."

자신과 여러모로 비슷한 모습을 보여 주는 여자에게 몰래 건배를 하던 진욱은 순간 귀를 의심했다.

지금 그녀가 말한 게 자신의 이름이었던가?

하지만 진욱은 자신이 잘못 들었을 거라 치부하며 애써 잔을 마저 비웠다.

"우빈이 얘가 좀 심했어. 신경 쓰지 마."

"아냐, 사실인데 뭐. 내가 못 잊은 것도 맞고. 기적처럼 지금 당장 눈앞에 나타난다 해도 뭘 어떻게 할 수도 없을걸."

마치 제 속에 들어왔다 나간 사람마냥, 여자는 진욱의 마음을 대변하고 있었다. 우울한 그 목소리를 들으니 그도 우울해짐을 느꼈다. 그는 여자에게 휩쓸리기 전에 얼른 자리에서 일어나기로 했다.

어떤 여자일까?

가볍게 자리를 털고 일어났지만 조금은 궁금해졌다. 자신
과 무척이나 비슷한 짝사랑을 이어 가고 있는 그 여자의 얼
굴이. 몇 걸음을 뗀 진욱은 뒤를 돌아봤다.

큼지막한 선글라스가 여자의 얼굴을 가리고 있었는데, 그
마저도 바다를 향해 고개를 돌리고 있는 바람에 보이지 않았
다. 까맣고 긴 생머리 아래로 드러난 팔이 가녀린 것 말고 제
대로 볼 수 있는 건 없었다.

여자의 반대쪽엔 훤칠한 커플 한 쌍이 앉아 있었다. 걱정
이 묻은 남자의 얼굴이 어딘지 낯이 익었지만 그는 더 알고
싶은 생각이 없었다.

다음 날 아침, 진욱은 하루 일찍 체크아웃을 준비했다. 남
은 휴가 기간 동안은 제주도에 가 볼 생각이었다. 부산에 더
이상 있고 싶지 않았다. 뒤에 앉아 있던 여자 때문에 점점 더
세린의 생각이 커져만 갔기 때문이다.

쓸데없는 생각만 하고 있는 제 자신에게 소리를 지르기 일
보 직전이었다. 그는 이제 그만 그녀를 잊을 시간이라고 스스
로를 설득했다.

박세린은 어떻게 변했을까. 통통하게 젖살이 오른 볼은 그

대로일까. 여전히 헐레벌떡 뛰어가다가도 도움이 필요한 사람이 보이면 그냥 지나치지 못할까.

생글거리며 웃는 모습이 딱 저렇게 변해 있을 것이다. 젖살이 빠진 모습이 딱 저렇게…….

호텔 직원이 택시에 짐을 싣는 동안 먼저 차에 올라 있었던 진욱은 한숨을 내쉬었다. 이제 환상이 보이나 싶었다. 뒷좌석에 깊이 몸을 묻으며 그는 제 상태를 체념했다.

한쪽으로 땋아 내린 까만 머리는 헐렁하고 하얀 티셔츠와 대비를 이뤘다. 짧은 반바지 아래로 군살 없이 뻗은 다리 끝에는 까만 샌들이 자리했는데, 이 여름과 썩 잘 어울리는 차림이었다.

지도를 내려다보는 심각함이 자리한 얼굴엔 귀여운 볼우물이 파여 있었다.

환상이라도 보고 싶을 때가 있는데 오늘 아침은 술이 들어가지 않아도 절로 세린의 모습이 그려졌다. 너무나 또렷이 보이는 그녀의 환상에 그는 고개를 저으며 눈을 감았다.

드디어 미쳐 가는구나, 주진욱.

이쯤이면 환상도 사라질 타이밍인데 눈을 떠도 그녀의 모습은 여전했다. 보통은 자신을 바라보고 싱긋 웃고 사라지는 게 정상인데 왜…….

"박세린!"

조금 열어 놓은 창문 틈으로 그가 무척이나 그리워했던 이름이 들려왔다. 진욱은 한참 동안 창밖에서 시선을 떼지 못했다.

미쳤다. 이젠 헛것도 들린다.

"차 가지고 올 동안 기다리라니까. 이 성격 급한 아줌마야."

만들어 낸 것이라고 생각했던 환상이 지도에서 눈을 떼고 활짝 웃고 있었다. 그는 자신의 눈을 의심했다.

잠깐, 어제 레스토랑에서……. 그게 진짜 박세린이었어?

충격을 받은 진욱은 택시가 점점 두 사람에게서 멀어지는 것도 제대로 인지하지 못했다. 망치로 머리를 얻어맞은 듯 벌어진 그의 입술에서 세워 달라는 말이 나오기까지는 꽤 시간이 걸렸다.

"기사님! 잠, 잠시만요!"

인생에서 처음으로 말을 더듬은 진욱은 겨우 택시에서 내려 미친 듯이 호텔로 달려갔다. 하지만 어느 곳에도 세린의 흔적은 없었다. 절박한 심정으로 그는 호텔 로비로 향했다.

"투숙객 중에 박세린 씨라고 있습니까?"

"박세린 님 좀 전에 체크아웃 하셨습니다."

틀림없이 세린이었다. 그가 본 것은 환상이 아닌 진짜였다. 또다시 그녀를 놓치고 말았다는 생각에 진욱은 이를 사리물었다.

어제 그 자리에서 뒤를 돌아봤더라면, 고개를 돌린 그녀의 어깨를 붙잡았더라면.

밀려오는 충격과 후회로 진욱은 한참 동안 정신을 차리지 못했다. 그가 만들어 낸 수많은 상상 속 그녀의 모습처럼, 젖살이 빠진 얼굴은 좀 더 갸름해졌지만 웃음은 기억속 그대로였다. 그리고 그대로인 것은 그뿐만이 아니었다.

"그래! 생각난다! 에이, 진짜. 나 아직도 못 잊었어, 됐냐? ……망할 주진욱."

너무 오랜만이라 잊고 있었던 목소리였다. 이제야 생생히 기억났다. 빛바랜 시간 위에 목소리가 덧입혀져 그녀가 생생히 살아났다.

아직 그녀도 자신을 잊지 못하고 있었다. 그 사실 하나가 찌푸렸던 남자의 입가에 실같이 가는 미소를 그려 냈다. 그리고 결심하게 했다. 다시는 놓치지 않겠다고.

엿들은 대화를 떠올리며 겨우 유추해 낼 수 있었던 건 그녀가 이탈리아로 건너갔다는 것뿐이었다. 그것 말고는 아무것도 알지 못했지만 그는 계획을 세웠다.

아직도 자신을 잊지 못했다는 그 한마디가 그를 움직였다.

진욱은 세린이 한국에 돌아오면 TV를 보다 자신이 SBC에서 일하는 걸 알 수 있도록 앵커가 되겠다고 결심했다.

평소 관심도 없던 동창회에 나가 후배들에게 넌지시 세린의 소식을 묻거나, SNS를 통해 연락을 해 보도록 권하기도 했다. 그렇게 그녀의 소식을 전달해 줄 스파이들을 포섭해 갔다.

그로부터 2년 후, 그녀가 Z 브랜드 수석 디자이너로서의 첫 패션쇼 무대를 갖던 날. 진욱은 이탈리아로 건너갔다.

관객들을 향해 인사를 하고 들어가는 세린과 짧게 눈이 마주쳤을 때, 그는 모든 걸 뒤로하고 그녀에게 달려가고 싶은 충동을 억눌러야 했다.

진욱은 자신의 위치를 좀 더 확실히 하고, 그녀 역시 도망갈 수 없는 시기가 오기를 기다렸다.

그리고 또다시 2년 뒤, 예정에도 없던 보도국 회식을 잡아 놓고 진욱은 뉴스 데스크에 앉았다. 무사히 뉴스를 끝내기 위해 초인적인 집중력을 발휘했던 그는 마치자마자 회식 장소로 달려가며 속으로 간절히 빌었다. 자신이 제발 늦지 않았기를. 다시는 놓치고 싶지 않았다. 이제 더 이상 기다릴 여유도 없었다. 몇 년간 공들인 그녀를 위한 우연은 완벽해야 했다.

화장실에서 나오는 여자를 발견한 진욱은 폭발할 것처럼 뛰는 심장을 느꼈다. 박세린이었다.

오매불망 간절히 바랐던 그녀가 바로 자신의 앞에 서 있었다. 금방이라도 웃음이 터질 것 같아 그는 이를 꽉 물었다. 그리고 우연이 아닌 우연을 만들기 위해, 짧게 숨을 골랐다.

　전혀 이 만남을 예상치 못한 사람처럼 그는 입술을 열었다.

　"박세린 맞지?"

chapter 7

이게
사랑이
아니면

아침을 먹고 다시 자기 위해 침대로 가던 세린은 문득 두 손을 양 옆구리로 가져갔다. 그가 만졌던 옆구리 살이 신경 쓰여서였다. 이리저리 옆구리를 꼬집던 그녀는 두 손을 옮겨 배도 만져 보았다.

아무래도 잘 먹고 잘 쉬니까 배가 좀 나오긴 했다. 매일 한 시간씩 운동을 했지만, 한국에서 먹는 음식의 칼로리는 운동으로 소비하는 것보다 월등히 높았다. 이걸 주진욱이 만지다니. 손에 들어차는 살이 민망해 얼굴이 달아올랐다.

"예뻐 죽겠다고."

예쁘긴 무슨. 말은 그렇게 해도 속으론 놀랐을지도 모를 일이었다. 문득 군살 하나 없이 단단했던 그의 몸이 생생하게 떠올랐다.

오늘도…… 아침을 얼마나 먹었더라.

평소와 달리 아침을 안 차려 준 엄마 때문에 밥솥에 있던 밥과 남은 반찬들을 모조리 꺼내 양푼에 넣었다.

고추장과 참기름을 듬뿍 넣고 달걀도 세 개나 부쳐서 함께 비볐다. 두 개만 할까 하다가 오늘은 사랑이 넘치는 크리스마스이브라는 생각에 달걀 하나를 더 꺼냈던 것이다.

밥을 다 비비자 그제야 안방에서 나온 엄마가 숟가락을 들었다. 그나마도 얼마 안 드시고 다시 방으로 들어가셔서 혼자서 그 많은 밥을 다 해치웠다.

먹을 땐 생각 없이 맛있게 먹었는데 볼록 나온 배를 보니 런닝머신 생각이 간절해졌다. 그래, 가자. 주진욱한테 이런 배를 보여 줄 순 없지.

양치와 세수만 간단히 마친 세린은 헬스장으로 가기 위해 현관으로 향했다. 그때, 거실에서 소란스러운 소리가 들려왔다. 덜덜덜 바퀴 굴러가는 소리가 나더니 우당탕 덜그럭 박스 떨어지는 소리도 들렸다.

소리를 따라 현관으로 향하니 빅 사이즈 여행용 트렁크와

숄더백이 바닥에 널브러져 있는 게 보였다. 그 옆에선 엄마가 급히 앵클부츠를 욱여 신고 있었다.

엄마, 그거 딸내미가 이탈리아에서 한 땀, 한 땀 만든 신발인데…….

"뭐야. 엄마, 어디 가?"

신발 안쪽의 지퍼를 쭉 올린 세린의 모친은 그제야 허리를 들었다. 선글라스에 화사한 봄꽃 같은 스카프까지 두른 그녀는 세린의 얼굴을 쳐다보며 활짝 웃었다.

"어머, 안 갔네? 잘됐다."

저거 들고 얼른 따라와. 엄마는 바닥에 있던 숄더백만 챙겨 급히 현관을 나섰다. 뭐, 뭘 들고 따라가? 트렁크?

"세린아, 빨리 나와! 엘리베이터 왔어!"

세린은 재촉하는 목소리에 일단 트렁크를 끌고 엄마를 따라나섰다. 어휴, 뭐가 들었기에 이렇게 무거워. 지하 주차장에 도착해 트렁크를 차에다 싣는데 끙차 하는 신음 소리가 절로 나올 정도였다.

"늦었어. 빨리 타."

"어? 어디 가는데?"

당신 할 말씀만 하고 엄마는 냉큼 차에 올랐다. 그것도 보조석에. 아침부터 정신없이 휘몰아치는 엄마 때문에 어디 가는지도 모르고 세린은 운전석에 올랐다. 시동을 걸고 안전벨트를 매자 여사님께서 내비게이션에 검색하는 곳이…….

"인천공항?"

"응, 오늘 이모들이랑 여행 가기로 했잖아. 빨리 출발하세요, 아가씨. 티켓팅 40분 남았어."

어제까지만 해도 별말 없다가 갑자기 여행을 간다는 것도 놀라운데, 40분 만에 공항에 도착해야 한다니. 집에서 공항까지는 한 시간 거리였다. 오늘 또 '분노의 질주' 한번 찍어야겠구만. 다행히 강변 북로가 밀리지 않았다.

"진짜 여행 가? 어젠 아무 말 없었잖아."

"이모들이랑 추석부터 가기로 얘기해 놨는데, 깜빡 잊고 있었어. 어제 자기 전에 네 이모한테 연락이 왔지 뭐야. 세상에, 나이 드니까 기억력이 이렇지 뭐니. 여행사에서 큰 이모한테 연락 안 했으면 우리 넷 다 못 갈 뻔했어, 얘."

아무리 그래도 전날 새벽에서야 짐 싸는 건 너무한 거 아닙니까, 여사님? 어쩐지 아침도 안 드시고 방에서 나오질 않더라니.

"어디로, 얼마나?"

"어디더라? 세부였나, 괌이었나. 일주일. 신정 쇠고 올 거야."

짐도 어제 싸, 여행 가는 나라도 몰라. 일주일 동안 이 여사님들 잘 계시다 오실는지 모르겠다.

"환전 충분히 하고 가서 돈 아끼지 말고 재미있게 놀다 오셔. 카드 챙겼지?"

걱정은 됐지만 신이 난 엄마의 얼굴을 보니 자신도 기분이 좋아졌다. 이번엔 얼굴을 못 보고 돌아가겠구나 싶어 아쉬웠지만, 이모들끼리 다 같이 처음 가는 해외여행에 설레어하는 엄마의 모습에 그거면 됐지 싶었다.

"딸, 엄마가 이번에 배웅 못 해 줘서 미안해. 너 이번에도 짧게 있다 돌아가는 줄 알고 날짜를 이렇게 잡아 버렸네."

설렘과 기쁨이 가득했던 목소리에 미안함이 배어 나왔다.

"에이, 아냐. 잘했어, 잘했어."

평소 일 때문에 자주 한국에 들어오지 못해 항상 미안했었다. 오빠도 장가가서 혼자 집을 지키셨던 엄마한테 해 드릴 수 있는 건 눈치 보지 않고 마음껏 쓸 수 있게 카드를 드리는 것뿐이었다.

우리 엄마, 나랑 같이 팔짱 끼고 돌아다니는 거 참 좋아하는데. 먼 타지에 있다고 그 쉬운 것 하나 해 드릴 수 없는 게 정말 미안했다. 괜히 먹먹해진 마음을 숨기려 세린이 장난을 치자 엄마도 맞장구를 치며 웃었다.

"가서 괜찮은 아저씨 있으면 데이트도 하고 그래. 내일 크리스마스잖아."

아무리 오빠 내외가 잘 챙긴다 해도, 그동안 엄마는 얼마나 많은 주말과 명절을 혼자 보내야 했을까? 차라리 이때 여행을 가는 게 다행이라고 생각하며 세린은 차를 몰았다.

집에 들어가는 길에 이탈리아에서 목 빠지게 자신만 기다리고 있을 비서에게 전화를 넣어야겠다고 생각했다. 올해 엄마랑 이모들 정신없이 여행할 수 있게 준비해 달라고. 돈은 괜히 버는 게 아니고, 비서도 괜히 두는 게 아니었다.

열심히 밟은 덕에 시간 맞춰 공항에 도착했다. 트렁크에서 짐을 내리자, 세린의 모친은 그 위에 백을 내려 두고 그녀에게 다가왔다. 세린은 꽃같이 향긋한 엄마의 품에 안겼다.

엄마는 매년 나를 어떤 심정으로 떠나보냈을까? 갑자기 코끝이 매운 겨자를 먹은 것처럼 찡하게 아려 왔다.

"밥 잘 챙겨 먹고 자주 연락해, 딸."

"엄마가 가는 거거든."

어떤 의미로 하는 말인지 잘 알고 있었지만 세린은 부러 퉁명스레 대답했다. 사춘기 이후 자신보다 키가 작아진 엄마가 오늘따라 왜 이렇게 왜소하게 느껴지는지 모르겠다.

"사랑해, 엄마 딸."

"응, 나도 사랑해."

그녀는 메리크리스마스, 하고 덧붙이는 엄마의 말에 가볍게 손부채질을 하며 눈가의 물기를 말리느라 애썼다.

"메리크리스마스. 잘 갔다 올게."

세린은 매년 담담하게 출국 게이트에 들어갔지만, 게이트에 들어가고 난 후가 문제였다. 비행기에서 내내 운 적도 있었는데 승무원이 다가와 괜찮으냐며 걱정을 할 정도였다. 오늘은 게이트에 들어가는 것도 아닌데 자꾸만 눈물이 날 것 같았다. 왜 이렇게 눈물이 고이는지.

"근데 딸."

토끼처럼 눈이 빨개진 세린의 모친이 그녀를 마주 보고 섰다. 세린은 고개를 숙인 채 손가락으로 눈꼬리에 묻은 눈물을 닦아 냈다. 하지만 이어진 말에 눈물을 닦던 손도, 터져 나오려던 눈물도 모두 멈추고 말았다.

"요즘은 우유를 지하 주차장에서 파는가 보네. 호호."

선글라스를 척 끼며 트렁크 손잡이를 잡는 세린의 모친의 얼굴엔 의미심장한 미소가 흘렀다. 게이트로 유유히 걸어가던 그녀는 멀리까지 생생하게 들리도록 혼잣말을 남기곤 사라졌다.

"매일 밤마다 잠깐씩 나갔다 오는데, 모르는 게 더 이상하지 않겠어?"

세린은 그 자리에 돌처럼 굳어 버렸다.

지난주 내내 진욱은 퇴근 후 집으로 찾아왔었다. 주차장에서 이뤄진 짧은 데이트가 아쉬웠지만 그 자체로도 좋았다. 어제는 유독 그냥 집에 들어가기가 뭐해 우유 한 통을 사서 들어

갔는데, 부엌에서 엄마랑 딱 마주치고 말았다.

슈퍼 다녀왔냐며 싱긋 웃는 엄마의 모습에 세린은 어딘지 싸한 기분이 들었지만 우유를 사 오길 잘했다고 스스로의 선견지명에 감탄하기 바빴었다.

근데, 이미 알고 있었다니. 식스센스급 반전에 얼이 빠졌다.

나중에 알게 된 사실은 이러했다. 기계치인 엄마가 블랙박스 앱을 켜 볼 일은 다행히 없었고, 지하 주차장에서 매일 밤마다 은밀한 데이트를 즐기는 것도 전혀 눈치채지 못하고 있었다. 딸의 일거수일투족을 감시할 성격은 더더욱 아니었고.

이래 봬도 엄마는 소싯적 나이트클럽을 손바닥 내에 두고 있을 정도로 자유분방한 가치관을 가지고 있었다.

밤늦게 이모한테 여행 준비했냐는 전화를 받고 캐리어를 꺼내고 있는데, 블랙박스와 연동된 앱이 계속 알림 소리를 울렸더랬다.

뭔가 싶어서 확인해 보니 주차장이 화면에 나타났다고. 친절하게 영상까지 보여 주는 기능에 신기해서 화면을 보고 있자 고양이 한 마리가 보닛 위를 거쳐 차 밑으로 뛰어내리는 모습이 보였단다. 웬 고양이야, 하는데 곧이어 앞쪽에 주차되어 있던 차에서 낯익은 얼굴이 내리더란다. 긴가민가했는데, 잠시 후 우유를 들고 들어오는 겉옷을 보니 확신을 했다고.

요즘도 아파트 주차장에 고양이가 사나……. 그것보다 블랙박스. 저건 진짜 누가 만들었어! 주진욱 차 선팅 제대로 돼 있는 거 맞겠지?

세린은 학창 시절 그냥 웃어넘겼던 급훈이 생각났다.

'엄마가 지켜보고 있다'.

깜빡깜빡 빛을 내며 자신을 약 올리는 것 같은 블랙박스와 의미 없는 눈싸움을 하는데, 주머니에서 진동이 울렸다. 엄마였다.

〈아직도 멍하게 서 있는 거 아니지? 얼른 가서 너도 데이트 해. 크리스마스이브잖아.〉

"차장! 안내 데스크에 누가 부장을 찾아왔다는데요?"

전화를 받은 수습기자가 설 차장에게 말을 전했다. 설 차장은 사회부 한쪽에 자리한 진욱의 사무실을 한 번 쳐다보곤 되물었다.

"누가?"

어리둥절한 표정으로 어깨를 으쓱하는 수습기자에게 설 차장은 전화를 돌리라고 말했다. 사건 관련인가? 진욱은 아

173

까 낮잠을 청하러 방송국 내 수면실에 간 상태였다.

요즘 유독 에너지가 넘치는 진욱이었지만, 새벽같이 출근해 9시 뉴스를 차질 없이 진행하기 위해선 낮잠이 필요했다.

"네, 전화 바꿨습니다."

안내 데스크의 여직원은 설 차장에게 어느 여자분이 주 앵커를 찾는다는 말을 전했다. 이름을 물어보니 곧바로 대답이 들려왔다.

—박세린 씨라고 하시는데요.

로비로 내려가는 동안 박세린이라는 이름이 낯설지 않다고 생각하던 그는 안내 데스크 앞에 선 앳된 얼굴의 늘씬한 여자를 발견했다. 하얀 털이 달린 외투와 청바지가 그녀를 더욱 싱그러워 보이게 했다. '어디서 많이 본 얼굴인데'라고 생각하며 설 차장은 그녀에게 다가갔다.

"사정 때문에 제가 대신 내려왔습니다. 무슨 일로 찾아오셨죠?"

아, 하고 놀란 표정을 짓던 그녀는 손에 든 걸 들어 보이며 해사하게 웃었다.

"진욱 오빠 도시락 배달 왔는데요."

자신을 진욱의 사촌 동생이라 소개하는 세린을 데리고 설 차장은 진욱이 있는 수면실로 향했다.

주진욱에게 사촌 동생이 있었나? 별로 안 닮았네. 뭐, 사촌끼리는 안 닮을 수도 있지만.

정체가 미심쩍었으나 기자의 감으로 볼 때, 위험한 인물은 아닌 것 같았다. 간혹 팬이랍시고 찾아오는 여자들 같지도 않았고. 수상한 낌새나 다른 속내를 가진 사람들은 직관적으로 꺼려지는 무언가가 있기 마련이다.

큰 반찬 통을 줄줄이 쌓아 놓은 저 거대한 도시락 통과 앞만 바라보며 짓고 있는 단정한 미소는 '나 이상한 사람 아니에요'라 말하고 있었다.

'낯이 익은데. 어디서 봤지. 사촌이라 그런가?'

계속 밀려오는 기시감을 털어 낸 설 차장은 어느새 세린을 데리고 수면실 앞에 당도했다.

"잠깐 눈 붙인 거였는데, 잠시만요."

진욱을 깨우러 들어가려는 그를 세린이 다급하게 붙잡았다.

"아! 아니에요. 깨우지 마세요. 이거."

세린이 들고 있던 거대한 도시락 통을 설 차장에게 전했다.

"오빠 것만 만들기가 뭐해서요. 팀원분들이 얼마나 계신지 몰라서 조금 많이 쌌어요."

설 차장은 세린이 건네는 도시락을 받아 들며 이 정도면 애들이 먹고도 남겠구나 생각했다.

마침 출출한 시간인데. 주진욱이 사촌 동생 하난 잘 키웠네.

잠시라도 그녀를 미심쩍게 생각한 것에 미안한 마음이 들 정도였다.

"아이고, 뭐 이런 걸 다. 고맙게. 와하하."

잇몸까지 내보이며 그가 활짝 웃었다.

"입에 맞으실지 모르겠어요."

세린의 말에 설 차장은 먹어 보지도 않고 '입에 맞다마다요' 하며 고마움을 드러냈다. 대학생 같아 보이는데 요즘 애들 같지 않게 손이 크네. 설 차장은 삼촌 같은 푸근한 미소를 지으며 잘 먹겠다고 인사를 한 후 손수 수면실 문까지 열어 주고 자리를 떠났다.

'유쾌하신 분이네.'

혹시나 방송을 하는 사람한테 쓸데없는 가십거리를 만들어 줄까 봐 그녀는 고민 끝에 사촌 동생이라고 자신을 소개했다. 방송국엔 그의 편만 있는 게 아니니까. 그래도 진욱의 곁에 좋은 사람들이 있는 것 같아서 다행이란 생각이 들었다.

세린은 설 차장이 열어 준 수면실 안으로 발소리를 죽이며 들어갔다. 정면에 위치한 창문으로 햇빛이 들어왔지만 어두운 블라인드로 가려 놓아 수면실 안은 크게 밝지 않았다.

2층 침대 네 개가 양쪽 벽에 두 개씩 자리하고 있었는데 그 안쪽 침대에 진욱이 누워 있었다.

세린은 배시시 웃음이 새어 나오려는 입을 틀어막고 조용조용 그에게 걸어갔다. 슬립온을 신길 잘했다. 평소처럼 힐을 신었다면 아무리 조심해서 걸어도 구두 소리를 막기 어려웠을 테니까.

이탈리아로 돌아가기 전에 최대한 많은 걸 해 보고 싶기도 했고, 저녁까지 그를 기다리기엔 시간이 너무 아까워 무작정 도시락을 만들었다. 그런데 자는 주진욱의 모습을 보게 되다니. 세린은 어느 영화의 여주인공처럼 기쁨에 겨워 개다리 춤을 추며 소리 없이 몸부림을 쳤다.

창문을 등지고 누운 그는 실내가 따뜻하긴 했지만 이불도 덮지 않고 있었다. 신발도 벗지 않고 긴 다리를 교차해 침대 모서리 위에 올려 둔 상태였다.

어? 주진욱도 슬립온 신었네. 이렇게 잘 통해서야, 원.

세린은 또다시 배시시 웃으며 아예 옆에 쭈그리고 앉아 그를 관찰했다. 평소엔 머리를 잘 올리지 않는지 앞머리가 이마를 반쯤 덮고 있었고, 메이크업을 안 했는데도 짙은 눈썹 아래로 긴 속눈썹이 자리하고 있었다. 코는 매부리기 하나 없이 반듯했고 입술은 도톰하니 어두운 벽돌색을 띠었다. 뉴스 진행까지 시간이 남아서 그런지 정장이 아닌 가벼운 니트에 슬랙스를 입고 있었고.

혹시나 추울까 봐 그녀는 이불 끝자락을 조심스레 끌어당겨 그의 가슴과 종아리를 덮어 주었다. 다행히 그는 미동도 없이 잠에 빠져 있었다.

머리를 쓰다듬어 주고, 가볍게 볼에 입을 맞추고 싶은데 혹시나 깰까 봐 할 수 없었다. 대신 그녀는 눈으로 천천히 그를 매만졌다. 아주 느리고 부드럽게 그의 눈, 코, 입을 가슴에 새겼다.

이거면 됐다. 혹시라도 깨울까 봐 이만 돌아가기로 결심한 그녀는 손을 들어 그가 덮고 있는 이불 위에 손가락 하나 닿지 않고 가슴을 토닥거리는 시늉을 했다.

우리 애인 잘도 잔다.

마지막으로 그의 얼굴을 눈에 담으며 자리에서 조용히 일어나던 세린은 갑자기 손목을 잡아채는 손길에 침대 위로 넘어지고 말았다. 꺅 소리도 못 낼 정도로 놀란 가슴을 진정시키며 눈을 뜨자 침대 위의 그에게 반쯤 안겨 있었다.

침대 위를 짚은 한쪽 무릎에 힘을 주고, 진욱의 가슴에 손을 대고 상체를 일으키자 마치 그를 덮치는 듯한 요염한 자세가 되었다. 그의 얼굴이 코앞에 있었다.

"깜짝 놀랐네. 언제 깼어요?"

어색하게 웃으며 세린이 물었다.

"너 춤출 때부터."

악 하고 소리를 지르고 싶었다. 그걸 봤다고?

울상이 되어 가는 세린을 보던 진욱은 참고 있던 웃음을 터뜨렸다. 이 여자가 보여 주는 사랑스러움은 위험할 정도로 끝이 없었다.

그는 오늘 크게 피곤하지 않았다. 아침에 커피도 많이 마신 데다 결정적으로 오늘 뉴스를 끝으로 그녀와 함께할 수 있는 긴 휴가를 받았기 때문이다. 힘이 넘치는 이 상태로는 막노동도 할 수 있을 것 같았다.

그래도 2년간 습관이 됐는지 낮잠 시간이 다가오자 멍한 기분이 들었다. 그래서 완벽한 컨디션을 위해 잠을 청해 보자고 수면실로 내려온 참이었다.

침대에 누워 눈을 감고 얼마나 지났을까, 아주 얕게 잠이 들려던 그는 수면실 밖에서 들려오는 대화 소리에 깨 버리고 말았다.

진욱 외에 아무도 없는 수면실은 너무나 조용해서 자연스레 대화에 집중할 수 있었다. 익숙한 두 목소리였다. 문이 열리며 여자의 목소리가 조금 더 확실하게 들리자 그는 번쩍 눈을 떴다.

믿을 수 없지만 박세린이 왔다. 벌떡 일어나 그녀를 품에 안고 싶었지만 참아 보기로 했다. 그녀가 어떤 행동을 할지 몹시 궁금해졌기 때문에.

고양이처럼 살금살금 다가오는 세린의 모습을 진욱은 실눈을 뜨고 지켜봤다. 하얀 털옷을 입어서 그런지 더욱 고양이 같았다.

아, 귀여워 죽겠네.

눈을 질끈 감고 기쁜 듯 몸부림을 치는 모습엔 웃음을 참느라 몰래 아랫입술을 깨물어야 했다.

하하, 하고 수면실 가득 시원하게 울려 퍼지는 그의 웃음소리에 그녀는 더욱 울상이 되었다. 몸을 일으키려던 그녀의 몸짓을 진욱이 다시 손목을 잡아당기며 제지했다.

"앵커가 왜 연기를 하고 그래요."

찌릿 노려보며 말하는 세린의 얼굴을 가만히 바라보다 손을 들어 감싸 쥐었다. 그리고 몸을 조금 일으켜 가볍게 입을 맞췄다.

"뽀뽀해 주면 일어나려고 했지."

말엔 장난이 묻어났지만, 그녀를 바라보는 그의 눈에는 한없이 사랑스러운 것을 보는 듯 애정이 가득했다.

"잠 깰까 봐 그랬죠."

입맞춤 때문인지 아까보다 나긋한 목소리로 세린이 말했다. 그에 진욱은 큭큭 웃으며 손목을 잡고 있던 손에 힘을 풀었다.

이때다 싶어 일어나려는 세린의 몸을 진욱이 감싸 안으며 빠르게 침대 안쪽으로 눕혔다. 그녀는 갑작스레 일어난 상황에 눈을 깜빡이며 그의 얼굴을 올려다봤다.

분명 자신이 진욱의 위에 있었는데, 어느새 진욱이 자신을 내려다보고 있었다. 비슷한 신발을 신은 두 사람의 다리가 침대 위에서 엉켰다. 놀란 가슴을 항의하듯 그녀가 세모눈으로 쳐다보는데도 그는 계속 웃는 낯이기만 했다.

"이 싸람이 진짜, 아까부터 계속 놀라게 하고 말이야."

떨리는 심장과 묘한 분위기에 그녀는 주먹을 쥐고 그의 어깨를 가볍게 치며 투정을 부렸다. 그러나 두 사람의 시선은 서서히 서로에게 얽혀 들고 있었다. 그녀의 얼굴을 감싸 쥔 그가 천천히 얼굴을 내렸다.

"여행 가자."

코앞까지 다가간 진욱이 나지막하게 속삭였다. 세린은 숨이 막힐 듯한 떨림에 목소리가 갈라져 나올 것 같아, 입을 여는 대신 고개를 끄덕였다. 그가 더 가까이 내려오자 코가 맞닿고 뜨거운 숨결이 입술을 간질거렸다.

"집에서 기다리고 있어."

진욱이 세린의 윗입술을 가볍게 물었다 놓자 그것에 응하듯 그녀가 그의 목을 팔로 휘감았다. 그의 입술이 다시 내려와 그녀의 아랫입술을 머금었다. 이번에도 감질나게 물었다 놓는 그의 입술이 그녀의 애간장을 녹였다.

입술이 떨어지자 세린은 안달복달하는 대신 여유롭게 입매를 늘였다. 그리고 그의 한쪽 다리를 자신의 다리로 휘감으며 귓가에 속삭였다. 그 말에 단번에 진욱이 그녀의 입술을 내리눌렀다.

"빨리 와요. 기다릴 테니까."

❖   ❖   ❖

달콤한 휴식 후, 수면실 침구를 정리하는 진욱에게 세린은 머뭇거리며 말을 꺼내려고 했다. 베개를 탁탁 털던 그가 허리를 펴고 그녀를 돌아봤다. 다정한 웃음이 가득한 그의 모습에 그녀는 떼기 어려운 입을 열었다.

"선배, 할 말 있어요. 나, 사실. 이탈리아로……."

겨우 꺼낸 말을 세린은 끝까지 마무리 짓지 못했다. 그와 이제 시작하는 마당에 차마 입을 열 수가 없었다. 방금 전까지 뜨거운 키스를 나누고 서로의 체온을 느꼈는데, 그에게 확정된 이별에 대해 어떻게 말할 수 있을까.

이탈리아로 돌아가야 되는 것을 알면서도 그를 원했던 자신의 이기적인 마음이 이런 결과를 가져왔다는 생각에 죄책감이 들었다. 그에게 사실대로 말해 줘야 된다고 생각했지만 진욱을 사랑하는 마음이 그녀를 망설이게 했다.

그 말을 듣고 그가 어떤 반응을 보일지 예상하고 싶지 않았다. 더는 미룰 수 없어 말하기로 결심했지만 과연 지금이 알맞은 타이밍인가에 대한 회의도 밀려왔다. 그가 책망하면 어떡하지? 아니다. 책망쯤은 달게 받을 수 있었다.

이 사람, 많이 상처 받겠지?

그러나 말해야 했다. 박세린이 곧 이탈리아로 돌아가야 한다는 사실은 변함이 없었으니까.

진욱은 입술을 잘근잘근 깨물며 망설이는 그녀에게서 시선을 떼지 않았다. 그는 지금 자신의 연인이, 자신들이 맞이해야 할 헤어짐에 대해 생각하고 있음을 알아챘다.

아마도 자신에게 상처를 덜 주기 위해 고민하고 있는 것이 아닐까. 그의 사랑스러운 연인은 항상 자신보다 남을 생각하는 사람이었으니 그럴 확률이 높았다. 그가 그녀를 말없이 끌어안았다.

"세린아."

그녀가 떠나야 한다는 사실을 생각하면 당장에 가슴이 욱신거렸지만, 그는 그게 '끝'이 아니라고 확신했기에 웃을 수 있었다. 그리고 이 확신을 그녀에게도 새겨 주고 싶었다. 또한 지금 이 순간 느끼고 있을 부담감도 덜어 주고 싶었다.

"기다릴게."

낮게 흘러나온 말에 세린은 눈을 크게 뜨고 그를 올려다봤다. 선배, 지금 뭐라고. 이마에 조용히 입을 맞춘 진욱은 세린의 허리를 더욱 그러안았다.

"알고 있었어요? 어떻게?"

그의 품에서 그녀는 눈을 질끈 감으며 입술을 파르르 떨었다. 긴 이야기를 설명하는 대신 그는 '내가 모르는 게 어디 있어' 하고 목소리에 장난기를 실어 속삭였다.

진욱은 등을 어루만지며 떨리는 세린의 몸을 진정시켜 주었다. 어느새 붉어진 눈으로 그를 바라보는 그녀의 속눈썹엔 눈물방울이 맺혀 있었다. 울지 마. 길 잃은 강아지처럼 애처로워 보이는 눈물을 닦아 준 그가 그녀의 눈가에 자잘한 입맞춤을 남겼다.

"이탈리아는 보내 줘도, 너 이제 다른 남자한테는 못 가."

눈물방울을 그렁그렁 매단 채 세린은 환한 미소를 지었다. 톡 하면 울음을 터뜨릴 것 같은 그녀의 입술을 삼키며 그가 말했다.

"이미 코 꿰었어, 너."

한껏 넘치는 기운을 느끼며 진욱은 사무실로 올라갔다. 텅 비어 있는 사무실에 반해 회의실에선 왁자지껄 소란스러운 소리가 흘러나왔다. 회의실로 들어간 그는 진동하는 반찬 냄새에 코끝을 찡그렸다.

"부장! 잘 먹었습니다!"

"와, 양도 많고 진짜 맛있었어요."

"잘 먹었습니다!"

진욱을 본 직원들은 부른 배를 두드리며 감사 인사를 전했다. 탁자 위엔 빈 통 여덟 개가 덩그러니 놓여 있었다.

"아까 사촌 동생이 우리 먹으라고 전해 주더라고."

물로 입가심을 하던 설 차장이 세린에 대한 얘기를 전했다. 도시락을 싸 왔다던 그녀의 이야기를 떠올리며 그는 허무하게 비어 있는 빈 통들을 내려다봤다.

그거 원래 내 거 아니야? 와, 하나도 안 남겼네. 내 애인이나 먹으라고 싸 준 도시락을.

떨떠름하게 팀원들을 쭉 훑어보던 진욱은 한쪽 입술을 삐뚜름하게 올렸다. 그는 이들에게 크리스마스를 없애 주리라 소소하게 결심을 했다.

"사촌 동생 한 미모 하시던데?"

'밥을 안 남겨서 그런가?

설 차장은 어두워진 것 같은 진욱의 표정을 살피다 분위기를 전환할 겸 세린에 대한 이야기를 꺼냈다. 딴엔 사촌 동생을 칭찬하면 그의 기분이 조금은 풀리지 않을까 싶어서였다.

"그래요? 음식도 잘하는데 얼굴도 예뻐요? 대박."

"차장이 직접 봤어요? 우와. 연예인 중에 누구 닮았어요?"

"부장, 저 세린 씨 소개시켜 주시면 안 됩니까?"

짜식들. 그래, 잘하고 있어. 잘하고 있는데……. 왜 우리의 부장 표정은 점점 나빠지는 걸까. 그가 팔짱을 끼고 웃으면서 바닥을 본다는 건 그렇게 좋은 신호는 아니었다.

좌불안석인 설 차장과 달리 다른 기자들은 '미모의 사촌 동생'을 주제로 한참이나 호들갑을 떨었다. 그걸 조용히 듣고 있던 진욱이 고개를 들어 입을 열었다.

"다들 잘 먹고 잘 떠들었으면 이제 가서 일합시다. 도시락 통은 깨끗이 씻어서 내 방으로 가져오고."

어라? 설 차장은 일 폭탄이라도 투하할 줄 알았던 진욱이 쿨하게 나오자 놀랐다. 그리고 그저 그가 사촌 동생을 참 어여삐 여기는구나, 그렇게만 생각했다.

"잠깐."

팔짱을 끼고 회의실을 나가려던 진욱이 다시 뒤를 돌아보았다. 손바닥을 펴 보이는 진욱의 행동에 도시락 통을 정리하느라 소란스러워졌던 회의실이 쥐 죽은 듯 조용해졌다. 모든 이목이 몰리자, 그가 입을 열었다.

"뭔가 착각하는 것 같은데."

미소가 사라진 얼굴은 싸한 기운이 맴돌았고, 목소리는 사막의 모래가 쩍 갈라지는 듯 황량했다. 그에 직원들은 찬물을 끼얹은 듯 긴장했다. 어깨를 으쓱 들어 올리며 그가 무미

건조하게 말을 이었다.

　"박세린은 사촌 동생이 아니라, 내 애인. 어디서 세린 씨야."

　말끝에 잠깐 싱긋 웃고 무표정으로 돌아간 진욱은 경고를 날리며 돌아섰다. 한참 동안 정적이 맴돌았던 회의실은 약속이나 한 듯 일순간에 난리가 났다.

　"대박. 부장 표정 봤어?"

　"차장! 사촌 동생이라면서요! 저 완전 찍힌 거 아닙니까."

　"애인이래! 주 앵커가, 저 냉혈한이 애인이래! 와."

　"이거야말로 특종이지 말입니다."

chapter 8

크리스마스니까

집으로 돌아온 세린은 내일 입을 옷과 화장품을 챙겨 여행 가방에 넣었다. 특히 속옷을 고르는 데 신경을 쓰며 혹시나 하는 마음에 서랍을 열어 보았다. 역시나 있구나.

작년 유명 속옷 브랜드의 패션쇼에 사용할 구두를 디자인 하며 선물 받은 화려한 속옷을 드디어 써먹을 순간이 왔다.

보통 본사 사무실로 선물이 배달되어 이탈리아 집에 두는 경우가 많았지만, '한국인 수석 디자이너'라는 타이틀을 자신보다 더 자랑스러워하는 몇몇 브랜드들은 한국 본가로 선물을 보내 놓는 경우가 종종 있었다.

웬만한 건 감사히 받아 입었는데, 반짝이는 보석들이 주렁 주렁 달린 판타지 브라는 좀 부담스러웠다. 다이아몬드나 루비, 사파이어 등의 값비싼 보석들이 사용된 실제 판타지 브라는 억대를 호가하는 고가품이었다.

하지만 세린이 받은 건 모조 보석이나 급이 낮은 주얼리를 이용해 VIP 선물용으로 제작된 것이었다. 그러나 진짜와 전혀 차이가 느껴지지 않는 속옷을 한 번 입어 보곤 이걸 어떻게 입느냐며 상자에 다시 넣어 두었었다.

그러나…… 나라고 왜 안 입어 보고 싶었겠어! 이렇게 예쁜데.

길쭉길쭉하고 볼륨이 넘치는 모델들이 날개를 달고 천사처럼 웃으며 걸어 나오는 패션쇼에 거의 매년 초대되어 갈 때면, 여자인 자신조차도 홀라당 반할 것 같았다.

한 번은 옆에 앉아 있던 동료가 멍한 자신의 얼굴을 사진 찍어 보여 준 적이 있었다. 부끄럽지만 정말 넋을 놓고 바라보는 얼굴이었다.

그리고 결심했다. 자신도 애인이 생기면 꼭, 꼭, 입으리. 날개까지는 구하기 어려워도, 저런 9등신의 매끈한 몸매는 아니어도, 화려한 속옷과 구두로 유혹의 손길을 날려 주리라 결심했었다.

여러 개의 상자들을 열어 속옷을 고르는데 하나가 눈에 띄었다. 투명한 화이트 다이아몬드가 브라의 전체적인 엣지를 둘러싸고, 브라 컵의 위를 작은 코냑 다이아몬드들이 사선으로 교차한 검은색 속옷.

가운데 16캐럿짜리 샴페인 다이아몬드가 하트 모양으로 달랑거리며 달려 있는 게 압권인 이 속옷은 패션쇼 당시에도 눈여겨보았던 디자인이었다.

누가 보냈는지, 센스 있게 잘 보냈네.

"너로 정했다."

세린은 상자에서 피카츄가 튀어나와야 할 것 같은 말을 중얼거렸다. 속옷을 들자 형광등 불빛에 보석들이 반짝였다.

속옷에 매치할 구두를 찾으러 신발장으로 달려간 세린은 화려한 장식의 빨간색 펌프스를 꺼내 들고 음흉하게 웃음 지었다. 다른 의미에서 진욱이 천당과 지옥을 경험하도록 해 주겠다며 전의를 불태웠다.

앗차. 도시락, 도시락.

뉴스 시작 전, 진욱이 문자로 투덜거렸다. 도시락을 한 점도 못 먹었다며 불만을 토로하는 내용에 세린은 씰룩쌜룩 콧바람을 불었다. 귀여운 남자 같으니. 저녁까지 굶었다며 도시락을 다시 싸 달라고 요구하는 그에게 항복하듯 알겠다고 대답했다.

뭘 먹고 싶으냐 물으니, 아무거나 좋단다. 이왕이면 칼로리는 생각하지 말라는 말까지 덧붙였다. 방송 때문에 은근히 몸매 신경 쓰는 거 아니었나? 내일도 방송해야 될 텐데. 그녀는 고개를 갸우뚱거리며 주방으로 향했다.

❖   ❖   ❖

분장실에서 대기하던 진욱은 방송 전 마지막으로 핸드폰을 꺼냈다. 문자 내용을 확인한 그는 아직 스탠바이까지 시간이 좀 남았다는 것을 확인하고 벌떡 일어나 사회부 기자실로 향했다.

수습기자들은 크리스마스 전야에도 어김없이 떨어진 마와리*를 돌라는 명령에 경찰서에 나가 있었고, 그들이 가져온 정보를 모아 기사를 써야 하는 일진 기자들 역시 일이 생겼는지 자리를 비워 사회부 내에 남아 있는 인력은 적었다.

그러나 기삿거리 찾아오라는 진욱의 말 한마디에, 사회부 기자들의 노트북은 여전히 뜨거웠다.

특히 내일부터 꼭지 설정과 회의 진행 등의 일을 잠시 맡아 달라는 진욱 때문에, 설 차장은 아예 퇴근을 포기한 상태였다. 그는 방금 전 통화했던 부인의 앙칼진 목소리를 떠올렸다.

---

*마와리:기자가 취재 구역을 도는 일.

―애들이 크리스마스라고 얼마나 기대하는 줄 알기나 해?

　미안해, 마누라. 부상 책상에 놓인 사진 속 여자를 못 알아본 내 잘못이 커. 사촌 동생이라는 말을 그대로 믿다니.

　한숨을 쉬던 설 차장은 인기척에 고개를 들어 웃는 낯의 진욱을 바라봤다. 짙푸른색의 넥타이를 매고 감색 슈트를 걸친 우리의 부장은 오늘도 배우 뺨치는 모습으로 뉴스를 진행할 것이다. 그러나 곧 스탠바이를 해야 할 진욱이 이곳에 있다는 사실에 어리둥절해진 설 차장은 일어나서 그에게 다가갔다.

　진욱은 자신 쪽으로 다가오는 설 차장이 말을 꺼내기 전에 먼저 선수를 쳤다. 출입구와 가장 가까운 책상을 탕탕 치며.

　"퇴근합시다!"

　사무실에 남아 있던 기자들은 미어캣처럼 벌떡 몸을 일으켜 일제히 진욱을 쳐다봤다. 혹시 내가 '외근합시다'를 잘못 들은 건 아니겠지? 기자들은 씨익 웃고 있는 그의 모습에 불안해하며 서로 눈빛을 교환했다.

　"뉴스 끝나고 와서도 남아 있는 사람은 맹세코 철야시킬 겁니다. 취재 나가 있는 사람들한테도 전해 주고. 그럼, 수고."

　기자들은 그 말을 끝으로 다시 문밖으로 사라지는 진욱의 모습을 한참 동안 멍하니 쳐다봤다.

"차장, 우리 부장이 이상해요."

문가에 있던 기자가 내뱉은 말에 고개를 끄덕이며 동의한 그들은 모두 같은 생각을 했다.

'사랑의 힘이란.'

사랑이 가득한 크리스마스라고 사건 사고가 없는 건 아니었다. 어쩌면 현장을 돌아야 할 일이 더 많이 생길지도 몰랐다. 기자라면 휴식이나 기념일보다 현장을 더 우선시해야 했기에.

특히나 진욱은 그런 면에 있어서 엄격한 편이었다. 그래서 그가 부장직에 오른 지난 2년 동안 명절과 철야는 같은 단어라고 여겨 왔다. 그런데 퇴근이라니. 너무나 충격적인 소식에 입을 쩍 벌렸다.

그렇게 한참 동안 퇴근이라는 축복을 감히 받아들이지 못하던 기자들을 깨운 건 설 차장이었다.

"야! 뭣들 해! 빨리 튀어!"

그의 말에 모두들 누가 먼저랄 것 없이 재빠르게 짐을 챙겨 사무실을 탈출했다.

뒤에서 우르르 팀원들이 달려 나가는 소리에도 진욱의 눈은 계속 휴대폰 화면에 고정되어 있었다. 세린이 보내 준 사진한 장은 크리스마스이브에도 사무실에서 밤을 지새울 뻔한 기자들을 해방시켜 주었다.

사진 속엔 세린이 알록달록 정성스레 싼 도시락을 얼굴 가까이 들고 있었다. 그는 음식에는 시선도 주지 않고 그녀의 얼굴만 응시했다.

"맛있겠다."

배고프진 않았지만 다른 의미에서 몹시 허기가 졌다. 스튜디오에 도착해서도 피식피식 웃으며 화면에서 눈을 떼지 못하던 그는 수신기를 가져온 담당자가 무슨 좋은 일이 있느냐고 묻자 그제야 정신을 차리고 휴대폰을 끌 수 있었다. 수신기를 귀에 꽂으며 별일 아니라고 얼버무린 그는 표정 관리를 하기 위해 고개를 가볍게 흔들었다.

대본을 받아 들고 데스크로 걸어가는 진욱의 눈앞에 또다시 방금 전 사진이 떠올랐다.

미치겠네, 박세린.

"자, 스탠바이 하세요!"

잠시 후, 평소보다 시간이 조금 걸렸지만 그는 냉철함으로 무장한 완벽한 뉴스 진행자의 모습으로 데스크에 앉았다.

진욱의 휴가가 말일까지라는 것을 전해 듣지 못한 세린은

그가 말한 여행이 당일치기를 뜻하는 것이라 생각했다. 크리스마스에도 뉴스는 쉬지 않으니까, 늦어도 내일 저녁 전까지는 돌아와야 한다고 여겼다. 그래서 짐도 트렁크가 아닌 작은 가방에 하루치만 담았다.

어디로 가는 걸까. 밤바다라도 보러 가는 건가? 그와 함께하는 여행이라니. 어딜 가든 좋을 것 같았다.

차에 올라탄 세린은 진욱의 오른손을 잡고 든든한 팔에 기대었다.

"가고 싶은 데 있어?"

손가락 사이사이에 그의 손가락이 자리를 잡고 들어왔다. 그의 손은 목소리만큼이나 따뜻했다.

사실, 여행 가고 싶은 곳이 있긴·했다. 누구든 사랑에 빠질 수 있는 크리스마스를 하루 앞둔 날에 교외에 위치한 펜션을 잡긴 어려울 것 같았다.

"정말 어디든 상관없어요?"

세린은 기대고 있던 몸을 돌려 그의 옆모습을 쳐다봤다. 음, 하고 입꼬리를 올리는 그의 모습을 확인한 그녀가 히죽 웃어 보였다.

"페르펙토(멋지다!)"

자신의 품에서 빠져나가 이리저리 돌아다니는 세린을 보며 팔이 허전하다고 느낀 것도 잠시, 진욱은 피식거리며 흐뭇해했다. 그는 그녀가 얌전히 벗어 놓은 신발 옆에 자신의 신발을 놓아두었다.

세린의 실내용 슬리퍼를 손으로 집던 진욱은 사이즈는 전혀 다르지만 비슷한 모양의 제 신발을 눈에 담았다. 세린이 커플 신발이라며 장난을 쳤던 게 생각나 묘하게 웃음이 나왔다.

들고 있던 여행 가방을 식탁 위에 올려 둔 진욱은 세린에게 다가가 손수 슬리퍼를 신겨 줬다. 그리고 그녀의 빛나는 눈동자를 마주했다.

"여기, 진짜 선배가 사는 집 맞아요?"

호텔 스위트룸 같아. 감탄 어린 목소리로 그녀가 말했다. 블랙과 화이트로만 이뤄진 그의 집은 모던하고 깔끔했다. 다양한 장식품과 살림살이가 많은 그녀의 집—한국과 이탈리아 모두—과 달리 그의 집은 여백의 미가 돋보였다.

들어서자마자 하얀색 식탁과 검은색 수납장으로 이뤄진 주방이 눈에 들어왔다. 그 옆으론 큰 유리창이 자리했고 빈 벽에는 네다섯 개의 액자들이 일렬로 걸려 있었다. 집 안에선 평소 그에게서 나던 시원한 향기가 났다.

"그럼, 선배네 집으로 가요."

진욱은 제 발로 늑대 소굴로 들어온 자신의 연인을 보며 한숨 같은 웃음을 흘렸다. 휴가 기간을 말하지 않은 건 딱히 꿍꿍이가 있어서는 아니었다(고 100퍼센트 말하기는 어렵다).

밖에서도 끌어안고 싶은 걸 힘겹게 참았는데 집에 들어오니 온몸의 피가 끓어오르는 게 느껴졌다. 담담한 척 세린의 뒤를 따라 걷는데, 그녀가 가는 곳마다 왜 자꾸 이상한 상상만 드는 건지.

그녀가 부엌 조리대를 손으로 스윽 만져 볼 때도, 식탁 앞을 지나갈 때도, 거실 소파에 풀썩 앉았다 일어날 때도, 머릿속엔 온통.

진욱은 몰아쳐 오는 아찔한 기분에 현기증이 일었다. 이리저리 집 안을 기웃거리던 세린이 마지막 방에 닿자, 그는 차라리 몸을 돌리는 편을 택했다.

"선배, 여기서 자는 거예요?"

능청스런 그녀의 물음이 끝나기도 전에 '나 좀 씻고 나올게' 하고 그가 돌아섰다. 그녀는 코너를 돌아 사라지는 그의 뒷모습을 고개를 빼고 지켜보며 키득거렸다. 그리고 여유롭게 뒷짐을 지고 노래를 흥얼거렸다.

주진욱 귀는 빠알개. 빨가면 주진욱, 주진욱은 맛있어.

❖　　　❖　　　❖

　세린은 던져두었던 쇼핑백을 가지고 와 넓적한 도시락 통을 꺼냈다. 사각형 모양의 도시락에는 층마다 다른 음식들이 자리하고 있었다.

　칼로리를 생각하지 말아 달라는 말에 야심차게 만든 그라탱과 샐러드 스테이크, 그리고 샌드위치까지. 무엇을 좋아할지 몰라 다양하게 담아 왔다.

　도시락 맨 위 칸을 열어 모양새를 확인한 그녀는 내용물이 흐트러지지 않아 만족스럽게 웃었다. 그리고 쇼핑백 안으로 손을 가져가 도시락과 함께 들고 온 와인을 꺼냈다. 그녀가 좋아하는 투명한 스파클링 와인이었다.

　그와 밖에서 밤하늘을 올려다보며 마시기엔 차가운 느낌이 있었는데, 집으로 오니 딱 알맞은 선택이 되었다.

　"와인엔 딸기지."

　세린은 달콤하고 청량한 와인과 함께 곁들이려고 도시락 제일 밑 칸에 치즈와 올리브, 그리고 과일을 담아 온 것을 확인하며 넉넉하게 싸 오기를 잘했다고 생각했다.

　층마다 뚜껑이 달려 있으니 나머지는 냉장고에 넣어 두었다가 먹고 싶을 때 꺼내거나, 내일 아침에 먹어도 괜찮을 것 같았다.

도시락 통들을 쌓으며 세린은 콧노래를 흥얼거렸다.

샤워를 마친 진욱은 수건으로 머리를 털며 주방으로 향했다. 그리고 조리대 앞에 서 있는 세린의 뒷모습에 잠시 걸음을 멈췄다. 적막했던 집 안에 흥얼거리는 노랫소리가 채워지자 차가웠던 공기가 훈훈하게 달아올랐다.

부엌을 정리하면서 노랫소리에 맞춰 흔들흔들 엉덩이를 양 옆으로 흔드는 세린의 모습에 그의 미소가 짙어졌다. 평소와 같은 온도로 보일러를 켜 놓았지만, 집은 어제보다 더 따뜻한 것 같았다.

진욱은 식탁 위에 젖은 수건을 올려놓고 세린에게 성큼성큼 다가갔다. 저 뒷모습을 자신의 품 안에 가둬 놓고 싶었기에.

"뭐해?"

기척이 들리더니, 팔 아래로 그의 손이 들어와 허리를 껴안았다. 세린은 본능적으로 배를 집어넣고자 힘을 주었다. 빈틈없이 자신을 끌어당기는 그의 몸이 등허리로 느껴졌다. 단단하고 따뜻하다는 생각이 들 때, 부드러운 그의 입술이 관자놀이 부근에 닿았다.

야시시한 속옷까지 준비했으면서, 세린은 사소한 포옹과 입맞춤에도 가슴이 두근거렸다.

'당신한테 설레지 않는 날이 오긴 할까?'

진욱의 심장 소리를 느끼고 싶어 그녀는 그의 가슴에 등을 기댔다.

세린은 도시락을 정리하던 한 손을 들어 허리를 끌어안은 그의 팔을 매만져 주었다. 그러자 그가 어깨에 입술을 묻으며 낮은 웃음소리를 냈다.

덜 마른 그의 머리카락이 귓가에 차갑게 닿았지만 하나도 거슬리지 않았다.

"아, 좋다."

낮은 음성으로 중얼거리는 그의 말에 그녀도 고개를 끄덕였다.

"이것 좀 넣어 놓고요."

도시락 통을 통통 두드리며 세린이 몸을 일으키려 하자 진욱은 다시 한 번 그녀의 관자놀이 부근에 입을 맞췄다.

"내가 할게."

도시락 통을 든 그는 옆으로 걸어가 빌트인 냉장고의 문을 열었다.

"그게 냉장고였어요? 아, 나 아까 한참 찾았는데."

"뭐 마시고 싶었어?"

양손으로 주스 병들을 들어 보이며 그가 물었다.

"아니, 도시락 넣어 놓으려고 그랬지."

203

고개를 젓던 세린이 와인을 들었다.

"우리 이거 마셔요."

눈을 빛내며 세린이 양 눈썹을 으쓱거리자 냉장고 문을 닫던 그가 키득거렸다. 처음으로 함께 엠티를 갔던 스물한 살때의 세린이 겹쳐 보였다. 그때나 지금이나 악동 같은 미소를 짓는 그녀는 손을 올려 머리를 흐트러 놓고 싶을 정도로 귀여웠다.

"선배, 와인 잔이랑 포크 좀 부탁해요. 나 손 좀 씻고 올게요."

싱긋 웃으며 주방을 빠져나가는 세린의 뒷모습에 진욱은 눈을 떼지 못했다.

집 안에 그녀가 있다는 사실 하나만으로도 이토록 벅차올랐다. 그녀가 시야에서 완전히 사라지자 그는 크게 심호흡을 하며 몸을 일으켰다. 와인 잔을 어디에 뒀더라.

화장실로 들어와 손을 씻은 세린은 머리를 쥐어뜯으며 고민했다. 그 속옷을 지금 입어야 하나, 말아야 하나. 검은색과 흰색으로 이루어진 욕실 바닥 때문에 머리가 더 아파 왔다.

집에서부터 입고 나오려 했지만 울퉁불퉁한 속옷 표면이 문제였다. 두툼한 니트를 입어도 미세하게 튀어나오는 컵 부분과, 가슴 가운에 달려 있는 주얼리가 제 존재를 과시하는 바람에 다른 속옷으로 갈아입고 나온 참이었다.

　욕실에서 나오는 그를 짠 하고 놀래켜 주려고 계획했지만 막상 입으려니 여간 망설여지는 게 아니었다. 게다가 자신이 모델 캔디스도 아니고, 맨정신에 빨간 구두와 속옷 바람으로 그 앞에 서는 건 용기가 필요한 일이었다.

　하긴, 지금 입고 나타나는 것도 좀 이상하지. 와인도 가져왔겠다. 한두 잔 걸치고 분위기가 무르익으면 그때!

　용기에 술만큼 특효약도 없었다. 그녀는 기회를 보다 다시 화장실로 달려오리라 결심하고 주방으로 향했다.

　진욱은 화장실에서 나와 뒤에서 끌어안는 세린 때문에 올라가려는 입꼬리를 막지 못하고 있었다.

　막 마개를 열기 위해 와인병을 두 손으로 잡고 있던 그는 시선을 밑으로 내려 자신의 배 위에서 깍지를 낀 그녀의 손을 보았다. 무엇 하나 바르지 않고 깔끔하게 자른 손톱이 마음에 들었고, 마디가 여린 손가락도 하나같이 예뻤다.

　뭔들 안 예쁘겠어. 그는 팔불출이 다 된 자신에게 속으로 혀를 찼다.

　'이런 기분이구나.'

　주방에 서 있는 애인의 등을 껴안는 게 이렇게 기분 좋은 일이라니. 그에게 안겨 있을 때와는 또 다른 포근함이었다.

아. 좋다, 좋아. 세린은 그의 허리를 안고 양발을 뒤뚱뒤뚱 오뚝이처럼 움직였다. 그러자 그의 발도 조금씩 그녀의 박자에 맞춰 왔다. 함께 한 몸처럼 흔들흔들 왔다 갔다 하자, 절로 웃음이 났다.

잔에 와인을 따르던 그는 문득 자신의 발과 붙어 있는 그녀의 하얗고 작은 발에 시선이 갔다. 아까까지 신고 있던 슬리퍼는 어디다 버리고 맨발로 바닥을 딛고 있었다.

'발 차가울 텐데.'

보일러를 틀어 놓았지만 걱정되는 마음에 그는 깍지를 끼고 있던 그녀의 손을 풀고 뒤를 돌아봤다.

"슬리퍼는?"

어렸을 때 열이 많아 양말을 항상 벗어 놨던 것이 습관이 됐는지 그녀는 집에 있을 땐 맨발을 더 선호했다. 지금은 몸이 꽤나 차가워져서 발을 내놓으면 금방 추위를 느끼게 됐지만.

그의 물음에 고개를 내린 세린은 그제야 자신이 맨발이라는 것을 깨달았다. 아마도 습관처럼 화장실 앞에 벗어 두었던 슬리퍼를 깜빡 잊어버렸나 보다.

"화장실 앞에 두고 왔나?"

그녀는 눈을 동그랗게 뜨며 순진무구한 표정을 지어 보였다. 그에 진욱은 픽 웃으며 검지로 세린의 콧잔등을 가볍게 톡

쳤다. 그 손 때문에 코끝에서 묘한 자극이 올라왔다. 그녀는 저도 모르게 손을 들어 콧잔등을 움켜쥐었다. 그 모습에 그는 또 웃었다.

"발 시려. 내가 가져올게."

묘한 느낌에 멀뚱히 진욱의 눈을 쳐다보던 세린은 거실로 향하려는 그의 팔을 붙잡았다. 슬리퍼 없어도 되는데. 그녀는 오른발을 슬쩍 들어 마주 선 그의 왼쪽 발등 위에 올렸다.

"아, 따뜻하다아."

입을 동그랗게 벌리며 따뜻하다는 말을 연발하는 그녀 덕분에 그는 결국 소리 내어 웃고 말았다. 진욱은 세린이 사랑스러워 견딜 수 없었다. 먹이를 달라고 입을 벌리고 있는 병아리 같은 그녀의 얼굴을 부여잡아 곳곳에 입을 맞췄다.

"읍, 선배."

세린은 쏟아지는 버드 키스 세례를 받았다.

이마, 눈, 볼, 코를 가리지 않고 쪽쪽거린 그가 연달아 세 번 그녀의 입술에 도장을 찍었다. 한 번, 두 번, 세 번. 입술이 떨어지는 시간이 조금씩 짧아졌다.

버드 키스 후 두 사람의 눈이 마주쳤다. 밀려오는 뜨거움을 참을 수 없다는 듯 야릇한 기운이 감도는 것을 느끼며 진욱의 입술은 또다시 그녀의 입술을 삼켰다.

입술을 가르고 들어온 그가 거칠게 그녀의 혀를 찾았다.

사춘기 소년처럼 뜨겁고 맹렬하게 달려들었다. 감질나게, 여유 있게, 신사적으로. 그런 단어는 개나 줘 버린 무식하고 저돌적인 키스였다.

그녀의 혀가 마주 닿는 순간, 생각이라는 것 자체를 저 멀리 날려 버렸다. 그저 다급하게 그녀를 갈구하기에 바빴다……

상대의 타액은 마약처럼 서로를 흥분시켰다. 정신을 차릴 수 없을 만큼 뜨거운 것이 저 아래서부터 밀려 올라왔다. 세린의 팔이 목을 감싸 안자, 몸을 쓰다듬던 진욱의 손이 더욱 농밀해졌다. 허리 골을 쓸어내리는 손길에 세린은 그의 입안에 숨결을 흘려 넣었다.

작은 신음 소리에 진욱의 욕망이 고개를 쳐들었다. 세린의 입술을 뭉개며 혀를 전부 옭아매고 빈틈없이 온몸을 마주 안았다. 그런데도 그는 그녀와 더 깊이 닿고 싶었다. 향기로운 그녀의 숨결을 모두 먹어 치우고 싶은 욕심이 가득 찼다.

그가 밀어붙이자, 그녀의 허리에 조리대가 닿았다. 그의 단단한 팔 안에서 그녀는 몸이 꺾일 듯 뒤로 넘어갔다. 이러다 상체만 누운 요가 자세를 구사하겠구나 싶은 그때, 등에 뭔가 닿는다 싶더니 땡그랑 소리를 내며 넘어졌다. 그리고 그녀의 허리를 차갑게 적셨다.

"앗, 차가!"

번쩍 놀란 둘의 입술이 떨어졌다. 세린을 품에 안은 진욱은 손을 뻗어 쓰러진 와인병을 세웠다. 하지만 이미 그녀의 셔츠는 축축할 정도로 젖어 있었다.

갑자기 일어난 상황에 얼빠진 표정을 짓고 있던 두 사람의 얼굴이 씰룩거리기 시작했다. 정신없이 서로에게 달려들었던 것에 대한 반작용처럼 한 번 터지기 시작한 웃음은 멈추질 않았다.

분위기를 잡으려고 가지고 온 와인인데 오히려 분위기가 깨져서? 몸의 열이 들끓을 텐데도 젖은 셔츠가 등에 달라붙을까 봐 젖은 부분을 잡아당겨 주는 그의 모습이? 놀랐는데도 그의 등을 쓸어내리고 있는 자신의 모습 때문에? 우린 어느 포인트에 터진 걸까.

세린은 배가 아플 정도로 뿜어져 나오는 웃음을 막을 수 없었다. 몰라, 그냥 웃기니까 웃지. 몇 분 전까지만 해도 식탁을 침대 삼아 섹스라도 할 것처럼 서로에게 달려들었던 두 사람은 폭소를 터트렸다.

한동안 웃다 겨우겨우 진정이 된 두 사람은 여전히 웃음기가 남아 있는 눈으로 서로를 쳐다봤다. 한 명은 웃느라 뚝뚝 흘린 눈물을 닦고 있었고 한 명은 상대의 셔츠가 등에 닿지 않도록 꼭 쥐고 있었다.

푸하하.

두 사람은 다시 한 번 터져 나온 웃음을 진정시키려 한참을 고생해야 했다. 결국 서로의 눈물을 닦아 주며 욕망의 시간을 마무리 지은 그들은 반도 안 남은 와인을 들고 거실로 향했다.

이탈리아 속담에 '화를 내는 것은 가장 비싼 사치이다' 라는 말이 있다. 그렇다면 두 사람은 뼛속까지 검소한 사람들임에 틀림없었다.

화가 날 만한 상황은 아니었지만, 짜증을 부릴 요소는 얼마든지 있었다. 분위기를 망쳤다고, 조심성이 없었다고, 와인을 쏟아 옷을 버렸다고. 그럼에도 웃음을 택한 그의 모습에, 저 사람과 함께 웃고 있는 자신의 모습에 세린은 행복해졌다.

반 이상을 쏟아 버린 와인을 다 마시자 진욱은 또 다른 와인을 가져왔다. 그가 건넨 와인은 달큰쌉쌀했다. 시시콜콜한 이야기를 나누며 한 모금, 크리스마스캐럴을 들으며 한 모금을 마시다 보니 어느새 볼이 빨갛게 달아올랐다.

패브릭 소재의 검은 소파는 크고 널찍해서 어깨에 머리만 기대고 있어도 마치 그에게 안긴 기분이 들게 했다. 'ㄱ'자를 그리고 있는 소파는 양 날개의 길이가 같아 진욱이 다리를 쭉 뻗고 앉아 있으면 세린이 반대쪽으로 다리를 뻗고 그의 어깨에 머리를 올리기 좋은 구조였다.

취기가 오른 그녀의 머리를 그가 나른하게 쓰다듬어 주었다. 소파 등받이에 걸쳐 둔 다른 손으론 와인 잔을 빙글 돌리며.

그는 한 번씩 그녀의 머리 위며 이마에 입을 맞췄다. 쪽 소리가 나거나 머리가 가볍게 눌리는 기분이 들면 그의 입술이 왔다 간 것이었다.

시곗바늘은 12시를 향해 달려갔고 틀어 놓은 TV에선 드라마 재방송이 흘러나왔다. 곧 있으면 크리스마스였다. 세린은 진욱에게 예쁘게 '메리크리스마스' 하고 말해 주고 싶었다.

그녀가 귀를 만지작거리는 큰 손을 가지고 와 자신의 볼에 가져다 댔다. 불타는 볼을 식히려고 가져온 것치곤 진욱의 손은 너무 뜨거웠다.

스르르 진욱의 어깨에서 미끄러진 세린은 그의 허벅지와 골반 사이의 어디쯤에 머리를 안착시켰다. 낮게 웃던 그가 다가와 재빠르게 입안을 훑고 지나갔다. 그의 입술이 닿는 것도, 혀가 빠져나가는 것도 아까보다 선명하게 느껴지지 않았다. 그에 세린은 취했음을 스스로 인정했다.

"선배."

진욱의 손을 만지작거리던 세린이 입을 열었다. 그는 '음?' 하고 나직하게 대답했다. 나른하게 대답하는 그의 얼굴을 올려다보던 그녀는 밑에서 봐도 굴욕 없는 미모에 괜히 심술이 났다.

"그냥 불러 봤어요."

그리곤 그의 손가락 하나를 깨물었다.

"선배."

다시 불러도 그는 여전히 다정한 목소리로 대답을 해 주었다. 똑같은 그녀의 대답에 그는 또 웃기만 했다.

"그냥 불러 봤어요."

세린은 호를 그리고 있는 진욱의 얼굴을 무표정하게 바라봤다. 아주 오래전부터 그녀는 그냥 그를 '선배'라고 불러 보고 싶었다. '선배'라는 단어 뒤엔 항상 다른 말들이 와야 했으니까. 그래야 조금이라도 자연스럽게 그를 부를 수 있었으니까.

선배, 어디예요? 선배, 과제는 다 하셨어요?

"선배."

이번에도 애정 어린 눈빛으로 자신을 바라보는 진욱을 올려다보며 세린은 억울한 감정을 느꼈다. 그렇게 오래 쫓아다녔는데 왜 그때는 한 번도 눈길을 주지 않았을까. 지금도 자신이 그를 더 좋아하는 것 같았다.

치, 하고 입을 새어 나간 소리를 들은 그가 의아하다는 표정을 지었다.

"나, 왜 안 좋아했어요?"

항상 술이 문제다. 술은 과거로 돌아가게 만들었다.

구질구질해. 그녀는 술김에 그의 의중을 묻고 말았다. 8년 전에 했어야 할 질문을, 8년 뒤의 그에게.

입에 머금고 있던 와인을 삼킨 그의 얼굴이 퍽 씁쓸해졌다.

"그럴 리가. 늦었을 뿐이지."

그 말을 끝으로 그는 얼마 남지 않은 와인을 한 번에 들이 켰다.

많이 쓴가. 찌푸려지는 그의 미간을 보며 그녀도 절로 미 간을 찡그렸다.

안주라도 입에 넣어 주고 싶은데 손에 잡히는 게 없어 아 쉬웠다. 대신 그를 쳐다보며 입술을 모아 쪽 소리를 내 주었 다.

세상에 키스만큼 달달한 게 어딨어. 이 나이에도 술에 취 하니 별 애교가 다 나오는구나. 그의 얼굴에 다시 미소가 번 진 걸 보니 가끔 취할 만하구나 싶었다.

시계를 보기 위해 세린은 고개를 돌렸다. 마침 TV에서는 여주인공이 슬립만 입고 남 주인공의 약을 올리는 장면이 나 오고 있었다. 문이 잠긴 탓에 안으로 들어가지도 못하고 밖에 서 애만 태우고 있는 남자 주인공의 표정이…… 어? 저거다.

술 때문에 나른했던 기분이 싹 가시는 것 같았다. 갑자기 전의가 솟아올랐다.

그래, 크리스마스인데 제대로 보내야 하지 않겠어? 술 마시고 드러누워 있을 때가 아니었다.

세린은 만족스러운 미소를 띠며 거울 앞에 섰다. 영혼까지 끌어모아 브라에 담으니 꽤나 드라마틱하게 가슴이 풍만해졌다.

진작 운동 좀 할걸. 그래도 못 봐 줄 정도의 몸매는 아니었다. 아니, 이 정도면 뭐. 그녀는 손으로 입을 틀어막으며 낄낄댔다.

돌돌 말아 묶어 두었던 머리를 풀자 자연스럽게 컬이 지며 흘러내렸다. 머리를 정리하고 속옷과 함께 챙겨 왔던 진분홍색의 실크 가운을 걸쳤다. 허리끈을 묶자 가운이 A 라인으로 퍼지며 끝단이 허벅지 중간에서 나풀댔다.

구두도 신었고, 화장도 진하게 다시 했으니 준비는 끝이었다.

아주 미묘하게 남아 있는 취기가 이 상황에 용기를 불어넣어 주었다. 역시, 술은 사랑의 묘약이었어.

세린은 잠가 두었던 욕실 문을 조용히 열어 놓고 유리로 된 샤워 부스 안으로 들어갔다. 아무래도 이 추운 날 드라마처럼 테라스에 있으면 우리 주진욱 씨 감기라도 걸릴까 봐.

일단 문이 잠기고 투명하면 장땡이었다. 거기다 그의 욕실
은 충분히 넓었고 욕실 같지 않은 쾌적함을 가지고 있었다.
타일이 아닌 마룻바닥으로 이뤄진 욕실 내부는 물기 한 점 없
이 뽀송했다.

'기대하시라, 주진욱 씨.'

후우, 크게 심호흡을 한 세린은 새된 비명을 힘껏 내질렀
다.

chapter 9

All
I Want
For
Christmas
Is
You

진욱은 와인 한 잔을 더 하고 있던 참이었다. 방금 전 벌떡 일어나 방으로 향한 세린이 가방을 가지고 나오는 것을 보곤 그녀가 집에라도 가는 줄 알고 깜짝 놀라 용수철처럼 튕겨 일어났던 그였다.

그러나 그녀가 향한 곳은 현관문이 아니라 욕실이었다. 집에 가는 것이 아니란 걸 확인한 진욱은 그제야 안심하며 자리에 앉았다.

한참이나 세린이 욕실에서 나오지 않자, 무료해진 진욱은 시끄러운 TV를 끄고 라디오를 틀었다. 거실에 잔잔한 DJ의 목소리가 가득 찼다. 그는 시선을 돌려 창문에 반사된 거실

풍경을 힐끗 쳐다봤다. 검은색 소파와 같은 색의 벽지가 밤하늘과 꼬리를 물고 이어졌다.

—여러분께선 지금 어떤 크리스마스를 보내고 계신가요?

DJ의 목소리를 들으며, 진욱은 휑했던 집 안에 남은 세린의 흔적들로 시선을 옮겼다. 흐트러진 쿠션들과 그녀가 덮고 있던 털 담요가 눈에 들어왔다.

그는 오늘 처음으로 담요를 꺼내 보았다. 덜 데워진 공기에서 느껴지는 싸한 기분이 싫었는지 제 품에서 몸을 웅크리고 있던 그녀를 위해서였다.

—누군가는 사랑하는 가족이나 연인, 친구와 함께 보내고 있을 겁니다. 누군가는 회사에서, 또 누군가는 혼자서. 그리고 누군가는 사랑하는 사람을 잃고 보내는 첫 크리스마스일 수도 있죠.

진욱은 다시 한 번 어지러운 소파 위를 쳐다봤다. 거기에 밴 세린의 온기가 좋아 설핏 웃었다. 한 잔의 와인과 저를 베고 누웠던 그녀의 온기 때문에 그는 지금 어느 때보다 따뜻한 크리스마스를 보내고 있었다.

—그러나 확실한 건 오늘은 참, 사랑하기 좋은 날이라는 겁니다.

눈을 감았다. 함께 있다는 것만으로도 숨 막히게 좋은 이 시간을 멈추고 싶었다. 그녀가 이탈리아로 돌아간 후의 시간은 영겁과 같을 것이다. 다시 만나길 고대했던 그 시간과는 비교도 할 수 없을 정도로.

—그런 오늘이 지나가기 전에, 사랑하는 사람에게 내가 가진 마음을 솔직하게 표현해 보셨으면 합니다. 크리스마스에 유독 기적 같은 일이 많이 일어나는 것은 사랑한다는 그 네 글자가 1년 중 가장 많이 들리기 때문, 아닐까요?

다시 눈을 뜬 그는 욕실이 있는 저편으로 시선을 돌렸다. '빨리 나와'. 그녀에게 할 말이 있었다.

"꺄아! 선배!"

그때, 귀에 날카로운 비명이 내리꽂혔다. 생각을 하기에 앞서 몸이 먼저 번개처럼 튀어 나갔다. 들고 있던 잔을 던지듯 내려놓는 바람에 위태롭게 탁자 위에서 흔들리던 와인 잔이 툭 넘어지고 말았다. 그런 것쯤 개의치 않고 진욱은 욕실까지 얼마 되지도 않는 거리를 전력을 다해 달렸다.

벌컥 문을 연 그는 펼쳐진 광경에 잠시 어리둥절해했다. 건식 바닥이긴 하지만 미끄러지거나 어딘가에 걸려서 넘어져 있을 줄 알았다. 아니면 어딘가를 다쳤다거나.

욕실까지 달려가면서 많은 생각들을 했다. 가까운 응급실이 어디더라. 119를 불러야 하나. 제 차로 가는 게 빠른가. 그런 걱정이 무색하게 세린은 멀쩡하게 서 있었다.

"괜찮아?"

미안한 표정으로 샐쭉 웃는 그녀를 보며 한 손을 들어 마른세수를 한 그는 놀란 가슴을 쓸어내렸다. 그제야 욕실 안으로 천천히 들어간 그의 눈에 그녀의 모습이 자세히 들어왔다.

길게 풀어 헤친 머리며, 저 자극적인 가운은 무엇인가. 진한 분홍색 가운은 욕실 조명을 받아 그녀의 하얀 피부에 섹시함을 더했다. 아래론 늘씬한 각선미가 드러났고 깊이 파인 앞섶 안으로는……. 그는 저도 모르게 꿀꺽 침을 삼켰다.

진욱은 무엇에 홀린 듯 세린에게 가까이 걸어갔다. 그러나 그의 걸음은 유리벽에 가로막혔다. 두 사람은 샤워 부스 문을 가운데 두고 마주 섰다. 멍한 그의 표정을 보며 세린은 키득거렸다.

철컥. 눈앞에서 세린이 유리문을 걸어 잠그자 진욱의 손이 다급하게 문손잡이를 잡았다. 그는 잠긴 문을 덜컹거리며 흔들었다.

그 모습에 세린은 요염하게 입술을 말아 올리며 문 앞으로 가까이 다가섰다. 짙은 눈 화장과 빨갛게 칠한 입술이 눈에 선명히 들어왔다. 곧 그의 입술이 당혹스럽게 벌어졌다.

지금 뭐하는 거야, 박세린.

뭐긴 뭐야, 크리스마스 선물이지.

두 사람은 소리 없이 눈으로 대화를 나눴다.

"어쨌든 메리크리스마스."

세린은 입술을 모아 앞으로 쭉 내밀었다. 빨간 입술 자국이 유리창에 남는 걸 바라보던 진욱은 넋을 놓고 말았다.

애먼 유리창에 왜 뽀뽀하고 그래. 여기 내 입술도 있는데!

본능에 슬슬 발동이 걸리자 그는 아까보다 더 다급하게 손잡이를 잡고 흔들었다. 심지어 손바닥으로 유리벽을 툭툭 치기까지 했다.

"일단 문 좀 열어 봐."

절박함에 가까운 그의 목소리가 욕실 안을 울렸다. 그러나 그녀는 여유롭게 뒤돌아서서 손에 들고 있던 핸드폰으로 음악을 재생시켰다.

벽 안쪽으로 난 선반에 핸드폰을 뒤집어서 올려 둔 그녀는 여전히 뒤돌아선 채 준비 자세를 취했다. 한 손은 허리에 올리고, 한 손으론 샤워기 헤드를 마이크처럼 잡았다. 귀여운 종소리가 샤워 부스 안을 채우기 시작했다.

I don't want a lot for Christmas. There is just one
thing I need
난 크리스마스에 많은 걸 바라는 게 아니에요. 그저 딱 하나

세린은 머라이어 캐리의 노래와 함께 뒤돌아서 립싱크를
하기 시작했다. 간절한 표정 연기를 선보이며 그의 애간장을
살살 녹였다. 단단히 마음을 먹은 듯, 'One thing'을 부를 땐
검지 하나를 펴 보이기도 했다.

All I want for Christmas
내가 크리스마스에 바라는 딱 한 가지는 바로

우스꽝스럽게 가수의 가창력을 표현하는 모습에 그의 입
술이 저절로 귀에 걸렸다. 그녀가 사랑스러워 그는 혼이 나갈
것 같았다.

Is you
당신이에요

세린이 두 손으로 하트를 그려 날리자 진욱은 심장을 저격당한 듯, 쿵 하고 주저앉는 가슴을 느꼈다. 그리고 곧 두 손으로 가슴 부근을 부여잡고 그녀에게 장단을 맞춰 주었다.

샤워기 헤드를 제자리에 꽂는 세린을 보며 이제 나오겠구나 싶었던 진욱은 이내 아연실색하며 유리문을 부여잡았다. 빠르게 바뀐 음악에 맞춰 살랑살랑 몸을 움직이며 춤을 추기 시작한 그녀 때문이었다.

맙소사, 그녀는 상체를 숙이며 애교를 부리듯 어깨를 움직이기까지 했다. 그는 눈앞에 드러난 가슴골에 정신이 없었다. 할 수 있는 건 잠긴 문을 잡아 흔드는 것뿐이었다.

문이 깨질까 봐 세게 흔들지도 못한 채 그의 입에선 끊임없는 회유와 절박한 협박만이 흘러나왔다.

"10초만 센다."

혹시나 하는 마음에 진욱은 쓸모도 없는 카운트다운을 했지만 그러면서도 떨리는 목소리를 숨길 겨를이 없었다. 보일 듯 말 듯 다리를 타고 올라가는 그녀의 가운 자락에 그는 눈앞이 아찔해졌다.

점점 자신의 분신에 피가 쏠리는 것이 느껴졌다. 시각적 효과도 엄청났지만, 저도 모르게 가운 안을 상상하게 만드는 그녀의 몸짓이 한몫했다.

진욱은 곧이어 손을 들어 입을 틀어막았다. 겨우겨우 이어

225

가던 카운트다운에 맞춰 천천히 뒤돌아선 그녀가 풀어 놓았던 머리를 손으로 쓸어 한쪽 어깨 앞으로 모았기 때문이다.

묶어 놓은 허리끈으로 손을 가져간 세린은 의미심장하게 웃으며 그것을 풀었다.

"2, 1······!"

카운트다운을 끝으로 그녀의 몸을 부드럽게 감싸고 있던 가운이 스르륵 떨어져 내렸다. 팔에 가운을 걸친 채 엉덩이 바로 위까지 가운을 내린 그녀는 반쯤 고개를 돌려 곁눈으로 그를 쳐다봤다.

매끈하게 드러난 세린의 등에 진욱은 숨을 멈췄다. 어깨에서 허리까지 이어지는 직선이 풍만한 곡선을 그리며 아래로 떨어졌다. 척추를 중심으로 부드럽게 이어져 내려오는 등줄기까지.

그녀는 아름답고 완벽했다. 이쪽을 흘끗 보는 세린을 흐린 눈으로 응시하던 진욱은 자신의 분신이 또 한 번 고개를 쳐드는 것을 느꼈다.

드디어 음악이 멈추자 세린은 뒤로 돌기 전 가운을 다시 걸쳤다. 그제야 진욱은 겨우 참았던 숨을 내뱉을 수 있었다. 그가 손을 뗀 유리벽에는 손 모양을 따라 하얗게 김이 서려 있었다.

"내 크리스마스 선물 어땠어요?"

세린이 눈을 휘며 웃었다. 한없이 사랑스러운 그녀는 지금 이 순간 꼭 마녀 같았다. 진욱은 오늘 '치명적'이란 단어의 진정한 뜻을 몸소 체험할 수 있었다.

크리스마스에 자신처럼 복 터진 놈이 또 있을까 싶으면서도 동시에 이런 고문이 어디 있으랴 싶었다. 하지만 틀림없는 사실은 그녀가 예뻐 죽겠다는 것이었다.

"죽는 줄 알았어."

안고 싶다. 그의 머릿속엔 그 한 가지 생각만으로 가득 찼다.

"이제 좀 나오지."

애원조에 가까운 목소리로 나직하게 속삭인 진욱은 끝에 '제발'이란 말도 덧붙였다.

곧 웃음이 터질 것처럼 세린은 입꼬리를 올렸다. 흔들리는 눈빛으로 주먹을 힘주어 쥔 그의 팔이 터질 듯 부풀었다.

흥분한 내 남자의 모습이 이렇게 사랑스러울 줄이야. 그의 눈빛 역시 미치도록 섹시해서 그녀는 다리를 꼬고 싶었다.

좀 더 약 올려 볼까? 그러면 한계까지 치솟을 걸 알지만 그러고 싶었다, 왠지.

"선배, 나 무릎에 점 있는 거 알아요?"

뜬금없는 점 타령에 진욱의 미간이 좁아졌다. 문 좀 열어주면 알 수 있을 것 같아. 그는 다시 문고리로 손을 가져갔다.

그에 세린은 후후 웃으며 왼쪽 무릎을 살짝 들어 손가락으로 좁쌀만 한 점 하나를 가리켰다.

"허벅지에도 있어요. 여기였나?"

능청스레 가운 끝자락을 손으로 살짝 들춘 그녀는 당황하는 그를 못 본 척하며 허벅지 위에 자리한 점을 짚었다. 그러자 숨이 넘어갈 것같이 그가 문을 잡고 흔들었다.

"참, 저 어깨에 불주사 자국 없잖아요."

그러나 세린은 문소리를 들은 척도 안 하고 다시 입을 열었다. 그리곤 소매를 위로 올리는 대신 앞섶을 옆으로 끌어당겨 어깨를 드러냈다.

불주사는 알 바 아니었다. 내가 지금 불이 났다고! 그러나 곧이어 흘러나오는 말에 그는 조용히 입을 다물었다.

"엉덩이에 맞았거든요. 볼래요?"

옆으로 돌아선 세린이 가운 자락을 잡자 진욱은 얌전하게 고개를 끄덕였다. 엉덩이에 난 불주사 자국을 보며 그는 속으로 신을 찾았다.

"그리고 배에도……."

"볼래."

말이 끝나기도 전에 대답하는 그의 모습에 그녀는 실실 웃음을 흘렸다. 그녀는 어느새 이 상황을 즐기고 있었다.

묶어 놓았던 허리끈을 잡고 슥 당기자 끈이 풀리며 앞섶이 벌어졌다. 꿀꺽 소리가 들릴 정도로 그는 크게 침을 삼켰다. 양손으로 가운을 천천히 벌렸다 빠르게 여미는 모습에 그는 표정을 굳혔다. 터질 듯한 아랫도리에 한숨을 쉬며 손을 들어 눈을 가렸다.

눈을 가려도 방금 장면은 잊히지 않았다. 화려한 속옷 아래 감춰진 하얀 그녀의 몸이 계속해서 머릿속을 자극했기에. 그런 건 어디서 나 가지고. 아니, 그건 둘째치고 이런 건 대체 어디서 배운 거야. 그는 털썩 손을 내리고 그녀를 마주했다.

부끄러운지 다른 곳을 보며 눈을 굴리는 그녀의 모습에 그는 끝내 유리벽에 이마를 기대고 말았다.

"문 좀 열어 줘."

신종 고문에 몸의 중심을 제외한 나머지 부분의 진이 다 빠지는 기분이었다.

"열면 나 좀 위험해질 것 같은데."

빙글거리는 그녀의 말에 그가 끙 하는 신음 소리를 냈다.

"그럼 저 옆으로 피해 있어. 이거 부숴 버릴래."

여나 안 여나 위험한 건 마찬가지야. 그는 원망스러운 유리문에 대한 마음을 고스란히 드러냈다. 내일 당장 부숴 버리고 샤워 커튼을 달아 놓든가 해야지.

웃는 것도 우는 것도 아닌 그의 얼굴이 점점 우스꽝스럽게 변했다. 그 모습에 그녀는 키득거리며 잠금 고리를 풀었다.

세린은 기다렸다는 듯 문을 여는 진욱에게 다가가 양팔을 들어 그의 목을 끌어안았다. 그가 한숨을 쉬며 그녀를 마주 안았다. 오늘 이 여자 때문에 한숨을 몇 번이나 쉬는지 모르겠다고 생각하며 그는 그녀의 어깨에 얼굴을 파묻었다.

풍겨 오는 체취와 마주 닿은 여체에 욕구가 솟구치자 그는 눈을 질끈 감았다.

"잘도 약을 올렸겠다."

그는 그녀의 목을 아프지 않게 깨물었다.

"나가자."

문을 열면 당장에라도 일을 치를 것 같던 그는 예상 외로 침착했다. 대신 욕실 밖으로 나간 그는 그녀의 몸을 뒤에서 감싸 안으며 침실로 걸음을 재촉했다.

높은 힐을 신어서 그런지 고개를 돌리니 바로 그의 얼굴이 보였다. 그가 손을 들어 그녀의 배를 농밀하게 쓰다듬었다. 저기서 일 낼 줄 알았더니? 그런 속마음을 읽기라도 한 듯 그가 나직하게 중얼거렸다.

"저기서 한 번 하고 끝낼 자신 없어. 너 추운 거 싫어하잖아."

생각지도 못한 말에 세린은 눈을 깜빡였다. 흥분으로 얼룩진 진욱의 목소리는 다른 때보다 딱딱했지만 애정이 고스란히 묻어 있었다.

한 번 하고 끝낼 자신이 없다니. 그럼 몇 번을…… 어머.
그녀의 얼굴이 불그스름해졌다.

침실과 한 발짝씩 가까워질 때마다 그는 지분거리는 범위
를 늘려 갔다. 팔을 쓸어내리던 손은 미끄러지듯 허리 위로
안착했고 배 위를 쓰다듬던 손은 점점 위로 올라가더니 가슴
바로 아랫부분을 어루만졌다. 느릿한 손길이 가슴 위를 스치
듯 지나가자 세린은 하마터면 발을 삐끗할 뻔했다.

침실 앞에 다다랐을 때, 문을 열기 위해 문고리를 붙잡는
그녀를 보며 그는 손가락을 움직여 허리끈의 매듭을 스르륵
풀었다.

그녀는 귓가를 간질이는 뜨거운 숨결과 배를 스치고 지나
가는 뜨거운 손에 아찔해진 정신을 겨우 붙잡았다.

떨리는 손으로 문을 열자 깔끔한 진욱의 방이 나타났다.
그러자 그는 기다렸다는 듯 그녀의 입술을 삼키며 속옷 안으
로 두 손을 넣어 젖가슴을 움켜쥐었다. 벌어진 그녀의 입술
사이로 신음이 흘러나왔다.

진욱의 혀가 그녀의 입안에서 유영했다.

돌겠다.

진욱은 손안에 가득 차는 가슴을 본격적으로 희롱하기 시
작했다. 말캉한 감촉에 가슴을 조몰락거리던 손이 정점을 손

가락 사이에 넣자, 세린은 저도 모르게 엉덩이를 뒤로 뺐다.

물컹하고 뜨거운 것이 엉덩이 사이에 딱 맞춘 듯 들어오자 온몸에 전기가 짜릿하게 지나갔다.

작은 몸짓에 더욱 흥분한 그는 깊은 입맞춤을 남기며 빨라진 손놀림으로 손가락을 세워 정점을 잡아당기기 시작했다.

손안에서 그것이 바짝 곤두섰고, 서로의 신음 소리가 입안에서 엉키다 흩어졌다. 몸을 앞으로 조금 빼려던 그녀의 허리를 그가 붙잡았다.

좀 더 엉덩이를 밀어붙이며 그는 한 손으로 그녀의 아랫배를 쓰다듬었다. 손은 멈추지 않고 계속해서 밑으로 내려갔다. 그것을 저지하듯 그녀의 손이 단단한 팔목을 잡았지만, 미약한 손짓으론 그를 막기 어려웠다. 결국 아랫도리를 감싸는 그의 손길을 어루만지는 꼴이 됐다.

입술을 뗀 그는 그녀의 어깨를 깨물듯 물었다. 가슴을 어루만지던 그가 다른 손으로 꽃잎 위를 자극하기 시작하자 그녀는 입술을 깨물며 신음을 흘렸다.

꽃잎을 겨우 가리고 있던 가는 끈팬티는 그의 손가락에 밀려나고 말았다. 적나라하게 아래에서 느껴지는 감촉에 그녀는 몸을 지탱하기 어려울 정도로 다리에 힘이 풀려 버렸다.

가슴 위에서 놀고 있던 손으로 부드럽게 배를 쓸어내린 그가 허벅지 하나를 그녀의 다리 사이로 밀어 넣었다. 덕분에 세린은 땅에 주저앉지는 않게 되었지만 진욱의 중심 위로 주저앉듯 기대게 됐다.

세린은 끊임없이 흘러나오는 신음이 자신의 것이 맞는지 귀를 의심했다. 앞이고 뒤고 하나도 정신이 없었다. 그저 진욱의 팔을 붙들고 신음을 흘리는 것 외엔 할 수 있는 게 없었다. 아까 문밖에서 지켜보던 그의 기분이 이런 것이었나 미루어 짐작해 볼 뿐.

진욱의 입술이 다시 세린을 찾았다. 정신없이 키스를 나누다 보니 그녀의 등에 벽이 닿았다. 눈을 뜨자 뒤에 있던 그가 앞으로 와 자신을 끌어안고 있었다. 어깨 너머로 침대가 보이자 그제야 그녀는 방에 들어왔나 보다, 라고 생각했다.

그러다 가슴 위에서 느껴지는 뜨거움에 다시 신음을 흘리며 눈을 감았다. 한쪽 젖가슴을 가득 물어 키스하듯 빨아들이던 그가 혀로 정점을 굴렸다.

세린은 번쩍 눈을 뜨고 진욱의 머리를 끌어안아 천장을 바라보던 시선을 내렸다. 브라가 가슴 위로 올라가 덜렁거리고 있었다. 코가 브라에 닿았지만 그는 개의치 않아 했다. 괜히 브라에 박힌 보석 때문에 그의 코가 까질 것 같아, 그녀는 손을 들어 앞에 달려 있던 호크를 풀어냈다. 컵이 양쪽으로 벌어지고 꽉 조여 있던 가슴이 자유로워지자 그는 젖무덤 사이로 얼굴을 파묻었다.

세린은 손을 들어 진욱의 머리를 쓸어내렸다. 눈을 꼭 감은 채 이리저리 가슴에 입을 맞추는 그의 모습이 말할 수 없이 사랑스러웠다. 게다가 자신의 몸 일부가 그의 입술 안으로 사라지는 걸 보는 건 또 다른 자극이었다.

진욱은 이미 흥건하게 젖은 세린의 아랫도리에 중심을 문지르고 있었다.

언제 벗겨 놓았는지 발목에서 덜렁거리는 팬티를 빼내려는데 구두도 같이 벗겨지고 말았다. 세린은 개의치 않아 하며 구두와 팬티를 옆으로 밀어 놓았다.

그러는 사이 그가 윗도리를 벗어 던졌다. 세린은 여전히 가운을 입고 있었고 양옆으로 풀어진 브라가 팔에 걸려 있었지만, 그와 맨살이 닿는 느낌이 정말 좋아 소름이 돋을 것 같았다.

"정말 좋아."

그 기분을 참을 수 없어 그렇게 말했다. 정말 좋아서.

진욱의 목에서 그르렁거리는 거친 신음 소리가 흘렀다. 안으로 들어오고 싶어 하는 분신이 계속해서 입구를 건드리자 발끝에서 찌릿한 느낌이 올라왔다.

첫 경험. 그를 처음 만났을 때와 비슷한 설렘, 그리고 기대가 가슴에 들어찼다. 세린은 진욱과 눈을 마주했다. 열정으로 가득 찬 그의 눈 안에 한 줄기 근심이 보였다.

무엇을 염려하는지는 모르겠지만 그의 근심을 덜어 주고 싶었다. 걱정하지 말라고 목을 감싸 안아 주었다. 그리고 아랫입술을 가볍게 머금으며 괜찮다고 속삭이는 순간 그가 몸 안으로 들어왔다.

괜찮다고 말한 건 오만이었다. 악 소리가 날 것 같아 입을 벌리고 숨을 멈췄다. 눈물도 찔끔 고였다. 그러자 진욱이 등을 쓰다듬어 주며 '숨 쉬어', '힘 빼'라고 속삭였다. 사랑스러웠던 그가 미워지려 했다. 마침 입 앞에 놓인 진욱의 턱을 물자 그가 신음 소리를 내며 더욱 깊숙이 안으로 들어왔다.

두 사람은 함께 숨을 몰아쉬었다. 그는 움직임을 멈춘 채 그녀의 안에 있었다. 자신만큼 주진욱도 아픈 건 아닐까 걱정되려 할 때쯤, 세린은 점차 아랫도리에 흥분을 느끼기 시작하고 있었다. 그가 아무 짓도 하지 않았음에도 불구하고 안은 점점 더 뜨거워졌다.

진욱은 세린이 준비될 때까지 기다려 주고 있었다. 이상한 기분에 진욱의 목을 힘주어 끌어안자 그가 세린의 코와 이마에 키스를 했다.

"괜찮아."

그의 목소리는 안정제처럼 긴장으로 굳어 있던 그녀의 몸을 편하게 해 주었다. 이어서 목 뒤로 손을 올린 그는 그녀의 손을 잡아 깍지를 꼈다.

마주 잡은 손에 점점 안정이 되는 그녀를 느낀 그가 천천히 허리를 움직이기 시작했다.

아, 하고 신음이 튀어나왔지만 아까처럼 아프진 않았다. 오히려 중심에서 번져 나가는 자극에 몸이 계속 뜨거워져 그녀는 더욱 그에게 매달렸다.

흐려진 서로의 눈을 바라보며 마주 잡은 손에 더욱 힘을 주었다.

"갈 것 같아."

9시 뉴스를 진행하는 사람이라고 하기에 그의 목소리는 정말 섹시하고 뜨거웠다. 노골적이기도 했고. 그러나 세린이 그와의 첫 섹스에서 생각이란 걸 할 수 있었던 건 딱 여기까지였다.

그의 움직임이 점점 빨라짐에 따라 정신을 놓아 버릴 것 같은 짜릿함이 온몸에서 느껴졌기 때문이다. 허공에 누구의 것인지도 모를 신음이 오고 갔다.

한순간 눈앞이 하얘지며 벼락같은 쾌락이 온몸을 관통했다. 뜨거운 기운이 배 안에 가득 퍼지는 것을 느끼며 그녀는 두 눈을 감았다. 그가 그녀를 꼭 끌어안으며, 서로의 이마를 맞댔다.

"사랑해."

여전히 뜨거움을 담고 있는 진욱의 나직한 목소리가 귓가에 울리자 눈앞이 뿌옇게 흐려졌다. 행복해서 웃음이 날 것 같은데, 코끝이 아렸다.

"사랑한다."

정말 좋아. 정말 좋아서 세린은 눈물이 날 것 같았다.

❖　　　❖　　　❖

벌어진 암막 커튼 사이로 햇살이 스며들자 누워 있던 세린의 이마 위에 실금이 생겼다. 한참이나 눈앞을 비추는 빛이 사라지지 않자 그녀는 결국 번쩍 눈을 떴다.

'으, 눈부셔.'

햇살을 등지기 위해 몸을 돌려 다시 잠을 청하려 했지만 눈이 너무 따가워서 결국 일어나기로 마음먹은 세린은 마지막으로 푹신한 베개에 얼굴을 파묻으며 아쉬움을 달랬다.

양손으로 몸을 지탱하며 몸을 일으키던 그녀는 다시 벌러덩 쓰러져 누웠다. 아랫도리에서 느껴지는 아픔이 상상을 초월했기 때문이다.

그녀는 어젯밤 일을 다시 회상했다. 어제 얼마나 했더라. 이 방 곳곳에서, 특히 이 침대 위에서 그는 쉴 새 없이 그녀의 몸을 탐하고 탐했다.

서로의 땀과 분비액으로 몸이 번들거리던 어제와 달리 막

잠에서 깨어난 그녀의 몸은 뽀송했고 좋은 향기가 났다. 그녀는 지친 팔을 들어 머리카락을 얼굴 앞으로 당겨 왔다. 킁킁거리며 냄새를 맡자 샴푸 향기가 느껴졌다.

어제 씻고 잤던가? 고개를 갸웃거리던 그녀의 눈앞으로 언뜻 하나의 장면이 스쳐 지나갔다. 그래, 침대가 끝이 아니었다.

계속되던 정사로 세린이 기진맥진해 침대 위로 쓰러지듯 눕자, 집요하게 괴롭히던 진욱은 잠시 떨어져 나와 방을 나갔다. 한참 후 다시 돌아온 그는 침대 위의 그녀를 가뿐하게 안아 들었다.

눈이 절로 감길 만큼 피곤했기에 세린은 입을 열어 어디 가냐 물을 기운도 없이 그의 품에 축 늘어져 있었다. 곧이어 몸을 따뜻하게 감싸는 물을 느끼며 욕조 안에 들어왔구나, 하고 생각했다. 입욕제를 풀었는지 따뜻한 김에 향기가 실려 있었다.

얌전히 누운 세린의 머리를 감겨 주던 진욱의 손이 점점 농밀해졌다. 비눗기에 더욱 미끈거리는 그녀의 몸을 천천히 매만지며, 귓가에 계속 뜨거운 숨을 불어넣었다.

여기저기 살갗이 쓸려 아프고 피곤한 와중에도 그녀의 입에선 저도 모르게 신음이 흘러나왔다. 이에 자극을 받은 그의 분신이 엉덩이 아래에서 더 크게 부풀어 올랐다.

결국 욕실에서도 거사를 치르고야 말았다. 그가 주는 자극에 신음만 터트리다 끝없는 체력에 혀를 내두르며 정신을 잃다시피 잠에 빠져들었던 것 같았다.

세린은 다시 한 번 몸에 힘을 주며 자리에서 일어났다. 아플 걸 예상하고 움직여서 그런지, 아까보단 몸을 일으키기가 수월했다.

그녀는 고양이처럼 무릎을 꿇고 기지개를 폈다. 온몸이 찌뿌드드하고 격한 운동을 한 것처럼 삭신이 쑤셨다.

'격한 운동이, 맞긴 맞지.'

자꾸만 그와 나눈 체위들이 떠올라 얼굴이 슬쩍 붉어졌다. 침대 밖으로 내려선 세린은 이불을 정리했다.

그러고 보니 방 한구석에 던져 놓았던 속옷도 침대 옆 카우치에 가지런히 올려져 있었다. 그녀가 쉽게 찾아 입을 수 있도록 가운은 등받이에 걸려 있었고. 세심한 진욱의 배려에 세린은 히죽 웃으며 가운을 입고 주방으로 향했다.

집 안이 휑한 걸 보니 진욱은 운동을 하러 간 것 같았다. 하여간 체력은 알아줘야 한다니까. 혀를 내두른 세린은 물 한 컵을 따라 마시며 리모컨으로 라디오를 틀었다.

그는 나가기 전에 항상 집 안을 치워 놓았지만, 주방 쓰레기통에 배달 음식 포장지며 세탁통에 빨래가 가득 쌓여 있었다. 장장 사흘을 눈만 맞았다 하면 튀어 오른 스파크 때문이에 가사도우미를 오지 못하게 했기 때문이다.

밥 먹고 이불 빨래 좀 해야겠다. 다른 건 몰라도 이불은 직접 빨아야 할 것 같았다.

—12월 27일 금요일, 57분 교통 방송…….

환기를 시키기 위해 테라스와 이어진 거실 창을 열자, 찬 바람이 금세 집 안에 가득 찼다. 물 잔을 탁자에 내려놓은 그녀의 귀로 캐스터가 오늘의 날짜를 알리며 교통 정보를 마쳤다. 찌뿌드드한 몸을 쭉쭉 늘리며 다시 주방으로 향하는 그녀의 발걸음에 어딘지 아쉬움이 묻어났다.

12월 27일. 세린이 이탈리아로 떠나기 하루 전 아침이었다.

한번 맛보기 시작한 그녀는 마치 마약 같았다. 이곳저곳 맛보고 체취를 삼키고 싶어 손길이 계속해서 향했다. 지난 며칠 동안 쉬지 않고 그녀를 안았는데도 부족하고 부족했다.

지난 사흘간 끝을 모르고 세린을 안았다.

소파에 누워 영화를 보다, 제 곁에 누워 있던 그녀에게 장난을 치다, 책을 읽던 자신에게 방해 공작처럼 그녀가 장난을 치다, 면도를 해 주겠다며 세면대에 걸터앉아 서투르게 면도 크림을 바르던 그녀가 사랑스러워서. 짧은 시간 동안

240

집 안 곳곳에 그녀의 흔적들을 채워 넣었다.

진욱은 아침마다 제 품에 안겨 있는 세린을 보는 게 곤혹스러웠다. 한없이 사랑스러운 여자의 얼굴에 미소가 지어지면서도, 곤두선 아랫도리가 곤히 자고 있는 그녀의 안으로 들어가고 싶어 안달했기 때문이었다.

아침에 하는 건 또 다른 기분이었지만, 아침잠이 많은 그녀에게는 휴식이 필요했다. 하루는 길었고 기회는 많았다.

진욱은 세린의 이마에 조용히 입을 맞추고 침대를 빠져나왔다. 방바닥에 허물처럼 벗어 놓은 옷가지를 가지런히 정리하고 어젯밤에 벌어진 일을 고스란히 떠오르게 만드는 난장판인 거실을 치웠다.

그리고 조용히 옷을 챙겨 아침부터 솟구치는 열을 발산하러 헬스장으로 내려갔다. 마지막으로 그녀의 얼굴을 한 번 더 보는 것을 잊지 않고서.

연말이라 한산한 헬스장에서 그는 한참 동안 런닝머신 위를 달렸다. 온몸이 땀으로 범벅되었지만 열기를 식히기엔 이 정도로 부족했다. 무엇보다 그의 머릿속은 한 가지 생각으로만 가득했다.

내일 아침, 세린이 떠난다.

그 역시도 오늘이 그녀가 떠나기 하루 전날이라는 걸 기억하고 있었다. 그것은 시한부 선고를 받은 것처럼 하루하루 그의 숨통을 조여 왔다. 곧 다시 만날 것임을 확신하면서도 그토록 사랑스러운 그녀가 눈앞에서 사라진다는 생각은 언제나 그의 가슴을 위태롭게 흔들었다.

런닝머신을 정지시킨 진욱은 두 손으로 얼굴을 감싸 쥐었다. 괴로운 한숨이 잇새로 흘러나왔다. 애라도 생겼으면 좋으련만. 당장 그녀가 모든 일을 포기한다 해도 얼마든지 먹여 살릴 능력이 있었다.

실제로 그는 그녀가 그래 주기를 바랐다. 그러나 세린은 누구보다 당당했고 자신의 커리어를 사랑하는 여자였다. 쉽게 포기할 리 없지. 진욱은 다시 한 번 한숨을 내쉬었다.

여자에 미친 이탈리아 족속들이 사랑스러운 그녀에게 얼마나 달라붙을지 상상도 하고 싶지 않았다.

빌어먹을. 자신의 눈에만 사랑스러우면 좋으련만. 그가 기억하는 그녀는 누구에게나 붙임성 좋고 상냥한 사람이었다. 별명이 '주진욱 껌딱지'였음에도 불구하고 호감을 보이는 동기나 선배들도 있었고, 그중에는 고백을 한 인간도 있었다. 지금 생각해도 울화통이 터지는 일이었다.

여하튼 확실한 무언가가 필요했다. 그녀와 떨어져 있는 시간을 안심하고 보낼 수 있을 만한 그 무언가가.

세린이 온 뒤로 싸늘했던 주방이 밥솥에서 뿜어져 나온 뜨거운 김과 나물을 삶거나 찌개를 끓이는 냄새로 훈훈해졌다. 진욱은 그것이 마냥 좋았다.

나와서 살게 된 뒤로 집밥을 먹어 본 건 손에 꼽을 정도였다. 바쁘기도 했고 무엇보다 집에서 밥을 하는 것처럼 혼자라는 위치를 부각시키는 일이 없었다.

어머니가 채워 놓고 가신 반찬을 꺼내 먹기도 했지만, 거의 배달 음식이나 밖에서 파는 음식들로 끼니를 해결했다. 그게 편했다.

그런데 세린이 온 뒤로 눈앞에 잘 차려진 식탁과 분주한 조리대가 펼쳐졌다. 무엇보다 좋았던 건 문 여는 소리에 현관까지 달려 나와 자신을 끌어안던 세린이었다. 며칠 못 본 사람처럼 부둥켜안는 그녀 덕분에 그는 세상을 다 가진 행복감을 맛봤다.

그는 요 며칠이 자신이 받은 휴가 중 가장 꿀맛 같은 휴가였다고 자부할 수 있었다. 세린과 같이 살고 싶다는 생각이 데리고 살아야겠다는 확신으로 바뀐 순간이기도 했고.

그런데 오늘따라 주방이 허전했다. 문을 열자마자 달려와 안기는 세린이 없었다. 보글보글 들썩이던 냄비도 조용히 가스레인지 위에 올려져 있었고 반찬으로 가득했던 식탁 위도 깨끗했다. 어디 간 거지? 그의 입술이 불안함에 금세 바짝 말랐다.

"세린아!"

진욱은 이곳저곳 방문을 열며 그녀를 찾아 나섰다. 노크를 해도 대답 없는 욕실은 텅 비어 있었다. 마지막으로 들어간 침실에도 세린은 없었다.

"박세린!"

"나 여기 있어요!"

막 핸드폰을 꺼내려던 참에 주방 쪽에서 들려오는 소리에 진욱은 재빨리 몸을 돌렸다. 주방으로 향하던 그의 눈에 다용도실 문을 열고 나오는 세린의 모습이 보였다. 그 짧은 시간 불안해했던 그의 속도 모르고 그녀는 해사하게 웃고 있었다.

"운동하고 왔어요?"

밝은색 니트에 쇼트 팬츠를 입은 그녀가 가볍게 걸어와 그의 품에 폭 안겼다.

"이불 빨래 좀 하느라고."

중얼거리던 그녀가 가슴에 얼굴을 묻었다. 허리를 감싸 안은 그는 그녀의 정수리 위에 턱을 올렸다. 잠시 안 보인다고 안절부절못하는 꼴이라니. 이 정도면 병이었다. 그 먼 데는 어떻게 보내나 싶어 새삼 눈앞이 깜깜해졌다.

보내기 싫다, 박세린.

진욱은 한참 동안 세린을 안고 서 있었다. 그러다 발등을 스치는 그녀의 맨발에 찬 기운이 어린 것을 느끼고 턱을 대고 있던 정수리에 입을 맞췄다. 안 봐도 비디오였다. 보일러도 안 돌아가는 추운 다용도실을 맨발로 들어갔겠지.

"말 참 안 들어요."

진욱의 혼잣말에 세린이 동그랗게 눈을 뜨고 올려다보자 그런 그녀의 이마에 그가 가볍게 입맞춤을 했다. 그리고 그녀를 번쩍 안아 올려 식탁 위에 내려놨다. 놀라서 눈을 깜빡이던 그녀의 입술에서 이내 배시시 미소가 흘러나왔다.

"여기 앉아 봐요."

그에게 자리를 권하며 그녀는 다리 앞에 놓인 의자를 쭉 빼 주었다. 식탁 위에서 양반 다리를 하고 팔을 앞으로 쭉 빼는 자세가 얼마나 위험해 보이던지, 그는 그녀의 어깨를 잡으며 직접 의자를 빼 마주 보고 앉았다.

"뒤돌아서 앉아야 되는데."

그래야 안마를 해 주지. 그녀는 중얼거리며 의자를 돌리라는 듯 그의 눈앞에서 제스처를 취했다. 순둥이처럼 씩 웃은 그가 '싫어' 하고 단호하게 대답하며, 그녀의 양반 다리를 풀었다.

세린이 어깨를 주물러 주겠다고 했는데도 그는 단호히 거절했다. 그녀를 앞에 두고 돌아앉고 싶지 않다는 게 그의 주장이었다.

그녀는 제 발을 붙잡아 자신의 허벅지 위에 올려 두는 그의 모습을 멍하니 바라봤다. 고집 있는 남잘세.

진욱은 큰 손을 이용해 작은 발을 감싸 안아 찬 기운을 녹여 주었다. 자신도 뭔가 해 주고 싶다는 마음에 세린은 손을 앞으로 쭉 뻗어 아쉬운 대로 마주 보고 그의 어깨를 주물러 주었다.

생각보다 센 악력에 그는 어깨를 으쓱이며 앞으로 고개를 숙였다. 입엔 미소가 걸려 있었지만 찌푸린 미간엔 아픈 기색이 역력했다.

결국 그의 이마가 세린의 한쪽 무릎에 닿자, 그녀는 후후 하고 웃음을 터뜨렸다.

"어렸을 때 피아노 쳐서 악력은 좀 있죠. 어때요, 시원하죠?"

진욱이 무릎에 이마를 비비듯 고개를 끄덕였다. 그렇게 시원해 보이는 반응은 아니었다. 세린은 키득거리며 손바닥을 쫙 펼쳐 아파하던 그의 어깨를 주무르는 대신 살살 문질러 줬다.

그러나 그가 여전히 무릎에 이마를 기대고 있자 걱정되는 마음에 입을 뗐다.

"많이 아파요?"

그녀의 손이 차차 얌전해질수록 그의 손은 활기를 띠기 시작했다. 따뜻한 그의 손바닥이 발목을 매만지며 슬슬 다리 위로 올라왔다.

아찔한 예감이 엄습하자 세린은 어깨에서 손을 떼고 일어나려 했다. 하지만 그녀의 다리를 손으로 휘감은 그가 더 빨랐다.

진욱의 입술이 무릎에서 느껴졌다. 세린은 온몸으로 퍼지는 야릇한 기운에 눈을 크게 떴다. 그리고 곧 그의 입술이 그녀의 허벅지 안쪽을 타고 슬그머니 올라오는 것을 느꼈다.

그가 여린 살을 물자, 그녀의 입에서 으응 하는 신음 소리가 흘러나왔다. 그는 잠시 입술을 떼고 몸을 일으켜 그녀와 눈을 마주했다.

"선배."

목소리 끝이 갈라져 있었다. 그런 세린에게서 눈을 떼지 않으며 진욱은 천천히 손을 움직였다. 하얀 종아리를 매만지던 손은 아주 부드럽게 다리를 타고 올라가 엉덩이를 감싸쥐었다.

모아져 있던 그녀의 다리 사이를 그가 미끄러지듯 파고들었다. 응, 하고 세린이 다시 신음을 흘리자 손에 힘이 들어갔다. 서로에 대한 갈망을 담은 두 사람의 시선이 맹렬하게 부딪치며 입술이 맞물렸다.

평소와는 달리 그녀가 위에서 키스를 하는 꼴이었다. 자극적인 기분에 그녀의 옷 속으로 손을 넣은 그는 제 손을 가로

막는 속옷이 없는 것을 깨닫곤 속으로 쾌재를 내질렀다.

빨라지는 손놀림을 느끼며 더욱 깊게 키스하던 그녀는 그의 등 뒤로 손을 뻗어 티셔츠를 잡았다. 쉽게 벗길 수 있도록 몸을 튼 그가 이내 그녀의 니트를 벗겨 눈앞에 열린 과실을 마음껏 입안에 머금었다.

제 다리 사이로 들어온 그의 머리를 끌어안은 그녀는 짜릿한 자극에 등을 뒤로 휘었다.

세린의 입에서 흘러나오는 교태로운 신음 소리에 그 역시도 정신이 없었다. 진욱은 다급하게 바지춤으로 손을 옮겨 세린이 엉덩이를 살짝 드는 순간에 바지를 벗겨 버렸다. 밑도 입지 않았으면 좋으련만. 그는 입술로 그녀의 배를 애무하며 점점 아래로 내려갔다.

앵커로서 지켜 오던 교양과 체통은 그녀와 함께하는 순간 내던져 버린 지 오래였다. 그는 사랑하는 여자 앞에선 짐승일 뿐이었다.

지금까지와는 다른 세린의 신음 소리가 주방에 가득 울렸다. 달뜬 소리에 진욱은 엉덩이를 들어 자신의 바지와 속옷을 한 번에 벗어 던졌다.

마저 몸을 일으키려던 그의 어깨 위에 그녀의 발이 척 하고 올라왔다. 우람한 어깨를 발로 살짝 밀자, 그가 다시 자리에 주저앉았다. 힘이 세서라기보다 그녀의 행태가 몸이 굳어 버릴 만큼 자극적이고 섹시했기 때문이었다.

세린은 그와의 관계에 있어 부끄러워하지 않았다. 대신 모든 순간에 충실했다. 그에게만 집중하며 그녀는 자신도 놀랄 만큼 대범한 행동들을 스스럼없이 분출했다. 바로 지금처럼.

진욱의 허벅지 위로 말캉한 엉덩이가 닿자 이번에는 그가 신음을 흘렸다. 엉덩이를 움직이며 그녀는 곧추선 분신 위로 자리를 잡았다.

열망으로 흐려진 서로의 눈이 마주치자 두 사람은 끝없는 레이스를 예감했다.

결국 두 사람은 점심때가 되어서야 아침을 먹을 수 있었다.

chapter 10

플라워
북마크

"어머, 선배. 이거 잘 어울리지 않아요?"

여자는 눈을 빛내며 커플 옷을 입은 남자의 팔에 팔짱을 꼈다.

'저건 필시 사 달라는 말이지.'

매장 근무 3년 차인 매니저 나홍자는 지금까지의 경험을 살려 여자의 심리를 예측했다. 심지어 입어 보기까지 했으니, 더할 나위 없이 사 달라는 뜻이었다.

이미 남자의 손엔 쇼핑백이 가득했다. 그런데 또 사 달라니. 35년 동안 모태 솔로인 나홍자는 그 모습에 아주 잠깐 꼴사납다는 표정을 지었다.

콧등 위로 흘러내린 안경을 다시 제자리로 치켜 올린 그녀는 그들에게 가까이 다가서며, 남자가 자신에게 건넬 말에 대한 답을 미리 준비했다. 그는 '저 물건은 얼마에 가격이 형성되어 있죠?' 라고 물을 것이 분명했다.

"이걸로 주세요."

거침없는 남자의 대답에 나홍자는 멈칫했다. 오, 아주 가끔 볼 수 있는 특별한 경우였다. 저렇게 여자를 사랑스럽기 그지없다는 듯 쳐다보며 카드를 내미는 남자. 그래도 저런 남자들 중 적지 않은 수가 몰래 할부를 속삭이곤 했다.

나홍자는 가격을 알려 주며, 여자가 꽤 물건 보는 눈이 있다고 생각했다. 가게에서 가장 잘 나가고 제일 비싼 옷을 떡하니 골라냈으니까.

곧 저 여자는 남자가 몰래 손을 떨며 내미는 카드를 보고도 모른 체하며 교태를 부릴 게 뻔했다. '어머, 오빠. 사 달라는 말은 아니었는데' 하고 마음에 없는 소릴 잘도 지껄이며 꺄르르 웃겠지.

할부를 해 달라는 남자 손님의 말을 비웃으며 아이고, 꼬시다, 하고 웃는 게 커플 손님이 오면 나홍자가 느낄 수 있는 유일한 낙이었다. 그러나 그녀의 예상을 보기 좋게 빗나간 대답이 여자의 입에서 흘러나왔다.

"뭐예요, 선배. 제가 언제 사 달랬어요? 내가 산다는 거지."

그러더니 여자는 지갑에서 카드를 꺼냈다. 남자가 다가와 그것을 저지하자, 여자는 '빨리 계산해 주세요' 하고 그녀를 재촉했다. 얼떨결에 카드를 받은 홍자는 계산을 마쳤지만 뭔가 께름칙한 기분을 떨치기 어려웠다.

여자가 돈이 많은가? 돈이 많아서 사귄다고 보기엔 남자의 얼굴에서 귀티가 흘렀고, 여자의 계산을 막으러 다가오는 표정도 참으로 진지했다. 일시불을 당당히 외치고 빠르게 서명까지 한 여자는 다가온 남자의 앞에서 냉큼 영수증을 찢어 버렸다.

"아이코, 영수증이 찢어졌네. 이건 내가 샀다, 앗싸!"

여자는 외모만큼이나 발랄하게 외치며 가게를 뛰어나갔다. 아까부터 미미한 미소를 달고 있던 남자의 입술이 참을 수 없다는 듯 큰 곡선을 만들어 냈다.

나홍자는 그 모습에 말을 잃었다. 안 그래도 잘생긴 남자의 얼굴에 웃음이 걸리니 가히 제가 여태껏 본 남자들 중 최고봉이라 할 수 있었다.

바르게 인사까지 하고 나가는 남자와 눈이 잠시 마주치자 나홍자는 저도 모르게 얼굴이 붉어졌다. 어쩐지 낯이 익었다.

밖으로 나간 남자가 유리문 앞에서 기다리고 있던 여자의 허리를 꽉 끌어안는 모습이 신경질이 날 정도로 부러웠다.

저 여자는 전생에 나라를 구했나. 폭 한숨을 내쉰 나홍자는 전신 거울 앞에 섰다.

"나는 나라를 팔아먹었나 보아……."

나 혼자 길을 걷고…….

마침 가게 안을 울리는 어느 걸그룹의 노래를 따라 부르며 홍자는 오늘 유독 외로운 근무가 될 것 같다고 생각했다.

빨대로 음료를 쪽 빨며, 의자에 깊숙이 기대앉은 세린은 테이블 아래로 보이는 두 개의 신발을 번갈아 훑어봤다. 비슷한 옷을 입고 신발을 신자 묘하게 서로가 이어져 있다는 느낌이 들어 좋았다.

진욱이 자신과 비슷한 신발을 신고 있는 걸 볼 때마다, 그녀는 그에게 자신이 만든 구두를 신겨 주고 싶다는 생각을 했다. 한 번도 남자 구두를 만든 적이 없었기에, 그 첫 작품을 그를 위해서 만들어 보고 싶었다.

'옴므 라인을 한번 만들어 볼까?'

아예 라인으로 빼는 것보다 옴므 디자이너와 브랜드 내 이벤트처럼 진행하는 것도 괜찮겠지.

그녀는 떠오르는 패턴과 큰 그림을 잊지 않기 위해 휴대폰에 그림을 그려 넣기 시작했다.

남자 구두는 스케치부터가 달라서 좀 애매한 형색을 띠었지만, 구체적인 디자인은 본사에 들어가서 해도 늦지 않았다. 그렇게 그를 생각하며 그리기 시작한 스케치의 양이 꽤 많아졌다.

세린은 한참이 지나서야 미안한 표정으로 고개를 들고 진욱의 얼굴을 마주했다. 하지만 그는 세린이 고개를 들어 미안한 표정을 지을 때까지 말없이 스케치하는 그녀를 기다려 주었다. 그도 사실 다른 일로 정신이 없긴 했지만.

오랜만에 집 밖으로 나온 두 사람은 근교의 쇼핑 타운을 구경하며 쇼핑을 즐겼다.

세린에게 어울릴 것 같아 만류하는 그녀를 제치고 진욱이 무작정 계산한 옷들이 절반이었다. 물론 그에게 잘 어울릴 것 같다고 그녀가 몰래 뛰어가서 산 옷들도 많았다. 집에 놓으면 어울릴 것 같다고 산 몇 가지 소품들도 있었고.

진욱은 다니는 내내 팔짱을 끼다, 사진을 찍다, 다시 손을 잡아 오는 세린 덕에 귀에 걸린 입꼬리가 내려올 줄 몰랐다. 주말을 보내는 보통의 연인 같아서, 그는 이 시간을 영원히 지속하고 싶었다.

준비가 다 되었다는 문자를 확인한 진욱은 자리에서 일어났다. 한 손으론 쇼핑백들을 들고 다른 쪽 손으론 깍지를 껴 오는 그녀의 손을 마주 잡았다.

"아까, 선배 화장실 간 사이에 점원이 나보고 뭐라고 했는지 알아요?"

팔에 자연스럽게 기대며 그녀가 재잘재잘 말을 이었다.

"뭐라고 했는데?"

그는 그런 세린이 예뻐서 눈을 휘었다. 곧이어 들려오는 대답에 진욱은 그녀 몰래 입술을 깨물었다.

"참 잘 어울리는 부부래요. 행복해 보인다고 부럽대요, 내가."

❖   ❖   ❖

"이따 데리러 올게."

맛있는 저녁을 먹자던 진욱은 세린의 집 지하 주차장에 차를 세웠다. 얼굴에 의문을 가득 담은 그녀를 엘리베이터 앞까지 데려다주며 그는 '예쁘게 하고 있어'라는 말을 덧붙이기까지 했다.

장을 보고 집에 들어가자고 했지만, 그는 고개를 저으며 다른 곳에서 먹을 것이라고 했다.

진욱의 집에서 함께 저녁 식사를 할 줄 알았는데 급하게 차로 돌아가는 그의 뒷모습을 보며 세린은 잠시 고민에 빠졌다.

최선을 다해 예뻐져야 하는 건가.

그러다 아까 그가 사 준 원피스가 생각나 출발하려는 그의 차로 다가갔다. 열린 창문으로 쇼핑백을 두고 내렸다는 세린의 말에 진욱이 다시 내려 차 트렁크를 열었다.

자신의 것으로 추정되는 쇼핑백들을 전부 잡으려 세린이 손잡이를 모았다. 그러나 들기도 전에 그에게 가로막혀 버렸다.

진욱은 원피스가 담겨 있는 쇼핑백만 골라 세린의 품에 안겨 주고 급하게 트렁크 문을 닫았다.

"저것도 다 내 옷인데."

나머지는 여벌의 티셔츠와 바지, 그리고 귀엽다고 산 커플 잠옷 등이었다. 어리둥절한 표정으로 올려다보는 세린을 향해 싱긋 웃으며 진욱이 답했다.

"나머진 우리 집 옷장에 걸어 둘 거야. 오고 싶을 땐 몸만 오라고."

속으로 무슨 생각을 하는 건지 코끝이 빨개진 세린의 머리 위에 그가 손을 올렸다. 하얀 입김이 얼굴을 간질이자 그녀가 자신 때문에 펑펑 울었던 눈 오는 엠티 날이 떠올랐다.

제 마음도 말하지 못하고 그녀의 둥근 정수리에 멍청하게 손만 올려 두었던 그때와 달리, 그는 손을 움직여 세린의 머리를 쓰다듬고 있었다.

"연락할게."

진욱을 배웅한 세린은 먹먹해진 가슴을 추스르며 집으로 돌아왔다. 방으로 들어가 시계를 보며 씻고 준비하는 시간을 어림잡아 보던 그녀는 급하게 욕실로 달려갔다. 머뭇거릴 시간이 없었다.

도대체 하루에 몇 번이나 샤워를 하는 거야. 스케줄이 없는 주말 같으면 머리 안 감는 날이 더 흔했는데.

세린은 언젠가 코스메틱 부서의 여왕벌이라 불리는 알리샤와 나누었던 대화를 떠올렸다.

패션 위크다 뭐다 해서 한창 바빴던 시즌에 회사에서 패션 위크 참석 인원들에게 전용기를 대절해 주었었다. 디자이너들뿐만 아니라 브랜딩 마케터들과 부서 책임자들, 그리고 모델들까지 함께 전용기에 탔다.

남녀 할 것 없이 몸매 관리로 기내식은 고사하고 물도 거의 마시지 않았다. 그저 수분 보충을 위한 마스크팩을 하거나 수분 크림 등을 바르고 있을 뿐이었다.

그 가운데 밤샘 작업으로 산발을 하고 자고 있던 세린에게 알리샤는 이래서 남자를 만나겠냐고 타박을 주었다.

「나는 이런 내 모습까지 사랑해 주는 남자를 만날 거야.」

잠에 취해 웅얼거리는 그녀의 입을 막듯 알리샤는 자신이

바르던 고가의 수분 크림을 듬뿍 떠서 세린의 얼굴에 거칠게
펴 발랐다.

차가워 인상을 찡그리며 몸서리치는 그녀에게 알리샤는
헬레나 루빈스타인의 어록을 인용하며 면박을 주었다.

「세상에 아름답지 않은 여자는 없다. 게으른 여성만 있을 뿐
이다.」

알리샤가 미래를 내다본 건지는 몰라도 세린은 요 며칠 사
랑에 빠진 여자가 얼마나 부지런해져야 하는지 몸소 체험 중
이었다.

욕실에서 나온 그녀는 입을 옷을 떠올려 보며 에센스를 얼
굴에 펴 발랐다. 크림까지 바르고 화장대를 쭉 훑는 세린의
눈이 희번덕 빛났다. 두 손을 눈높이까지 들어 올리고 손가
락들을 꼼지락거리는 그녀의 모습은 흡사 대수술을 앞둔 의
사와 같았다.

"이게 좋겠군요."

진욱은 손에 들고 있던 것을 내려놓고 지갑을 꺼냈다. 앞에
서서 여러 제품들을 제안하던 숍 매니저가 탁월한 선택이라
며 침 발린 말들을 쏟아 냈다.

사이즈를 묻는 매니저의 말에 신용카드를 꺼내던 그의 손이 주춤거렸다.

사이즈? 예상치 못한 난관에 봉착한 그는 조용히 신음을 삼켰다. 머뭇거리는 그를 보던 매니저는 괜찮다며 활짝 미소 지었다. 단정한 유니폼을 입은 그녀는 서랍에서 손가락 사이즈를 재는 링들을 꺼냈다.

먼저 진욱의 약지에 그것을 껴 보며 사이즈를 가늠하던 그녀는 내심 떨리는 속마음을 감추려고 노력했다. 어떤 여자한테 주는 건지는 몰라도 부러워 죽겠다.

매번 숍을 방문해 여자 친구 선물을 사 가는 남자들을 볼 때면 그렇게 부러울 수가 없었는데, 오늘은 더 심했다.

그녀는 진욱이 숍에 들어오는 순간 한눈에 그를 알아보았다. 배우들도 가끔 오긴 하지만, 눈앞에 서 있는 남자는 안 보던 뉴스까지도 보게 만든다는 주진욱이 아닌가. 옆에서 다른 여직원들도 부러운 눈으로 쳐다보고 있었고.

영업 방침상 외부로 얘기를 흘려보내는 게 금지되어 있어 친구들에게 그를 봤다고 자랑할 수도 없었다.

근엄하던 TV 속의 남자가 짓는 말랑한 웃음이라니. 그녀는 못 먹는 감, 사심이라도 채워 보자는 심정으로 입을 열었다.

"가끔 남자분의 새끼손가락 사이즈가 여성분 사이즈가 되기도 합니다만, 좀 더 정확하게 알고 싶으시면 제 손을 잡아서 비교해 보시는 것도……."

어떡해, 어떡해. 꼼수까지 부려 가며 저 손을 잡아 보고 싶
니?

응, 하는 마음의 소리가 곧바로 들려왔다. 그녀는 말끝을
흐리며 시선을 내리깔았다.

치수를 재며 잠시 손끝에 닿았던 단단한 손가락을 기대하
곤 슬그머니 손을 내밀려는데, 차가운 목소리가 그녀를 저지
했다.

"감사하지만 괜찮습니다."

보통 사이즈를 잘 모를 경우 나중에 크기를 수정하는 방법
을 많이 권했는데 평소와 다른 동료의 모습에 뒤에 서 있던
직원들은 얼굴을 붉히며 난감해했다.

"하지만, 고객님……."

"미안하지만 사양합니다."

단호한 목소리에 찬물을 뒤집어쓴 듯 그제야 정신을 차린
그녀가 손을 제자리로 원위치 시켰다. 천천히 고개를 들어 마
주한 그의 얼굴엔 더 이상 미소가 걸려 있지 않았다.

건조한 그의 눈이 자신을 향하자 그녀는 아차 싶은 생각이
들었다.

그녀는 얼른 표정을 갈무리하고 새끼손가락 치수를 쟀다.
아까와는 조금 다른 이유로 미세하게 손이 떨려 오자, 그녀는

동료에게 결제를 부탁하고 세공된 사이즈를 찾으러 급히 자리를 피했다.

진욱은 제가 고른 반지로 눈을 돌렸다.

직원이 쿼트로 링이라고 소개한 제품은 여러 개의 링이 모여 하나의 반지를 이루고 있는 형태였다. 제 것은 여섯 개, 세린의 것은 네 개의 링이었다. 단순한 듯 화려한 디자인을 보자 단번에 그녀의 손에 어울릴 것이라는 생각이 들었다.

마음 같아선 누가 봐도 결혼했구나 싶을 만한 디자인을 고르고 싶었지만, 진욱은 세린을 생각했다. 다음을 기약하며 백번 양보해서 밴드형 반지를 골랐다. 좋아할 그녀의 얼굴을 생각하며 흡족한 미소를 입에 걸었다.

마침 세공되어 들어와 있던 물건이 있어 곧바로 포장된 상자를 받을 수 있었다. 단번에 계산을 마치고 매장을 빠져나온 그는 구멍이 날 듯 자신의 뒷모습을 좇는 직원들의 시선을 가볍게 무시하며, 코트 주머니에 작은 상자를 넣었다.

차로 향하며 무언가를 계속 중얼거리는 진욱의 표정에 점점 긴장감이 맴돌기 시작했다.

그 시각, 세린은 진욱이 보내온 차에 몸을 싣고 어딘가로 향하는 중이었다. 도착했다는 전화인 줄 알았더니, 조금 늦을 것 같다며 차를 보내 놓겠다고 했다.

차에 오른 그녀는 기사가 생각보다 젊은 데다 어디서 본 것 같은 느낌에 고개를 갸웃거렸다. 쳐다보는 시선을 느꼈는지 그는 자신을 진욱의 회사 동료라고 소개했다. 그제야 그녀는 아, 하고 다른 생각들을 내려놓았다.

"배고프다."

식간이 길어 배에서 금방이라도 꼬르륵 소리가 날 것 같았다. 들고 있던 클러치 백을 뒤지자 습관처럼 챙겨 두었던 사탕 몇 개가 굴러 나왔다. 심봤다. 그녀는 사탕 하나를 입에 까서 넣고 운전하고 있는 남자에게도 그것을 건넸다.

"사탕 하나 드실래요?"

남자는 눈앞에 놓인 작은 사탕 봉지를 확인하고 피식거리며 웃었다.

"여전하네."

남자의 말에 그녀는 '네?' 하고 되물었다. 그러자 남자가 일부러 과장된 말투로 답했다.

"여, 정이 많으시네요! 잘 먹겠습니다."

차를 스치는 바람 소리 때문에 잘못 들은 건가. 이 사람 선배가 보낸 거 맞아? 그녀는 왠지 수상한 남자의 행동에 몸에 힘을 주었다. 그리고 재빠르게 진욱에게 문자를 보냈다. 괜찮다는 진욱의 답에도 차가 멈춰 설 때까지 긴장의 끈을 놓지 않았다.

고급 호텔 로비 앞에 내려선 그녀는 따라 내리려는 남자를 돌아봤다. 우려와 달리 남자는 따라오지 않고 차 너머로 그녀의 얼굴을 바라보며 빙글거리고 웃었다.

태워 줘서 고맙다며 간단한 목례를 하고 돌아서려는데 남자가 머리 위에서 손을 저으며 인사했다. 특이한 분이시네. 세린은 긴장으로 움츠렸던 목을 추위 때문에 펼 새도 없이 호텔 안으로 발걸음을 옮겼다.

"선배도 못 알아보고. 짜식이 빠졌네, 빠졌어."

수상한 기운을 풍기던 남자의 입술이 제자리로 돌아왔다. 하루 전도 아니고, 당일 아침에 연락해서 준비하라는 사람이 세상에 어딨냐, 자식아.

그는 아침부터 전화를 걸어 온 진욱을 생각하며 이를 갈았다. 안 그래도 연말 이벤트 때문에 바빠 죽겠구먼.

졸업 후 대기업에 취직했다 사직서를 내고 이벤트 회사를 차린 그는 다름 아닌 지석이었다.

연말이라 한창 일이 많은 이때 그는 뜬금없는 진욱의 전화 한 통에 고달픈 하루를 보내야 했다. 평소에도 만나서 술 한 잔을 나누었지만 부장인가 뭐시기인가를 맡은 후로는 머리카락 하나도 보기 어려워진 진욱이었다.

그런데 갑자기 뭘 준비하라고? 정식으로 만난 지 며칠이나 됐다고. 미친놈. 진욱은 그가 욕을 퍼부어도 그답지 않게 겸

연쩍어 하며 낮게 웃었다. 주진욱한테 전화 온 거 맞아? 새색시 같은 웃음소리 이거 뭐야, 이거.

와씨, 소름.

지석은 어이가 없기도 하고 왠지 모르게 신이 나기도 해 기꺼운 마음으로 친구를 돕기로 자청했다.

그런데 이벤트 회사 대표한테 부탁을 했으면 잠자코 맡길 것이지. 이거 가져와라, 저거 준비해라. 뭘 그렇게 시키는지.

진욱의 집에 들어가 그가 부탁한 물건을 가지고 나온 지석은 새해를 앞두고 빈집털이범이 된 듯한 기분에 께름칙했다.

게다가 금요일 저녁, 진욱의 주문대로 호텔 스위트룸를 잡기 위해 여러 인맥들을 동원하고 발품까지 팔아야 했다.

"잘되면 내 덕인 줄 알아, 이 삐돌이…… 아니, 박세린 껌딱지 자식아."

지석은 나중에 크게 진욱을 벗겨 먹겠다고 다짐하며 차에 시동을 걸었다.

앞장선 벨보이를 따라 들어간 곳은 안락한 인테리어로 꾸며진 스위트룸이었다. 휑한 실내 공기로 보아 그는 아직 오지 않은 듯했다.

주방 옆 식탁에는 식기가 가지런히 플레이트되어 있었고 탁자 위에는 포도와 딸기, 오렌지가 먹기 좋은 크기로 컵 안에 담겨 있었다.

세린은 포도 한 알을 입에 넣으며 마주 보이는 창가로 걸어갔다. 벨보이가 열어 주고 간 커튼 덕분에 한강이 한눈에 들어왔다. 뒷짐을 지고 천천히 걸으며 입안의 포도와 야경을 음미했다.

역시, 내 남자 센스.

컵을 들고 과일을 먹으며 방 안 이곳저곳을 둘러보던 세린의 시선이 거울 앞에 멈췄다. 헤어스타일과 눈 화장을 점검한 그녀는 다시 룸을 돌아다니기 시작했다.

그러나 곧 무료해짐을 느끼곤 코트를 벗어 소파 위에 올려 두었다. 짙은 색의 레이스 원피스를 입은 그녀가 소파에 앉으려는 순간 룸서비스를 알리는 벨소리가 울렸다.

문을 열어 준 세린은 제 앞을 지나 방으로 들어오는 카트에 무료하던 눈을 반짝였다. 안 그래도 배고프던 참이었는데.

카트 위엔 케이크, 파르페, 초콜릿 등의 달달한 디저트류가 잔뜩 놓여 있었고 한쪽엔 샴페인과 스파클링 와인도 놓여 있었다. 케이크 위엔 진욱와 세린을 환영한다는 문구를 넣은 초콜릿이 올라가 있었다.

'여기 웰컴 되게 괜찮네.'

부지배인이라고 자신을 소개한 남자는 탁자 위에 넘치도록 먹을거리들을 세팅해 주고 문밖으로 향했다. 이어서 다른 카트를 끌고 들어온 벨보이들이 비어 있던 식탁을 가득 메웠다.

뚜껑을 덮어 놔서 무엇이 담겨 있는지는 모르겠지만, 풍겨오는 맛있는 냄새에 정신이 혼미해질 정도였다. 군침이 절로 돌았다. 넓은 식탁 위에 뭘 그렇게들 올려놓는지, 다들 한참 후에야 방을 빠져나갔다.

다이닝이 아닌 디저트 정도야 조금 먹어도 괜찮겠지.

눈을 빛내며 어떤 것부터 먹을까 고민하던 그녀의 앞으로, 밖으로 나간 줄 알았던 부지배인이 다른 카트 하나를 더 밀고 들어왔다. 카트 위엔 분홍색 큰 박스 하나가 올려져 있었다. 자리가 없어 창문 앞 티 테이블에 상자를 올려 둔 부지배인이 단정하게 웃으며 방을 나섰다.

세린은 탁자를 가득 채운 디저트를 바라보다 상자가 있는 창문가로 걸어갔다. 배가 고프기도 했지만 호기심이 더 컸다.

저게 뭘까?

조심스레 상자 뚜껑을 연 세린의 눈이 의아함으로 커다래졌다.

빼빼로, 사탕, 초콜릿, 게다가 필통이 들어 있었다. 선물이라고 하기엔 과자가 든 곽은 낡아 보였고 필통 안에 든 펜은 다 써서 잉크가 말라 있었다. 어딘지 익숙한 물건들을 보자 이상한 기분에 휩싸였다. 이게 뭐지? 날 듯 말 듯한 기억이 그녀의 머릿속을 애태웠다.

상자 안의 물건들을 꺼내 보던 세린의 눈에 때 묻은 책 한 권이 들어왔다. '경영학과 주진욱'. 세린은 거의 다 닳아 지워진 진욱의 글씨를 따라 읽었다. 경영학 원론, 전공 책이었다.

안에 포스트잇을 붙여 놓았는지, 책이 뭉툭하니 튀어나와 있었다. 두툼한 종이 사이로 노란 종이가 언뜻 비쳤다. 뒤쪽 페이지에만 이렇게 기록할 게 많았나? 뒤표지에 가까워질수록 손때가 더욱 묻어 있었다.

세린은 뒷장부터 열어 보기로 했다. 두툼한 표지를 열자 팔랑하고 포스트잇 두어 개가 상자 안으로 떨어졌다. 접착력이 약해졌는지 뒤집어진 포스트잇의 접착 부분에 먼지가 묻어 있었다.

상자 안으로 손을 뻗는 그녀의 시야에 문득 포스트잇에 그려진 익숙한 글씨체와 그림들이 들어왔다.

꺄, 선배 오늘 생일이라면서요……

270

빼빼로 먹고 오늘도 화이팅!

제 거 사면서 하나 더 샀어요^^ 어제 보니까 선배도 빨간색
펜 다 썼던데.

유치찬란한 이모티콘과 그림이 그려진 종이들이 한가득
책에 붙어 있었다. 네모진 글씨체로 보아 제 것이 맞았다. 믿
을 수 없다는 듯 세린의 입이 한껏 벌어졌다.

그녀는 느릿하게 손을 들어 책장을 넘겼다. 한 장, 또 한
장. 천천히 그러나 멈추지 않고 페이지를 넘겼다. 페이지마
다 20대의 박세린이 했던 짝사랑의 흔적이 넘쳐흘렀다.

어떤 마음으로 이걸 썼는지 기억하기에 그의 사물함에 몰
래 붙이고 도망치듯 나올 때의 설렘이 조금씩 되살아났다.
언제쯤이면 나를 바라봐 줄까. 초조하고 서글펐던 그 마음
이, 이 작은 종이 안에서 점점 생생해졌다.

이걸 아직도 가지고 있었어?

박스에 가득 담겨 있던 유통기한이 한참 지난 과자와 빛바
랜 물건들도 의미를 되찾아 갔다. 뜻 모를 것들이 회색빛을
거두었다. 그 안에 몰래 숨겨 두었던 그녀의 진심이 생생하게
되살아났다.

버렸을 거라고 생각했는데…… 이걸 왜 모아 둬.

감동과 애잔함, 원망 등이 뒤죽박죽 뒤엉켰다. 눈앞이 점

점 뿌옇게 흐려졌다. 기억 저편에 묻어 두었던 그에 대한 자신의 어린 마음이 울컥울컥 쏟아져 나왔다.

대학생 때의 박세린은 주진욱 앞에선 반사적으로 활짝 웃었고, 작은 거라도 그가 관심을 보여 주면 날아갈 것처럼 기뻐했다. 그리고 그의 손짓 하나에 화장실로 달려 들어가 쏟아지려는 눈물을 삭힌 적도 있었다.

그런 네가 뭘 할 수 있었겠어.

주진욱이란 남자 앞에서 아무것도 할 수 없다는 걸 누구보다 자신이 제일 잘 알고 있었다.

자신을 좀 좋아해 달라는 애정을 구걸할 수도 없었고, 사람 마음 가지고 그러는 거 아니라고 화를 낼 수도 없었다. 그저 그의 눈치를 보며 따라다니고, 몰래 선물을 두고 갈 뿐이었다.

나 좀 봐 달라고. 한 번만 돌아봐 달라고…….

세린은 그만 자리에 주저앉아 책을 내려놓았다.

'나쁜 놈. 진짜, 주진욱 나쁜 놈.'

그녀는 대학생 주진욱 때문에 울음을 터뜨렸다. 자신의 연인이 된 지금의 그가 아닌, 대학생 박세린의 짝사랑을 보고도 모른 척했던 그때의 주진욱에게 화를 내고 투정을 부렸다. 아무것도 할 수 없었던 스물두 살 박세린을 대신해서, 서른 살의 그녀가 울고 있었다.

스물둘 박세린에 대한 연민, 애정, 슬픔, 그리고 위로. 그것들이 그녀를 삼켜 갈 때쯤, 현실로 돌아오게 만든 건 진욱의 넓은 품이었다.

카드 키로 문을 연 진욱은 들려오는 울음소리에 놀라 급히 룸 안으로 뛰어 들어왔다. 디저트를 먹으며 사랑스런 미소로 자신을 반길 것이라 생각했던 세린이 주저앉아서 울고 있자 그는 다급하게 달려가 그녀를 일으켜 세워 품에 안았다.

그는 바닥에 펼쳐진 책과 상자를 발견했다. 대학생 시절 자신이 가졌던 마음을 털어놓고자 준비했던 선물이 이토록 그녀를 아프게 할 줄은 몰랐다. 꽃처럼 만개하는 그녀의 울음소리가 가슴에 와 박혔다.

"쉬이, 내가 미안해."

진욱은 휘청거리는 자신의 연인을 품에 더 꽉 안으며 용서를 구했다.

"내가 잘못했어. 울지 마."

그는 머리에 입맞춤을 하고 등을 쓸어내려 주며 그녀가 진정되기를 기다렸다. 그리고 계속해서 용서를 빌었다. 자신이 놓친 스물두 살의 그녀와 기적적으로 품에 들어온 지금의 그녀에게 잘못을 속삭였다.

"미워…… 진짜. 왜 그랬어, 왜."

서러웠던 짝사랑의 기억을 떠나보내며, 진욱의 품에서 세린은 참 아프게도 울었다.

사랑하는 연인이 제 품에서, 과거의 저 때문에 운다는 건 숨이 멎을 것처럼 아픈 일이었다. 진욱은 멍청했던 자신을 질타하며, 일의 원흉이 된 한 사람에게 욕을 날리며 세린을 더욱 깊숙이 끌어안았다.

chapter 11

두
사람

"야 인마, 너 요즘 좀 이상하다?"

지석은 계절 학기 내내 학교 이곳저곳을 기웃거리는 진욱을 걱정스런 눈길로 쳐다봤다. 집중력 하나는 끝내주던 녀석이 눈으로 강의실을 이리저리 훑으며 통 수업에 집중을 하지 못했다.

증상은 길고 긴 여름방학이 끝나고 새 학기가 시작되며 더욱 심해졌다. 마지막 학기라 수업도 몇 개 안 듣는 녀석이 사물함은 왜 또 그렇게 자주 들락날락거리는지.

왜 그러냐고 물어도 그는 건조하게 아무것도 아니라고 대답할 뿐이었다. 이 자식아, 다 죽어 가는 얼굴을 하고 뭐가 아무것도 아니냐고! 지석은 답답한 가슴을 쿵쿵 치며 불만을 토로했다.

"같이 가요, 선배님."

저건 또 뭐야. 콧소리에다 겨우 속옷 가리개 수준의 치마. 박세린은 어디로 가고 저런 게 새로 붙었다. 귀엽고 서글서글한 성격을 가진 세린에 반해 저건 새침하니 성격도 뾰족했다. 다들 본래의 성격을 알 텐데 주진욱 앞에서만 여우 짓하는 꼴이라니.

게다가 언제부턴가 혜성같이 등장한 새로운 껌딱지는 진욱과 사귄다는 소문까지 내고 다녔다. 진욱이 자신을 안아 주며 고백을 받아 줬다나 뭐라나.

다들 진욱이 그녀를 대하는 태도를 알기에 믿으려 하지 않았지만, 세린이 떠난 게 저 아이 때문이라는 말은 어느 정도 신뢰하는 눈치였다.

진욱은 그녀의 존재 자체를 신경 쓰지 않는 것 같았다. 자신과 관계없는 이야기라고 규정지은 그는 해명하는 것조차 아깝다는 듯 말을 아꼈다. 그의 온 신경이 다른 곳에 가 있는 게 가장 결정적인 이유였지만.

그러나 시끄러운 그녀의 행각은 거기서 멈추지 않았고 세린이 사라진 이유에 대한 소문도 거의 기정사실화되고 있었다. 그렇게 위태로운 마지막 학기가 끝날 무렵에 결국 일이 터지고야 말았다.

항상 적당히 술을 마시며 분위기를 맞추던 진욱이, 그날따라 구석진 자리에 지석과 독대를 하고 앉아 연거푸 잔을 들이켠 것이다.

잘생기고 똑똑한 데다 위트까지 갖추고 있는 진욱은 선망의 대상이었다. 그래서인지 같은 테이블에 앉아 있는 사람들의 눈은 항상 진욱을 향했다.

심지어 다른 테이블에 있던 사람들도 한 번쯤은 그를 향해 시선을 던지며 자연스레 눈치를 봤다. 그가 마치 그 자리를 지배하는 제왕인 것처럼.

그런데 빙긋 웃으며 술자리를 밝게 만들어 주던 진욱이 구석진 테이블에 말없이 앉아 술만 들이켜자, 다들 농담 따먹기를 하면서도 어딘지 서늘한 기분을 느꼈다. 소란스러운 틈 가운데 태풍의 눈처럼 그가 앉아 있는 곳만 고요했다.

지석은 그런 진욱을 보며 고개를 젓고 혀를 찼다. 지석 역시 그가 왜 그런지에 대해 대충 짐작하고 있던 참이었다. 세린이 사라진 뒤로 그는 계속 저기압 상태였다.

'사물함에 꿀단지 숨겨 놓은 것처럼 왔다 갔다 할 때부터 알아봤지. 쯧.'

진욱의 빈 잔을 채워 준 지석은 제 앞에 있던 잔을 단번에 들이켰다. 지석을 따라 술을 들이켠 진욱이 쓰읍 입을 닦으

며 고개를 돌리자, 그쪽을 쳐다보던 시선들이 주춤주춤 제자
리로 돌아갔다.

떠드는 소리로 소란스러운 실내인데도, 어쩐지 또르르 하
고 눈 굴러가는 소리가 들리는 것만 같았다.

"안주 좀 먹어 가면서 마셔."

속 버린다. 지석은 앞에 있던 접시를 스윽 진욱의 앞으로
밀었다. 그것을 초점 없는 눈으로 물끄러미 쳐다보던 그가
그제야 입을 열었다.

"지석아."

"왜, 인마."

"세린이."

이름 하나를 내뱉은 그는 벅찬 듯 다시 소주잔을 입에 털
어 넣었다.

"세린이 어디 있냐?"

쓴 소주를 여러 번 털어 넣고도 인상 한 번 찡그리지 않던
그가 입술을 끌어 올려 억지로 웃었다. 눈은 찡그러져 있었
고 입도 마음 같지 않은지, 괴기스러운 웃음이었다.

울지도 웃지도 못하는 표정이었다. 괴로운 짐승의 눈을 연
상시키는 진욱의 눈이 지석을 마주했다. 힘든 기색이 역력한
친구의 눈을 바라보며, 지석은 미간을 찌푸리곤 다시 잔을
채웠다.

"그걸 내가 어떻게 알아."

지석의 대답에 진욱은 허탈한 웃음을 지었다. 적어도 이번에는 진심으로 웃는 듯 보였다.

잠깐 휴학하고 여행이라도 갔나 보네. 지석은 중얼거리며 위로 섞인 말을 무심하게 내뱉었다.

"여행…… 여행이라……."

진욱은 정말 그런 거였으면 좋겠다고 생각했다. 그냥 잠깐, 길어야 한 달 정도인 배낭여행을 떠난 거였으면 좋겠다고. 빈 술병들이 하나둘 쌓여 테이블 한쪽에 수북해졌다.

그는 요즘 매일 후회했다. 매시간, 매 순간 좀 더 다정하게 말을 걸어 줄걸. 좀 더 빨리 그 마음을 받아 줄걸. 좀 더 빨리 자신이 가진 이 멍청한 마음을 알아챌걸.

할걸.

과거의 오만이 현재의 후회가 되어 그를 비수처럼 찔렀다. 세린이 사라졌다. 자취도 남기지 않고 감쪽같이.

어느 순간부터 보이지 않던 그녀를 찾아 진욱은 학과 사무실로 향했었다. 단순히 휴학을 한 거라 생각하며.

"박세린 학생, 자퇴했어요. 우리도 설득은 했는데……."

"아예 외국 어디로 나간다고 하는 것 같지 않았어요?"

꼭 전해 줄 게 있다는 핑계로 과 사무실에 사정을 해서, 세린의 집 주소를 알아냈다. 하지만 매일같이 찾아간 그녀의 집은 불이 켜지지 않았다. 빈 사물함, 빈집, 없는 전화번호. 그에 가지고 있던 조그만 희망이 무참히 깨져 버렸다.

세린의 이름을 입 밖에 꺼낸 뒤로 진욱은 심한 갈증을 느낀 듯 연거푸 술을 마셨다. 하지만 마시면 마실수록 목이 타는 것만 같았다.

"그만 마셔! 야!"

지석이 술잔을 잡으며 그를 말렸다. 눈으로 온갖 상처들을 내보이며 진욱이 실소를 터뜨렸다.

"목이 말라서 마셨어. 목이 말라서……."

비로소 그는 거짓 웃음이 아니라 괴로움을 택했다.

아니, 사실. 보고 싶어서 마셨어. 그리워서…….

딸랑, 소란스런 술집 문이 열리고 누군가 안으로 들어왔다. 다들 무르익은 분위기에 어느 정도 취한 상태라 누가 나가고 들어오는지에는 관심이 없었다.

지석은 테이블에 그림자가 드리워지자 고개를 들어 그림자의 주인을 확인했다.

"어, 똥꼬 치마네. 안녕?"

조금 꼬인 발음으로 지석은 머리 위에서 손을 과하게 흔들었다. 여자는 자신을 부르는 호칭에 빨간 입술을 씰룩이며 지석을 노려봤다. 그리고 인사도 하지 않고 냉큼 진욱의 옆에 자리를 잡고 앉았다.

"선배님. 저 왔어요."

가시나, 사납기는. 지석은 괜히 어깨를 부르르 떨며 그녀의 이중적인 성격에 혀를 내둘렀다. 정이 안 가는 껌딱지였다.

간드러지는 목소리의 근원을 찾아 진욱은 멍하니 고개를 돌렸다. 빤히 자신을 바라보는 시선에 그녀의 얼굴이 붉어졌다. 그의 눈은 그녀가 누구인지 묻고 있었다.

"아이, 선배님. 저요. 세……."

"야, 껌딱지잖아. 새로운 주진욱 껌딱지. 브랜뉴우."

지석이 말을 잘라 먹으며 키득거리자 그녀는 눈을 세모꼴로 치떴다.

'저것도 선배라고. 재수 없어.'

여자는 속으로 욕을 삼키며 다시 한 번 진욱을 향해 간드러지게 웃어 보였다.

"저, 세리요. 박세리."

"오, 이름도 비슷하네. 큭큭."

진욱의 시선이 천천히 그녀에게 향했다. 그러나 그것도 잠시, 메마른 그의 얼굴이 다시 제자리로 돌아가려 하자 세리가 다급하게 입을 열었다. 이름도 비슷한 그 누군가와 비교되는 짜증 나는 별명이었지만, 왠지 그게 그의 시선을 잡을 수 있을 것 같았으니까.

"저, 선배 껌딱지잖아요. 선배 여자 친구요!"

애교 섞인 목소리로 말한 세리는 진욱의 시선을 잡아 두는 데 성공했다. 돌아가려는 그의 눈이 계속 그녀에게 머물렀으니까.

진욱은 천천히 그녀를 뜯어보았다. 그것이 자신을 향한 관심이라고 생각하며 세리는 야릇한 상상을 이어 나갔다. 벌어지는 그의 입술이 슬로모션처럼 눈에 들어왔다.

"너 아니야."

진욱의 목소리는 단호하면서도 어딘가 비릿한 조소가 섞여 있었다. 그날 이후 그는 달라졌다. 따뜻하게 안아 주던 품은 고사하고 다정한 인사, 아니, 눈길 한 번 건넨 적이 없었다. 그 이후로 거의 한 학기 만에 건넨 이 남자의 첫 마디가 겨우 '너 아니야' 라니. 세리의 얼굴이 치욕으로 물들었다.

"가짜."

고개를 푹 숙인 그가 나직하게 또 한 번 중얼거렸다. 그걸 놓치지 않고 들은 세리의 얼굴이 붉으락푸르락 달아올랐다.

"박세리면, 골프 잘하나?"

불난 집에 부채질하듯 놀리는 지석의 목소리가 들려왔다. 그 말에 잠자코 있던 진욱이 피식하고 웃음을 터뜨렸다. 표독스런 그녀의 시선이 지석에게로 향했다.

'가시내. 오줌 지리겠네.'

곧이어 성난 세리의 목소리가 술집을 울렸다.

"야! 주진욱! 너 뭐야! 네가 뭔데 날 그렇게 무시해?"

독이 오른 목소리에 술집에 있던 사람들의 시선이 쏠렸다. 새파랗게 어린 새내기가 소리치는 상대는 주진욱이었다. 남의 사랑싸움만큼 재미있는 술안주는 없었다. 그게 주진욱의 연애사라면 더더욱.

"네가 받아 줬잖아. 내가 좋아한다고! 사귀자고 하니까 알았다며! 그러자며! 그 자리에서 안아 주기까지 했잖아!"

카랑카랑 소리치는 세리의 얼굴을 무표정하게 바라보며 진욱은 시선을 돌리지 않았다.

'설마.'

그녀의 입에서 흘러나오는 말을 들으며, 점차 그의 머릿속에는 지금껏 생각해 보지도 않았던 가설이 만들어지기 시작했다.

"근데 뭐? 넌 아니야? 야! 너 장난해? 한 학기 내내 무시하더니 고작 한다는 말이, 넌 아니야? 뭐가 아닌데. 뭐가 가짜냐고! 박세린? 그년 때문이야?"

진욱의 시선이 날카로워졌다. 술병을 저렇게나 많이 비운 사람이라고는 믿어지지 않을 만큼 또렷하고 날이 선 눈빛이었다. 단번에 싸늘해진 공기에 지켜보던 주위 사람들이 얼어붙을 정도였다.

반말에, 비속어에 세리는 이성을 잃은 듯 막 나가고 있었다. 심상치 않은 분위기를 느꼈는지 그녀의 친구들이 다가와 말리기 시작했다.

"야, 왜 그래. 그만해."

그래도 퍽 세게 말리지 않는 걸 보니 그들도 흥미진진했던 모양이었다.

"야, 그래서 물어봤잖아. 세린 선배랑 헤어진 거냐고. 그랬더니 네가 뭐랬어! 박세린이 누구냐며! 넌 그런 애 모른다며!"

비명을 지르듯이 토해 내는 울분에 사람들은 입을 한껏 벌렸다. 안 그래도 말 많은 경영대 가십난에 아주 큰 뉴스거리를 만들어 주고 있었다.

주진욱이 쓰레기였다니. 이렇게 경영대 치정극이 마무리되는 것인가. 수다를 떨고 싶어 입이 근질거리던 사람들은 진욱의 표정을 확인하고 또다시 얼어붙었다.

지금 누구라도 진욱의 얼굴을 본다면 알아챌 수 있을 만큼, 그는 단 한 가지 감정만 노골적으로 드러내고 있었다. 분노.

"미안하지만, 사람 잘못 봤어."

농도 짙은 감정이 목소리에 섞여 나올 만큼 그는 분노하고 있었다.

"야! 어디 가!"

세리의 새된 비명이 진욱의 뒤에서 흩어졌다. 눈앞에 있는 누구라도 당장에 잡아 팰 것처럼 고스란히 눈에 화를 담고 있던 그는 비틀거리는 걸음으로 술집을 빠져나갔다. 변명조차 하지 않은 채.

"사람을 잘못 봤다고? 어이없어. 내 눈으로 똑똑히 봤어. 분명히 주진욱 맞았다고! 주진욱!"

진욱이 시야에서 사라지자 사람들이 여기저기에서 수군대기 시작했다. 지석 역시 멍하니 자리에 앉아 비명 같던 세리의 말들을 생각해 봤다. 그 역시 걸리는 게 있었다.

사람을 잘못 봤다…….

사람을 잘못 봤어. 사람을…….

아! 지석의 입이 벌어졌다.

'와. 진상, 진상, 개진상. 일을 치고야 말았구나, 네가.'

여전히 사람들은 수군대고 있었다. 주진욱이 쓰레기였네, 아니네. 박세린이 그래서 떠난 거였네. 주진욱 표정 못 봤느냐, 쟤가 거짓말하는 거라는 둥.

친구들의 위로를 받으며 세리는 여전히 소리를 지르고 있었다. 자신의 욕설 섞인 발언에 사람들의 미간이 찌푸려지는 건 아랑곳하지 않고.

지석은 짝짝, 하고 가볍게 박수를 치며 자리에서 일어나 주변을 정리했다. 그에게 자연스레 사람들의 시선이 쏠렸다. 아까부터 그를 거슬려 하던 세리가 뾰족하게 입을 열었다.

"둘이 친하잖아요! 말 좀 해 봐요!"

입술을 주욱 내밀며 지석이 머리를 긁적였다.

"내가 뭐 할 말은 딱히 없는데……. 근데 너 사람 잘못 본 건 맞는 것 같다."

조용했던 주변이 다시 소란스러워졌다. 주진욱이 마피아라도 된단 말인가. '너 사람 잘못 봤어'는 거의 그런 뜻으로 쓰이곤 했다. 주먹다짐이나 협박용으로.

어깨를 으쓱인 지석이 고갯짓을 하며 무어라 말했다. 담담한 그의 말에 사람들은 입을 쩍 벌리기도 했고 잘못 들었다는 듯 고개를 갸웃거리기도 했다. 다양한 반응을 보이는 사람들 사이로 떽떽거리던 세리의 목소리가 뚝 그쳤다.

"쟤, 쌍둥이야. 것도 일란성."

어안이 벙벙해진 주위를 둘러보며 만족스럽게 입꼬리를 말아 올린 지석이 다시 한 번 입을 열었다.

"일란성이라고. 판박이다, 쟤네."

❖   ❖   ❖

한참을 울던 세린이 잠잠해졌다. 공들인 화장이 엉망이 됐지만, 그 어느 때보다 마음이 홀가분했다. 그를 혼자 사랑한 그 짧은 시간이, 지난 8년간 한처럼 사리매김했었나 보다.

진욱의 품에 안겨 있던 그녀는 그가 풀어내는 이야기를 잠자코 듣고 있었다. 간간이 딸꾹질로 추임새도 넣어 주며. 삐죽 노려보던 그녀의 눈이 다시 동그랗고 사랑스럽게 돌아왔다.

"그럼 내가 본 건 선배 동생이었던 거예요?"

세린이 히끅 하고 중간에 딸꾹질을 하자, 진욱은 이마에 키스를 해 주며 대답했다.

"맞아."

"그래서 그냥 뒀어요?"

"아니. 그날 형제의 난투극 한 편 찍었지. 다짜고짜 집에서 짐 싸고 있는 걸 끌어내서 주먹부터 날렸거든."

그때를 회상하며 그가 낮게 웃었다. 한동안 생각할수록 열이 받아, 눈만 마주치면 주먹을 쥐었지만 지금은 군대 이야기만큼이나 웃긴 추억이었다.

그런데, 세린이 우는 걸 보니 오랜만에 열이 슬슬 올라왔다. 이번에 귀국하면 몇 대 좀 때려 줘야겠다.

어느새 편안해진 표정으로 세린은 웃고 있었다. 울어서 그런 건지 말간 얼굴이 더 말갛게 빛났다. 눈이 조금 부은 게 그것대로 귀여워 그도 웃고 말았다.

"나쁜 애는 아니야. 어려서부터 장난기가 심해서 그렇지."

그녀는 고개를 끄덕였다. 덕분에 이탈리아에서 이렇게 성공한 모습으로 당당하게 다시 올 수 있었으니까.

'그래, 뭐. 봐주지.'

"줄 게 있었는데, 아쉬웠어."

진욱이 씁쓸하게 중얼거리자 그런 그를 올려다보며 그녀가 궁금한 표정을 지었다.

"뭔데요, 그게?"

"뽀뽀 한 번 해 주면 알려 주지."

능글맞게 속삭이자 세린은 망설임 없이 그의 양 볼을 부여잡고 입술에 뽀뽀 세례를 날렸다. 까짓 거 백 번도 해 주겠어. 딱따구리에 빙의된 것처럼 그녀가 쪽쪽거리자 그의 입술이 길게 호를 그렸다.

세린의 등을 받치고 있던 손을 좀 더 당겨 깊게 입을 맞춘 진욱은 궁금함이 가득 담긴 그녀의 얼굴을 바라봤다.

"근데 이사하면서 잃어버렸어."

황망함에 세린은 눈썹을 내리고 코를 찡그렸다. 감정을 속일 줄 모르는 여자였다, 세린은. 진욱은 그게 좋았다. 마냥 사랑스러웠으니까.

"대신 이거 줄게."

그가 다른 손으로 코트를 뒤적여 상자 하나를 꺼냈다. 여자라면 직감적으로 알 만한 그 상자였다.

눈앞에 상사를 가져온 그가 천천히 뚜껑을 열 때까지, 그녀는 저도 모르게 숨을 죽이고 그걸 지켜봤다. 검은색 벨벳 케이스 안에 든 건 두 개의 반지였다.

반짝거리고 아주아주 예쁜 반지.

진욱은 세린의 무릎 위에 케이스를 올려 두고 그중 하나를 빼 들었다.

"전에 말했지. 너 이미 코 꿰었다고."

세린은 입술을 깨물고 말없이 고개만 끄덕거렸다.

"가서 바람피우지 말고. 피워 봐야 나같이 괜찮은 남자 없어."

세린의 왼손을 잡으며 진욱이 웃었다.

"나 버리면, 너 발에 병나. 명색이 구두 디자이너가 발에 병이 나서야 되겠어?"

눈시울이 붉게 달아오른 채로 세린은 고개를 끄덕여 잠기려는 목소리를 감췄다. 그런 그녀를 바라보며 그도 기쁨의 미소를 지었다. 한편으론 조금 부끄러운 듯도 했다.

"이런 말 하는 게 좀 빠를지는 몰라도, 8년치니까 어쩔 수 없어."

싫어도 참아. 그의 목소리가 미세하게 떨렸다.

어떻게 싫을 수가 있겠어. 그녀는 입술을 더 꾹 깨물었다. 금방이라도 왈칵 눈물이 쏟아질 것만 같았기에.

"다시 만나면, 우리."

드디어 제자리를 찾은 반지가, 그녀의 약지 위에서 화려하게 빛을 발했다. 진욱이 세린의 손을 그러쥐고 손등 위에 입을 맞추자 그녀의 한쪽 눈에서 눈물 한 방울이 톡 떨어졌다.

"결혼하자."

chapter 12

너무
보고
싶어

「허니, 보고 싶어 죽는 줄 알았잖아.」

보름간의 파리 출장을 마치고 돌아온 알랭은 세린이 돌아왔다는 소식에 곧바로 그녀의 사무실로 들이닥쳤다. 격하게 그녀를 끌어안은 알랭 덕분에 막 스케치를 마쳐 어지러웠던 책상 위에서 마카와 색연필들이 바닥으로 떨어졌다.

세린이 이탈리아로 돌아온 건 그가 출장을 떠나기 전이었지만 연이은 시즌 마무리로 인사할 시간도 없었던 알랭은, 이제 와서 미안하다며 삼류 영화배우 흉내를 냈다.

질색을 하는 세린 때문에 부둥켜안았던 팔을 풀고 양손을 부여잡은 그는 여전히 호들갑을 떨며 그녀의 귀환을 반겼다.

남의 휴가가 끝났다고 너무 좋아하는 거 아니냐고 핀잔을 줘
도 그는 방실방실 웃어 댔다. 결국 그녀도 따라 웃으며 자리에
서 일어났다. 소파를 권한 세린은 커피포트에 물을 올렸다.

「나도 한 잔 줘.」

뒤에서 문이 열리는 소리가 나는가 싶더니, 익숙한 목소리
가 들려왔다. 알리샤였다. 그녀와는 이미 한참 전에 만나 회
포를 푼 상태였다. 세린이 회사로 돌아오기 무섭게 사무실로
찾아왔기에.

혼자 시즌 준비하는 줄 알고 힘들었다느니, 새로 온 비서
가 답이 없다느니, 알리샤는 세린을 붙잡고 온갖 설을 풀어
냈다. 세린이 돌아온 지 벌써 한 달이나 지났지만, 그녀는 시
간만 났다 하면 사무실로 찾아와 그동안 못다 한 수다를 떠
느라 여념이 없었다.

「왔어?」

뒤돌아 그녀를 본 세린이 잔을 하나 더 꺼냈다.

「난 안 보여, 자기? 나도 방금 막 출장 다녀왔거든! 이러면
나 서운해.」

알랭은 섬세한 감성을 지닌 남자였다. 그가 자신에겐 인사
도 하지 않고 자리에 앉는 알리샤를 향해 짐짓 토라진 표정
을 짓자, 그녀가 깔깔대며 웃었다.

그와 반대로 여왕벌 알리샤는 괄괄한 성격의 여장부였다.

그녀가 일부러 알랭을 아이 다루듯 달래자, 그는 어린애처럼 입술을 비죽거렸다. 구시렁대는 알랭이 진짜로 삐치기 전에 알리샤는 가져온 디저트 박스를 내려놓으며 그를 달랬다.

커피 봉지로 잔을 휘이 저으며 세린은 고개를 돌렸다. 두 사람을 볼 때면 왠지 우빈과 자신이 생각났다. 다른 사람들이 우릴 보면 이런 기분일까. 고목나무에 붙은 매미처럼 웃긴 콤비였다.

쟁반 없이 양손으로 머그잔을 들어 두 사람 앞으로 가자, 티격태격하던 둘은 컵을 받아 들고 금세 조용해졌다. 돌아가제 머그잔을 손에 쥔 세린도, 다시 두 사람이 앉은 소파 곁 의자에 자리를 잡고 앉았다.

「음. 역시 커피는 믹스지.」

한국의 모 커피 광고처럼 말하는 알리샤 때문에 세린은 하마터면 커피를 내뿜을 뻔했다. 옆에서 알랭이 고개를 주억이며 그 말에 동의했다.

전만 해도 보통의 이탈리아 사람들처럼 커피에 대한 조예가 깊은 두 사람은 에스프레소에 빠져 있었다. 그러나 작년에 세린의 사무실에서 맛본 믹스 커피의 맛이란.

'어떻게 10센트짜리 커피에서 이런 맛이 날 수 있냐'며 그들은 감탄해 마지않았다. 처음엔 믹스 커피 봉지로 잔을 휘젓는 세린을 경악스런 눈으로 쳐다보던 두 사람이었지만 이제

'커피는 봉지로 저어야 제 맛이다'라고 너스레를 떨 만큼 믹스 커피의 매력에 빠져든 상태였다.

한 명은 영국, 또 다른 한 명은 프랑스 출신인 그들은 이제 이탈리아의 에스프레소보다 한국의 다방 커피를 더 좋아했다. 커피를 마시려 일부러 일거리를 들고 번갈아 가며 사무실에 찾아오기도 하고, 지금처럼 그녀가 좋아하는 카페의 디저트를 사 와서 수다를 떨기도 했다.

「오, 빠스꼬!」

알리샤는 세린이 제일 좋아하는 카페, 빠스꼬우스키에서 사 온 티라미스와 미니 파이를 박스에서 꺼냈다.

세린은 행복한 표정으로 티라미스를 한가득 입에 넣었다. 안 그래도 당이 떨어져서 이곳의 티라미스가 그리웠던 참이었다. 입안에서 촉촉한 빵과 크림이 사르르 퍼졌다. 여기다 달달한 커피 한 모금.

「완벽하다, 완벽해.」

시차 적응을 할 새도 없이 며칠째 이어졌던 야근으로 뻑뻑했던 눈의 피로가 싹 가시는 기분이었다. 아니, 그래도 제대로 된 피로 회복제는 따로 있었다. 그녀는 상상만으로도 귓가를 울리는 것 같은 목소리에 배시시 웃었다.

'진짜 보고 싶다, 주진욱.'

잠시 머물렀던 아쉬운 미소가 기울이는 머그잔 안으로 사라지고, 세린은 다시 포크를 집어 들었다.

「그 남자 맞지?」

「뜬금없이 무슨 소리야.」

호로록 커피를 마신 알랭이 퍽 진지한 표정으로 세린을 응시했다. 그의 입에서 흘러나오는 말들은 꼭 불어의 어느 명사처럼 물결졌다.

앞뒤 없이 무슨 남자냐며 반박한 건 막 파이를 입으로 가져가던 알리샤였다. 알랭이 고갯짓으로 머그잔을 받치고 있던 세린의 왼손을 가리켰다.

「그거 말이야.」

눈치도 빨라. 못 본 것 같더니만.

세린이 말없이 딴청을 하자 알리샤가 우적우적 파이를 먹으며 입을 열었다.

「저거 예뻐서 낀 거라던데?」

파이 가루가 입안에서 튀어나오자, 알랭은 못 볼 걸 봤다는 듯 손을 들어 알리샤의 입을 가려 주었다.

「제발, 이런 모습을 코스메틱 직원들이 봐야 하는 건데.」

알랭은 휴대폰 카메라를 꺼내 들고 싶은 욕구를 억눌렀다.

「만 불짜리 웨딩 밴드를 예쁘다고 혼자 끼는 청승맞은 여자가 도대체 어떤 여자야? 너니, 여왕벌?」

알랭이 손바닥을 펼쳐 알리샤의 얼굴 앞에 들이대며 조소

를 날렸다. 그의 손바닥을 철썩 내리친 그녀는 한쪽에서 이리
저리 시선을 회피하고 있는 세린에게 따져 물었다.

「사실이야? 일류 모델들에게도 눈 하나 깜짝 안 하던 네가?」

눈을 부라리는 알리샤를 바라보던 세린의 눈이 곤란으로
물들어 갔다. 이럴까 봐 굳이 말하지 않았던 거였다. 아마도
오늘 제대로 얘기하지 않으면 집까지 따라와서 귀찮게 굴 것
같았다. 실망감으로 물들어 가는 알리샤의 얼굴을 보니 그동
안 말하지 않은 것이 조금 미안해졌다.

「난, 너도 얘처럼 게이인 줄 알았지. 혼자 반지를 낄 정도
로 외로운가 싶어서, 소개해 줄 여자 물색하던 참이었다고.」

실망이 그 실망이었냐? 이걸 그냥. 세린은 시무룩한 얼굴
을 하고 있는 알리샤의 이마를 한 대 때려 주고 싶은 충동이
일었다. 그 마음을 읽었는지 알랭이 손을 올려 알리샤의 이
마를 손가락으로 밀었다.

「얘가 무슨 게이야. 섬세하긴 해도 게이는 아니지.」

싱긋 웃으며 그것도 변론이라고 풀어내는 알랭을 보니 머
리가 지끈거렸다. 둘 다 한 대만 때려 주고 싶다. 세린은 언제
든 흉기로 변할 수 있는—실은 당장이라도 그렇게 쓰고 싶은— 머
그잔을 탁자에 내려놨다.

"벌써 10시네, 피곤하겠다. 이제 퇴근들 좀 하지?"

세린은 반지의 출처와 게이 타령을 해 대는 두 사람을 그

만 돌려보내고 싶어졌다. 커피를 마셨는데도 피곤했다.

아, 주진욱. 이렇게 피곤할 때면 그의 생각이 간절해졌다. 그 사람 품에 안겨 하루 종일 침대 위에 누워 있고 싶었다.

저 녀석들이 얘기를 꺼내는 바람에 그 남자의 목소리가, 손길이, 입술이 백배는 더 그리워지는 것 같았다. 영혼은 이미 한국 땅에 닿아 있는 느낌이었다. 그의 얼굴을 떠올리며 세린은 무심결에 반지를 매만졌다.

그 와중에도 아까부터 시끄러웠던 두 사람의 목소리는 점점 커져만 갔다.

「시끄럽고. 제발 집에 좀 가.」

이마를 감싸 쥐며 책상으로 걸어가던 세린의 눈에 핸드폰 화면 위로 반짝이는 발신자 이름이 들어왔다. 그에 찌푸려졌던 이마가 단번에 펴졌다.

감격에 손등으로 입을 가리며 냉큼 전화기를 집어 든 세린은 통화 버튼을 누르기 전 자신의 동료들을 향해 매서운 눈빛을 날렸다.

「내일도 커피를 마시고 싶다면, 이제 그만 돌아가야 할 것이야.」

말 한구석에 두 사람을 향한 친근함과 장난기가 어려 있었지만, 어쩐지 이를 사리물고 말하는 듯한 세린의 모습에 알랭은 쭈뼛쭈뼛 자리에서 일어섰다.

「그만 가, 갈까?」

그러나 애정이 가득 담긴 그녀의 목소리에 두 사람은 다시 제자리에 주저앉았다.

"선배!"

평소 듣지 못했던 비음 섞인 높은 목소리에 알리샤는 눈을 크게 떴다. 한국에서 무슨 일이 있었던 걸까. 그녀는 처음 보는 세린의 모습에 경악을 금치 못했다.

정녕 브랜드의 얼음 여왕! 독사! 세린박의 목소리가 맞느냐 말이다. 지난주, 밀라노 컬렉션 기간 동안 보여 주었던 차갑고 도도한 모습에 한 에디터는 세린을 보고 '동양에서 온 엘사'라는 유치찬란한 표현까지 들먹였었다.

알리샤는 그 기사를 보고 미친 듯이 웃어 젖혔던 자신을 기억하고 있었다. 아무리 차갑기로서니, 때맞춰 디즈니 영화가 흥행했기로서니, 동양에서 온 엘사래. 푸하하.

여담이지만 알리샤는 한동안 세린의 방문을 노크할 때면, 그 유명한 '두유 워너 빌더 스노우맨'을 부르며 장난을 쳤다.

그런 별명을 얻을 정도로 자신과 알랭을 비롯한 몇 사람 외에는 차가운 미소로 거리를 두는 그녀가 저런 사랑스런 표정에 애교 섞인 말투를 보이다니. 두 사람은 얼빠진 표정으로 서로를 쳐다봤다.

뒤돌아 창가에 기대 통화를 이어 가는 세린에게 동료들은 이미 안중에도 없었다. 한참이나 슬랩스틱 코미디를 하듯, 몸짓으로 그녀를 부르던 알리샤의 팔을 알랭이 조용히 잡아 밖으로 데리고 나왔다.

「어떤 남자길래…… 쟤 혹시 이상한 놈 만나는 거 아냐?」

「세린이가 넌 줄 아니.」

바짝 치켜 올린 알리샤의 눈꼬리가 알랭을 향해 날아갔다. 영국 여자와 프랑스 남자답게 두 사람은 티격태격하며 복도를 걸어 나갔다.

그걸 어떻게 아냐고 따지고 들던 알리샤를 향해, 입을 가리고 샐쭉하게 웃어 보인 알랭이 손을 내렸다. 힐끔, 세린의 사무실 문을 돌아본 그는 자세를 낮추고 비밀스럽게 입을 열었다.

「나…… 세린이 남자 구두 그리는 거 처음 봐.」

「뭐? 세린이 남자 구두를 그린다고?」

「기껏 속삭였더니 동네방네 떠들고 있어.」

알랭은 긴 팔로 알리샤의 목을 휘감으며 그녀를 가까이 끌어왔다. 그것은 로맨틱하다기보단 투박한 레슬링 기술에 가까웠다.

「네가 뷰티팀 망신은 다 시킨다니까.」

머리 위에서 들려오는 그의 말에 알리샤는 눈을 부라리며 얼굴을 치켜들었다. 그러나 팔에 목이 고정되어 보이는 거라곤 그의 가슴팍뿐이었다.

「디자인팀은 사실 남녀 구분이랄 게 딱히 없어. 남자 옷을 그리는 나도, 어떨 땐 여자 옷만 스케치를 하기도 하니까. 세린 같은 헤드 디자이너들은 더하지. 지미추에서도 남자 신발을 만들어 낸다고. 근데, 세린은 고집 있게 여자 구두만 그렸어.」

성난 고양이처럼 바르작거리던 알리샤가 잠잠해졌다. 듣고 보니 그랬다. 세린이 루키로 선발되어 Z 브랜드에 온 이후 단 한 번도 남자 구두 그리는 걸 본 적이 없었다. 그녀의 고집 때문에, 회사는 옴므 라인의 수석 디자이너를 따로 두는 번거로움도 감수해야 했다.

「그런 세린이 남자 구두를 그리고 있다니까? 그게 무슨 의미인지, 아직도 모르겠어?」

두 사람의 눈이 불투명한 문 너머에서 통화를 하고 있는 세린을 좇았다. 눈앞에 사랑스러운 미소로 통화를 하던 그녀의 얼굴이 생생하게 그려졌다.

「그녀가 제대로 사랑에 빠졌다는 거지.」

"보고 싶다."

진욱은 끊어진 휴대폰에 대고 계속 그렇게 말했다. 아쉬워서 끊지 못하는 세린을 기다려 주다 보면, 어둑어둑했던 새벽 출근길이 밝아져 있었다.

진욱은 핸들에 턱을 기대고 하늘을 올려다봤다. 그곳에서 세린이 뚝 하고 떨어지길 바라며.

여덟 시간의 시차는 지난 석 달 동안, 두 사람의 애정 전선에 크게 영향을 주지 않았다. 두 사람은 하루에 두 번씩 꼭 빼먹지 않고 통화를 했다.

한 사람이 하루를 시작하면, 다른 한 사람이 그날 있었던 이야기를 들려주었다. 출근길과 퇴근길, 때때로 침대에 누워 그녀의 목소리를 들을 때면 그는 아쉬웠다. 영상통화를 하며 보고 싶었던 얼굴을 봐도 손끝에 닿는 게 따뜻한 그녀의 피부가 아니라 휴대폰 화면이란 사실에 울컥 그리움이 올라왔다.

지난 석 달이 꼭 3만 년처럼 흘렀는데, 그 와중에도 통화를 할 땐 어찌 그렇게 총알같이 흘러가는지. 시간이라는 게 참 제 맘 같지 않았다.

세린이 없는 집 안 구석구석엔 그녀의 흔적이 남아 있었다. 밥을 먹을 때도, 샤워를 할 때도, 잠을 잘 때도, 그녀의 생각은 시시때때로 올라와 그를 괴롭혔다.

집 안의 냉기가 너무도 시려서 그는 그녀가 떠난 후 집에 혼자 들어서는 게 힘들어졌다. 앙상한 나뭇가지에 연녹빛 나뭇

잎이 열렸는데도, 그의 마음은 아직 추운 겨울 그대로였다.

진욱은 사무치는 그리움을 삼키며 더욱 일과 운동에 매달렸다. 누군가가 새해가 되더니 더 활력이 넘친다며 칭찬을 아끼지 않을 때마다 진욱은 쓴웃음을 삼켜야 했다. 틀린 말은 아니었다. 일과 운동은 정욕을 풀어내는 데 효과적인 수단이기도 했으니까.

"오셨습니까, 부장."

사회부에 진욱이 들어서자 기자들이 그를 보며 인사를 했다. 간단히 받아치며 부장실로 들어가는 진욱을 향해 그들은 걱정 어린 말들을 쏟아 냈다.

"우리 부장 점점 말라 가는 것 같지 않냐?"

"그러게 말입니다. 걱정이지 말입니다."

"세린 씨는 도대체 언제 오는 거야."

"야! 사모님한테 세린 씨라니."

그때 벌컥 부장실 문이 열리자, 다들 후다닥 자리로 흩어졌다. 살이 빠져 전보다 날카로워진 인상의 그가 설 차장을 안으로 불렀다. 다른 말 없이 그가 다시 안으로 들어가자 다들 놀란 가슴을 쓸어내렸다.

안 그래도 작년보다 바빠진 일정에 일이 더 추가되는 건 아닐지 노심초사했다. 일을 줄 때면 악마 같았지만, 저렇게 살이 빠진 모습을 보니 안쓰러운 마음이 들기도 했다.

다들 눈을 마주하자 한마음으로 고개를 끄덕였다.

'우리 부장, 보약 한 첩 해 드려야겠어요.'

"설 차장님."

서로 '님' 자를 빼고 부르는 게 기자들의 관습이지만, 진욱은 선배들을 독대할 때면 항상 존칭으로 말을 시작했다.

바른 모습에 모범이 되는 진욱이 항상 기특하면서도 고마운 설 차장이었지만 오늘은 왠지 저 '님' 자에 긴장이 됐다. 뭐지, 이 촉은.

"오늘부터 기사 컨펌 설 차장님이 해 주십시오."

지난해, 자신에게 대신 컨펌 지시를 맡겼을 때는 무슨 일이 있나 싶어 그냥 넘어갔다. 그리고 그 뒤로 간혹가다 한 번씩 기사 컨펌을 맡기기 시작했다.

그런데 아예 컨펌을 맡으라고? 기사 컨펌은 부장의 권한이었다. 적어도 SBC 내에선.

"예?"

왜 이걸 맡기는지 묻고 싶었지만 설 차장의 입에선 그저 멍한 되물음만 튀어나왔다.

"잘하시던데요? 컨펌은 차장님께 맡기고 싶습니다."

여전히 어리둥절한 표정의 설 차장에게 진욱은 그냥 일이 바빠서라고 둘러대며 직무를 확정시켰다.

설 차장을 자리로 돌려보낸 후 한쪽에 올려 둔 데스크 달력을 한두 장 넘기던 그의 입술이 빙긋 올라갔다.

바쁘다는 건 핑계였다. 세부 지시를 내리는 수준이지만 기사 오더처럼 큰 그림을 그려 내는 것도 천천히 맡길 생각이었다. 부장 회의에 함께 참석하는 것은 다음 달 하순부터면 적당할 것 같았다. 이렇게 하다 보면 설 차장도 서서히 부장 직무에 익숙해질 것이다.

그의 얼굴에 호가 짙게 그려졌다.

"밥은 잘 챙겨 먹고 자는 건지."

저 먼 타국에서 막 잠에 들었을 자신의 연인을 생각하며, 그는 등받이에 몸을 기댔다. 열어 놓은 창문으로 살랑이는 봄바람이 들어와 얼굴을 간질였다.

봄꽃 같은 그 얼굴이 사무치게 보고 싶은 날이었다. 다른 날이라고 다를까 싶으냐마는.

"죽겠다, 진짜."

결국 그는 괴로운 신음 소리를 토해 내며 책상 위에 얼굴을 묻었다.

❀   ❀   ❀

포근해진 날씨만큼이나 사람들의 옷차림이 가벼워졌지만,

퇴근을 하는 진욱의 몸에는 여전히 짙은 감색 계열의 정장이 자리했다.

뉴스를 마치고 귀가하는 그는 언제나 에너지가 넘쳤는데 오늘은 어쩐지 그늘이 자리했다. 엘리베이터 문이 열리자 그는 귀에 대고 있던 휴대폰을 떼고 무거운 발걸음을 옮겼다.

퇴근길에 갓 일어난 세린의 목소리를 듣는 게 낙이라면 낙이었는데. 전화를 받지 않아 무슨 일이 있는 건 아닐까 걱정되면서도, 한편으론 목소리를 듣지 못하는 아쉬움이 몰려들었다.

아름답고 발랄한 그녀의 매력을 그쪽 남자들이 알아채지 못할 리가 없었다. 안 그래도 오늘 오전 막내 기자가 사무실로 뛰어 들어오며 들이민 휴대폰 때문에 그는 불안해하고 있었다.

좋아하는 남자 모델의 SNS에 올라온 사진이라며 보여 준 화면 안에는 여러 사람들과 팔짱을 끼고 환하게 웃고 있는 세린이 있었다. 하나로 높게 묶은 머리와 매니시한 정장은 그녀를 기품 있어 보이게 만들었다.

세린을 발견한 진욱의 표정이 밝아지는가 싶더니, 어느새 **뻣뻣**하게 굳었다. 뭐야, 이 남자들은. 대머리에 배불뚝이, 나이 지긋한 영감—하나같이 각자의 브랜드를 책임지는 유명한 디자이너들이었지만, 그가 보기엔 그저 세린에게 추파를 던질까 염려되는 외국인들일 뿐이었다―까지.

사진 위에 무슨 촬영을 준비하는 중에 찍은 거라는 둥 설
명이 써 있었지만, 그런 것 따위 눈에 들어오지도 않았다. 그
의 눈은 오로지 세린의 작고 하얀 얼굴에만 고정되어 있었다.

'외간 남자들 앞에서 예쁘게도 웃네.'

주먹을 쥔 진욱은 스윽 화면 위로 세린의 얼굴을 쓸어 보
고 싶은 충동을 억제했다. 다른 남자들한테 쓸데없이 팔짱은
왜 끼고 있어. 속에서 스멀스멀 질투심이 피어올랐다.

그는 칭찬을 기다리는 강아지처럼 눈을 빛내고 서 있는 막
내 기자에게, 이런 거 찾을 시간에 다른 걸 하라며 많은 과제를
부여해 주었다. 캡처해서 자신의 메신저로 보내 놓으라는 말도
잊지 않고.

울상을 짓는 기자를 뒤로하고 뉴스 준비를 위해 분장실로
향하며 그는 자신의 팔을 슬그머니 들어 보였다.

"나도 팔 있는데."

그날과 마찬가지로 집으로 들어가는 그 짧은 복도에서 진
욱은 세린이 팔짱을 껴 오는 상상을 했다.

씻고 전화해 봐야겠다. 목소리라도 듣지 않으면 이 긴 밤을 외로움으로 지새울지도 몰랐다. 빠르게 번호 키를 누르고 현관문을 연 그는 환하게 밝은 집 안 풍경에 잠시 당황했다. 불을 안 끄고 나왔던가? 그럴 리 없는데……. 거기다 부엌에서 훈훈하게 풍겨 오는 냄새…… 설마.

아닐 거야, 하면서도 진욱의 표정엔 기대감이 차오르기 시작했다. 애인 좀 만나라고 한 달에 한 차례도 들를까 말까 하신 어머니일 리는 없었다. 그렇다면 이 우렁 각시는.

마음이 급하니 평소엔 훌렁훌렁 잘 벗던 신발 벗기가 그렇게 어려울 수 없었다. 결국 그는 허리를 숙여 구두끈을 풀었다.

'아, 그래서 전화를 안 받았던 건가? 놀라게 하려고?'

그런 것이라면 전화 따위 백 번이고 천 번이고 안 받아도 상관없었다. 그녀의 이름이 터져 나올 듯 목 끝까지 차올랐다. 달리기를 한 것도 아닌데 가슴이 두근거리고 숨이 가빠 왔다.

묵직하게 실내화를 끄는 소리가 들려왔다. 세린은 실내화를 바닥에 끌지 않고 가볍게 걸었지만, 그건 아무래도 상관없었다. 사실 그런 것 따위 제대로 귀에 들어오지도 않았다.

마음이 급해진 그는 신발도 제대로 벗지 않고 발을 옮기다 하마터면 앞으로 고꾸라질 뻔했다. 몸의 중심을 잡고 드디어 세린의 이름을 부르려 입을 떼는 순간이었다. 벌어진 입술이 그대로 멈추었고 시선 역시 허공을 맴돌았다.

"여어, 주 기자."

주방에서 삐죽 튀어나온 머리통은 아주 실망스럽게도 진욱이 원하던 것이 아니었다. 기대와 설렘으로 물들었던 얼굴이 삽시간에 실망감으로 변했다.

그것에 개의치 않아 하며 그와 판박이처럼 닮은 얼굴이 생글생글 웃었다.

"잘 있었어, 형?"

주진상. 1분 차이로 태어난 주진욱의 쌍둥이 동생이었다.

"어우, 맛있다. 형도 먹어."

그동안 굶고 살았는지, 꾹꾹 눌러 가득 담은 밥공기만 벌써 세 그릇째였다. 저가 만들었는지, 냄비에 한가득 있던 카레도 바닥을 보이고 있었다. 키는 진욱과 비슷한데 100kg이 넘는 거구의 진상은 어디서 밥을 굶고 다닐 비주얼은 아니었다. 그러나 이게 핏줄인지, 열심히 먹는 동생을 보며 그는 반찬 그릇을 더 가까이 밀어 주었다.

"너나 많이 먹어."

목소리는 건조했어도 반찬 그릇을 밀어 주고 컵을 가져와 물을 따라 주는 손길엔 애정이 묻어 나왔다. 진욱은 자신과 닮은 얼굴을 물끄러미 내려다봤다. 스물 중반까지는 비슷한 체격 때문에 똑 닮았었는데, 점점 몸이 불기 시작한 진상 덕에 이제는 비슷한 정도에 머물렀다.

미국에서 대학을 다니며 이리저리 마음을 못 잡는가 싶더니만 진로를 전향하며 행실이 점점 착실해졌다. 서른이 넘어가며 꼬박꼬박 형이라 부르기도 했고.

어릴 때는 데칼코마니 같은 두 사람을 사람들은 잘 구별해내지 못했다. 마음먹고 속이면, 심지어 부모님조차 그들을 가려 내지 못할 정도였다.

쌍둥이면 많이 싸우지 않느냐는 주위 사람들의 염려와 달리 두 사람은 서로에게 최고의 친구였다.

'비극'이란 단어는 너무 거창하지만 화목했던 쌍둥이 사이가 갈라지면서 그처럼 상황을 잘 표현할 수 있는 단어도 없었다.

처음에는 조금, 아주 조금 서로 달랐을 뿐이었다. 책임감이 강한 아이는 아주 조금 더 공부를 했고, 장난기가 많은 아이는 조금 더 신나게 놀았을 뿐이었다. 그렇게 조금씩 다르게 자라던 두 아이는 너무나 다른 청소년기를 맞게 되었다.

같은 생김새를 가졌어도 칭찬과 박수는 한쪽에만 쏟아졌다. 자연히 한쪽은 그늘져 가기 시작했다.

진상은 그 과정에서 조금씩 삐뚤어져 갔다. 제 이름을 유머처럼 써먹는 교사들의 입담도 한몫했지만, 그보다 결정적인 말은 '쌍둥인데 어쩜 그렇게 다르니. 너도 네 형을 좀 닮아 봐'였다. 족쇄 같은 그 말이 조금씩 진상을 옥죄였다.

항상 밝게 웃는 진상 때문에 가족들은 진짜 그의 속을 모르고 있었다. 그가 조용히 내지르는 비명을 알아챘을 땐, 이미 족쇄가 너무도 단단하게 진상을 옭아매고 있었다.

부모님은 그가 저지른 크고 작은 사고 때문에 거의 매일같이 학교를 들락거려야 했다. 진욱 역시 교무실로 호출된 일이 한두 번이 아니었을 정도로.

결국 진상이 도망치듯 미국으로 대학을 가게 되었을 때, 부모님은 그를 붙잡고 많은 눈물을 흘렸다. 제 옷깃을 부여잡고 서럽게 우시는 어머니를 안아 드리며 그는 여행을 가서 신이 난다고 괜히 장난을 쳤다. 실실 웃는 그의 눈에 자리한 공허함을 빨리 알아챘어야 했는데.

진욱은 그 생각을 하면 지금도 미안했다. 미국에 가서는 잘 지내는 것 같아 안심을 하던 그 무렵, 병역 때문에 진상이 귀국을 했다. 그리고 그 사건이 벌어졌다.

그날, 진욱은 처음으로 진상에게 주먹을 휘둘렀다.

"정신 차려. 정신 차리라고, 이 새끼야."

화가 나 욕도 퍼부었다. 이 자식의 장난 때문에 멍청하게 사랑을 놓친 것도 화가 났지만, 하나의 세포에서 떨어져 나온 동생이 이렇게 망가져 있는 것도 화가 났다.

갑자기 방으로 들이닥쳐 밖으로 자신을 끌고 나간 진욱이 주먹부터 날리자, 진상은 습관처럼 능글거리며 그를 제지했다.

그러나 그것도 잠시, 터져 나오는 진욱의 분노에 나사 풀린 듯 공허한 눈으로 웃음 지으며 장난을 치던 진상도 그제야 제 속마음을 드러냈다. 그렇게 분노와 서러움을 폭발해 내며 두 사람은 서로의 얼굴에 생채기를 냈다.

소란을 들은 아파트 주민의 신고로 경찰이 오자, 두 사람은 잡히지 않으려고 동네를 몇 바퀴씩 돌며 도망을 쳤다. 경찰을 따돌리고 근처 공원에서 숨을 고르던 둘은 서로 눈이 마주치자 또다시 주먹과 욕설을 날렸다.

한참 후, 기진맥진해진 진상이 주먹을 휘두르다 힘이 풀려 휘청하고 엎어지자, 진욱도 그 옆에 쓰러지듯 누웠다.

두 사람은 피투성이가 된 얼굴로 공원에서 팩 소주를 나누어 마셨다. 더 이상 몸싸움을 하긴 힘드니 먹고 죽으라는 심보에서 시작된 것이었다.

정신을 잃을 것처럼 마시고 서로 삿대질을 해 가며 욕을 했다. 빈 팩이 쌓이고 술기운에 몸이 달아오르자, 찬바람에 뜨거운 입김이 연기처럼 흩어졌다. 잠들면 입 돌아가기 딱 알맞은 날씨였다. 아마 묵은 감정의 때를 벗기기에도 좋은 날씨였던 듯싶었다.

군 복무를 마치고 다시 미국으로 돌아가, 적성을 찾았다며 광고 쪽으로 뛰어든 진상이 진지하게 일하는 모습에 진욱은 남몰래 감격했다.

여전히 장난기 다분한 녀석이지만 얼굴에서 전과 같은 공허함은 찾기 어려웠다. 다행이었다.

녀석이 의도한 바는 아니었겠지만, 덕분에 오늘 진욱은 짧은 순간 천당과 지옥을 오갔다. 마지막 카레 한 숟가락을 입에 떠 넣고 있는 진상의 머리통을 진욱이 가볍게 한 대 날렸다. 괘씸죄였다.

'박세린인 줄 알고 엄청 기대했다.'

영문도 모르고 머리를 얻어맞은 진상의 눈이 대번에 커져 진욱을 노려봤다. 밥 먹을 때는 개도 안 건드린다는데.

때맞춰 진욱이 21년짜리 갈색 술병을 식탁에 내려놓자 밥풀을 튀기며 욕을 날리려던 진상이 잠잠해졌다. 저 정도면 뭐. 착한 동생이 참아 줘야지.

"주 매니저. 난 얼음 많이."

술잔을 내려놓던 진욱의 손이 다시 한 번 진상의 머리에 꽂혔다.

"그래서 지금 기다리고 있는 거라고?"

"아니면 내가 가든가."

몇 개월째 기다리고 있는 것도 모자라, 그녀를 위해 파견 근무도 불사하겠다는 진욱의 쿨한 대답에 진상의 표정이 경악으로 물들었다.

이어 휴대폰을 꺼내 사진을 보여 주며 형수라고 인사까지 시켜 준다. 잘 기억나지도 않지만 '과거의 그녀'가 '미래의 형수'가 되어 사진으로 마주하고 있자니 진상은 기분이 묘했다.

아마도 상견례를 하게 된다면 무릎 꿇고 사과부터 해야 할 것 같았다.

"와, 씨. 세상 좁다더니."

진상이 와그작 얼음을 깨물어 먹었다.

"넌 근데 왜 이렇게 한국에 자주 들어와?"

모친이 들어오랄 땐 바쁘다고 코빼기도 안 비추더니, 요즘은 두 달에 한 번씩은 꼭 들어온다. 아예 한국에 사무실을 차릴 기세였다.

"아, 나도, 뭐."

뒤통수를 긁적이는 우람한 삼두박근이 수줍었다. 얼굴까지 붉히며 좋아하는 게 영락없는 사랑에 빠진 남자의 모습이었다.

"다 컸네."

"그래도 너랑 동갑이다, 형님아."

키득거리며 일어나는 진상에게 진욱은 잠자리를 권했다. 그러나 그는 옷을 챙겨 들며 고개를 저었다. 아무래도 미국에서 만났다는 톡 쏘는 매력의 그녀에게 가는 것 같았다. 신발에 발을 넣으며 진상이 진욱을 휙 돌아봤다.

"근데, 예비 형수님 존함이 우리 비씨 이름이랑 비슷하네."

비씨? 뭐, 카드?

"얼마나 톡 쏘는 비타민 C 같은지, 줄여서 비씨라고……."

말끝을 흐리며 부끄러워하는 동생의 모습에 진욱은 슬그머니 남은 술을 입에 털어 넣었다. 저 자식이 오늘따라 퍽 쏠리도록 귀여운 짓을 많이 한다.

"이름이 뭔데?"

밖으로 향하며 진상이 답한 이름에 진욱은 헛기침을 내뿜었다.

"세리. 우리 비씨 이름은 박세리야."

그는 제발 자신의 제수씨가 골프 선수이기를 간절히 바랐다. 에이, 설마. 근데 보통 설마가 사람 잡는 일이 많았다.

진욱은 술자리를 정리하고 침대로 가 누웠다. 그리고 잠들기 전, 다시 한 번 세린에게 전화를 걸었다. 이번에는 몇 번

신호가 가지 않아 전화를 받았다.

—선배!

밝고 경쾌한 목소리에 그의 입술이 스르르 올라갔다. 술이 들어가서인지 그는 전화를 왜 안 받았냐고 답지 않은 투정을 부렸다.

—하하, 미안해요. 내 남자, 투정 부리는 목소리도 멋지네.

속삭이는 목소리에 그가 낮게 웃으며 눈을 감았다. 모로 누워 귀에 전화기를 얹고 천천히 입을 열었다. 오늘은 할 얘기가 많았다. SNS 사진부터 시작해서 진상과 함께 술 한잔한 것까지.

세린이 달래기도 하고 맞장구도 쳐 주자, 그가 느릿느릿 말을 이어 갔다. 점점 잠이 찾아오는지 머릿속은 점차 꿈속과 현실을 오갔다. 그러다 언젠가 세린과 통화를 하며 꿨던 꿈이 생각나 피식 웃었다.

한참 단잠을 자다 일어났는데, 품 안에 세린이 있었다. 아직 꿈속이구나, 생각하면서도 손안에 느껴지는 그녀의 피부가 어찌나 생생하던지.

'안녕?' 하고 맑게 미소 짓는 세린이 정말 사랑스러워서 꿈에서 깨고 싶지 않았다. 혹시나 사라질까 당장에라도 입을 맞추고 싶었는데 그러질 못했다. 울리는 알람 소리에 눈을 뜨자 신기루처럼 사라진 그녀를, 한참이나 찾고 나서야 그는 현실로 돌아올 수 있었다.

오늘도 어김없이 울리는 알람 소리에 진욱은 습관처럼 잠에서 깨어났다.

그런데 아직도 꿈속인가 보다. 아마도 어제 마셨던 술 때문에 아직 꿈을 꾸고 있나 보다.

"안녕."

그러지 않고서야 어떻게 네가 내 품 안에 있겠어.

chapter 13

한여름
밤의
꿀

「세린, 내 생각에도 지금 가는 건 시기상조야.」

창가에 우뚝 서서 마음을 다스리는 세린의 뒤에서 알리샤가 입을 열었다.

「아시아 시장에서 우리의 입지는 아직 위태로워. 뮤즈도 제대로 뽑지 못했다고. 너무 위험해.」

그래, 위험하겠지. 알고 있다. 예상보다 아시아 진출을 앞당긴다는 것이 얼마나 큰 위험을 감수하는 것인지.

커피를 마시며 세린은 약해지려는 마음을 다잡았다.

「당장 이번은 그렇다 치고, 내년 시즌은 어떻게 하려고 그래? 네가 공석인 걸 알면, 다들 할퀴려 들 거야.」

걱정 어린 어조로 알리샤는 그녀를 설득하려 했다. 세린이 아시아 지부를 제대로 맡게 되는 건 내년 이후로 계획되어 있었다.

아무래도 입지가 낮은 만큼, 시장조사를 철저히 하고 브랜딩 작업을 하는 동안 세린이 MBA 과정을 밟는 게 나을 것 같다는 분석 때문이었다. 그런데 세린은 예정보다 한 시즌을 앞당겨 가겠다고 반기를 들고 있었다.

「내년 시즌?」

세린은 천천히 뒤를 돌았다. 그녀의 얼굴에 걱정이 가득할 거라고 생각했지만, 그건 오산이었다. 알리샤는 오랜만에 세린의 서늘하고 날카로운 눈을 마주했다.

「내가 그런 계산 하나 없이 이 일을 밀어붙였을 거라고 생각해?」

디자이너는 5년, 10년 뒤를 내다볼 수 있어야 한다. 넝마조가리도 유행으로 만드는 게 디자이너였다.

「그거 네가 한 말 아니었던가?」

세린의 입술에서 흘러나오는 목소리에 알리샤는 흠칫 몸을 떨었다. 오금이 저릴 만큼 차가운 조소가 깔린 말이었다.

봄과 여름 그리고 가을과 겨울을 묶어서 시즌 구분을 하지 않고, 사계절이 뚜렷한 동북아시아를 기반으로 각각의 계절에 맞는 상품들로 브랜딩을 시작하겠다는 게 그녀의 논지였다. 이번 가을이 그 시작점이었다.

변화가 빠르고 패션과 트렌드에 민감한 한국에서 자리만 제대로 잡힌다면 한류의 물결을 타고 아시아 시장을 선도할 수 있을 것이었다.

그러기 위해선 신선하면서도 누구나 열광할 만한 뮤즈가 필요했고, 그녀는 적격자를 찾아냈다.

「저들이 분석하는 것보다 더 오랜 기간 철저하게 파고든 건 나야.」

MBA, 그건 시장을 뚫어 놓은 다음의 얘기였다. 아시아 땅을 제대로 밟아 보지도 못한 그들이 시장을 만들어 놓고 있을 동안 MBA를 밟으라고? 그건 서류만 들여다보고 있는 자들의 속 편한 소리였다. 처음 시작할 때 입지가 흐지부지하다면 그건 안 하느니만 못했다.

다른 브랜드를 그대로 따라 해서는 평생 그 뒤꽁무니만 쫓아가야 한다. 감수해야 하는 위험도 컸지만, 그보다 이점이 더 컸다.

시간이 촉박할지라도 자신 있었다. 세린은 비서를 불러 아시아 시장 진출을 위해 꾸린 팀을 소집하게 했다.

「디자인 넘길 테니까 발 빠르게 관련 상품들 뽑아내. 한국 지사에 얘기해서 팀원들 사무실이랑 거처 마련해 놓고. 뮤즈랑 광고 콘셉트는 이번 주 내로 얘기하고 현지 화보, 프로모션 같은 건 그쪽에서 준비할 수 있도록 해. 최종 컨펌은 내가 할 거야. 실력 한번 보자고.」

빠르게 말을 쏟아 낸 그녀는 '두 달 내로 넘어갈 수 있게 준비' 하고 말을 마무리 지었다. 그리고 휴대폰을 들어 오랜 친구의 전화번호를 찾아 통화 버튼을 눌렀다.

주사위는 던져졌다.

한국에 오기 위해 두 달 동안 잠도 못 자며 일한 세린은 예정보다 하루 빨리 비행기에 올랐다. 자리에 앉은 순간부터 의자를 젖힌 그녀는 한국으로 가는 비행기 안에서 내내 숙면을 취했다.

이미 한국 집으로 짐을 부쳐 놓아 트렁크 하나 가지고 오지 않은 그녀에게, 짐이라곤 검은색 가죽 숄더백 하나였다. 스카프를 목에 두른 그녀의 발걸음은 가볍고 경쾌했다.

꺼 두었던 휴대폰을 켜자마자 전화가 날아들었다.

그 남자…… 아니, 내 남자였다.

"선배!"

입국 신고를 하며 그녀는 귓가에 들려오는 그의 나긋한 목소리에 생긋 웃었다. 술을 마셨는지 더 낮아진 목소리와 조금씩 섞여 나오는 애교는 피로를 잊게 만들어 주었다. 어느새 목소리가 잦아든 휴대폰에 쪽 하고 입을 맞추며 세린은 날쌘 걸음으로 택시를 향해 걸어갔다.

"기사님, 목동이요!"

엄마. 미안한데, 집에는 내일 갈게. 사랑해.

세린은 창밖을 바라보며 모친에게 소리 없는 심심한 사과를 날려 보냈다.

떠나기 전 진욱이 챙겨 주었던 스페어 카드 키가 있으니, 집 안으로 들어가는 건 식은 죽 먹기보다 쉬운 일이었다.

거실 소파 위에 겉옷과 가방을 내려놓고, 욕실에 들어가 얼굴과 손발을 씻고 나왔다. 걷는 것도 살금살금, 문을 여는 것도 소리가 날까 조심스레 문고리부터 조용히 돌려서 열었다.

세린은 반쯤 열린 그의 방 안으로 들어섰다. 어두운 사위에 점차 익숙해질 때쯤 그의 향기와 알코올 향이 맡아졌다. 향기가 가장 진한 그곳에 그가 누워 있었다.

어두워 완벽하게 얼굴을 알아보긴 힘들었지만, 그가 있었다. 손으로 만질 수 있는 곳에, 그가 있다.

침대에 걸터앉아 손을 들어 그의 숨결을 매만지다 이불 안으로 조심스레 들어갔다. 중간에 그가 뒤척거리자, 잘못한 것도 없는데 괜히 놀라 숨을 멈추었다.

더 놀란 건, 팔을 뻗은 그가 품 안에 그녀를 감싸 안은 순간이었다. 깨 있었나? 지난겨울 방송국 수면실이 생각났다.

오늘은 개다리 춤을 안 춰서 다행이라고 생각해야 하나, 고민할 때쯤 웅얼거리는 그의 목소리가 귓가에 파고들었다.

"진상이가 비씨를…… 너, 내 옆에…… 부러웠어."

뜻 모를 말을 중얼거리는 걸 보니 잠에서 깬 건 아닌 것 같아 다행이었다. 이왕이면 아침에 일어났을 때 깜짝 놀라게 해 주고 싶었기에.

"잘 자요, 선배."

진욱은 어안이 벙벙했다. 품 안에 있는 그녀가 진짜 세린이 맞는지. 이게 꿈은 아닌지. 아직 실감을 못 하는 눈치였다.

"뽀뽀해 줄까."

세린의 말에 진욱이 흠칫 놀랐다. 저돌적인 걸 보니 세린이 맞는 거 같긴 한데, 또 사라지면 어떡하지. 그는 망설였다.

"볼 좀 꼬집어 봐."

"각오해요."

그녀가 웃으며 그의 볼 위에 손을 올렸다. 손가락을 세워 볼을 꼬집는 대신 거친 그의 얼굴을 어루만지는 쪽을 택했다. 한 손으로 홀쭉해진 볼을 감싸 쥔 세린이 상체를 세웠다.

세린이 다가와 입술을 머금고 떨어질 때까지, 진욱은 멍한 눈으로 그녀의 모습을 바라봤다.

"정말, 너야?"

그는 조심스레 손을 올려 그녀의 얼굴을 매만졌다.

"너 맞아?"

세린이 고개를 끄덕이며 웃자 그제야 볼에 닿은 작고 차가운 금속의 느낌이 선명해졌다.

"너 맞아?"

또다시 두어 번 고개를 끄덕이며 환하게 웃자 진욱은 두 팔로 세린을 와락 품 안에 안았다. 예고 없이 받은 선물에 할 말을 잃어버리고 말았다.

행복하고 또 행복했다. 기쁨을 이루 표현할 수 없어서 그는 그저 그녀의 어깨에 얼굴을 묻고 하하 웃음만 흘렸다.

두 사람은 한참을 껴안고 어쩔 줄을 몰라 했다. 몇 달 만에 만난 서로의 향기를 좀 더 깊숙이 들이쉬고, 마주 안은 팔로 상대를 제 몸에 삼킬 듯이 끌어안았다.

진욱은 세린을 품에서 떼어 내고 눈을 마주했다. 아침부터 고개를 들고 서 있는 분신이 느껴졌다. 당장에라도 그녀의 입술을 탐하고 싶은 욕구를 억지로 억누르며 벌떡 자리에서 일어났다.

"가서 씻고 올게. 나한테 술 냄새나."

놀라서 눈을 동그랗게 뜬 그녀를 미안한 얼굴로 내려다보며 그가 속삭였다. 술 냄새를 좋아할 여자가 어딨으랴 생각한 그의 배려였다. 그러나 세린은 눈썹을 치켜 올리곤 바닥으로 내려선 그를 불러 세우며 몸을 일으켰다.

"선배."

그가 뒤를 돌아보았을 때, 세린은 상의를 벗어 한쪽 귀퉁이에 던져 놓고 있었다. 매끈한 다리에 달라붙는 청바지와 브래지어만 입은 그녀는 모 브랜드의 청바지 광고를 찍어도 무색할 만큼 근사했다.

1초도 떨어져 있고 싶지 않은 마음은 그가 더 컸다. 당장이라도 제 품에 그러안고 싶었다. 그러나 몇 달 만에 만난 자신의 소중한 연인을 술 냄새 풍기며 안을 수는 없었다. 아쉬운 듯 일그러진 표정으로 진욱이 다시 몸을 돌리자, 세린은 아주 잠시 삐죽하고 그를 노려보았다.

'내가 괜찮은데 까짓 게 무슨 상관이야. 술 마셔도 당신은 향기롭다고, 이 남자야.'

결심한 듯 그녀는 주먹을 꾹 쥐었다가 그를 향해 팔을 쭉 뻗었다.

"선배~"

콧소리가 가득한 그녀의 목소리에 발걸음을 우뚝 멈춘 그가 뒤를 돌아봤다. 멍한 표정으로 바라보는 진욱에게 손을 쥐었다 펴며 세린이 눈을 깜빡거리자, 그의 입이 허 하고 벌어졌다. 그러나 그가 좀처럼 발걸음을 옮기지 않자, 그녀는 좀 더 센 무기를 써 보기로 했다.

아, 이건 좀 더 나중에 쓰려고 했는데.

그녀는 눈을 크게 뜨고 턱을 내려 그를 쳐다봤다. 입술을 좀 더 내밀자 그의 표정이 더욱 볼 만해졌다. 세린의 머릿속엔 어느 유명한 멘트가 울리는 듯한 착각이 일었다.

'준비하시고, 쏘세요!'

"아이이. 오빠아."

효과는 제대로였다.

무거운 눈꺼풀을 들어 올린 세린은 졸린 눈을 몇 번이나 깜빡여 흐트러진 초점을 맞췄다. 그리고 한동안 시야에 들어오는 천장을 멍하니 바라봤다. 몸은 노곤했지만 어쩐지 정신은 점점 맑아져 가는 기분이었다.

불씨는 자신이 제공했지만, 제대로 불이 붙은 진욱 때문에 하루 종일 시달리다 푹 자서 그런 건지도 모르겠다. 원래라면 한참 잘 시간인데도 다시 잠에 빠지지 않는 걸 보면.

자리에서 일어난 세린은 욕실로 익숙한 발걸음을 옮겼다. 세안을 하고 칫솔을 입에 물자, 그녀의 눈에 완벽하게 잠이 달아났다. 칫솔을 들지 않은 손으로 잔머리를 정리하던 중, 노크 소리가 들려왔다.

"일어났어?"

칫솔을 문 그녀의 입술이 화사하게 올라갔다. 거품을 뱉고 달려간 세린은 활짝 욕실 문을 열었다. 서로의 얼굴을 마주한 두 사람의 입에서 동시에 웃음이 터졌다.

"털보다, 털보."

"너도 만만치 않은데."

수염이 자란 진욱의 턱을 보며 키득거리는 세린의 입 주변엔 치약 거품이 묻어 있었다. 마주 보고 웃던 그가 엄지손가락으로 스윽 거품을 닦아 주고 가볍게 입을 맞추며 속삭였다.

"굿모닝."

일부러 까칠한 턱수염을 볼에 댄 진욱 때문에 세린은 따갑다고 아우성을 쳤다. 그 모습에 세린의 허리를 껴안고 장난을 치던 그가 그 자세 그대로 욕실 안으로 들어왔다.

정말로 아프기 전에 세린의 볼을 놓아준 그는 세면대 앞에 나란히 섰다. 가로로 길쭉한 거울에 지난겨울 함께 산 잠옷이 비쳤다.

그는 전기면도기를 집어 들며, 자신이 입고 있는 것과 같은 무늬의 원피스 잠옷을 입고 있는 그녀의 모습을 한동안 바라봤다. 양치하는 그녀의 얼굴을 사랑스럽게 쳐다보던 그는 기분 좋은 한숨을 내쉬었다.

매일 오늘 같았으면 좋겠다.

입을 헹구고 고개를 드는 그녀의 볼에 가볍게 키스하고 나

서야 그는 면도를 시작했다. 밖으로 나갈 줄 알았던 세린은
면도하는 그의 모습을 아예 자리 잡고 지켜봤다.

"웃기지만 면도하는 거 실제로 본 건 처음이에요."

우리 집엔 남자가 없으니까. 세린이 덧붙였다. 신기함이
가득한 눈빛이 귀여워 그는 그녀의 앞으로 발걸음을 옮겼다.

"해 볼래?"

손에 면도기를 쥐어 주고 세린을 두 팔로 가둔 그가 반쯤
상체를 숙였다. 세린의 눈이 동그랗게 커졌다.

"전기면도기라 괜찮아."

면도기를 돌려주려는 그녀를 안심시키며 그는 턱을 내밀
었다. 가르쳐 주는 대로 곧잘 하는 그녀의 눈이 반짝거리고
있었다. 점점 깔끔해지는 턱을 보며, 세린의 눈에는 신기함과
뿌듯함이 나란히 걸렸다.

"마무리는 선배가 해요."

세린이 건네는 면도기를 받아 든 그는 그녀의 볼에 짧게 입
을 맞췄다. 그리고 살짝 비켜 나와 거울을 보고 면도를 마무
리했다.

앉은 자세 그대로 그가 하는 양을 바라보던 세린은 진욱이
세수를 마치자 수건을 내밀었다. 옆에 놓여 있던 스킨도 미리
꺼내서 손에 덜어 두었다가 그가 얼굴의 물기를 닦자 직접
발라 줬다.

진욱은 눈을 감고 그녀가 하는 대로 가만히 있었다. 얼굴에 닿는 그녀의 시원한 손끝이 부드러웠다.

행복하다.

그는 진심으로 그렇게 생각했다. 다 됐다, 하고 아이처럼 좋아하는 세린의 목소리에 진욱은 이 행복을 매일 맛보길 간절히 소망했다. 눈을 뜨면 자신의 얼굴을 올곧게 바라보는 그녀를 매일 아침 보았으면 좋겠다고, 바라고 또 바랐다.

"고마워."

그녀에게 가벼운 입맞춤을 남기며 그가 속삭였다. 진욱은 미소 짓는 세린을 보며 또 한 번 입을 맞췄다. 한 번, 두 번, 세 번……. 입술이 맞닿는 횟수가 늘어갈수록 깃털 같았던 입맞춤의 농도가 점점 짙어졌다.

손으로 세린의 등허리를 지분거리던 그가 그녀의 다리를 벌리고 들어가 섰다. 세린이 팔과 다리로 그의 목과 허리를 휘감자, 진욱은 잠옷 치마를 허벅지 위로 걷어 냈다.

진욱이 양손으로 세린의 엉덩이를 움켜쥐고 밀착시키자, 서로의 분신이 얇은 천을 사이에 두고 마주 닿았다. 두 사람의 입에서 낮은 신음 소리가 동시에 터져 나왔다.

그의 상의가 급하게 바닥에 던져졌고, 그녀의 원피스도 앞섶이 풀어져 어깨 아래로 스륵 떨어졌다. 그는 그녀의 몸이 주는 기분 좋은 느낌을 참을 수 없었다. 당장 그녀의 안으로 들어가고 싶은 욕구가 가득 찼다.

그러나 그녀가 앉아 있는 곳은 너무나 딱딱했다. 이곳에서 자신을 받아 주다간 엉덩이뼈가 남아나지 않을 것이다. 이를 사리물고 이성의 끈을 붙든 그는 그녀를 안아 올리기 위해 다리와 엉덩이를 받쳐 안았다.

"안아 줘요."

그가 자신을 안고 방으로 향할 것임을 알아챈 세린이 입술을 열었다.

"여기서, 지금 당장."

한숨과도 같은 목소리가 귓전을 울리자, 진욱은 그녀를 안고 싶다는 생각으로 머릿속이 아득해졌다. 그는 몸을 숙여 드러난 그녀의 젖가슴을 삼켰다.

어제 하루 종일 가슴을 괴롭혔던 진욱 때문에 아픔을 느꼈지만, 몸 안 가득 피어오르는 쾌감에 세린은 신음을 흩날렸다.

서로에 대한 욕구로 두 사람 모두 다급해졌다. 진욱은 이성을 놓기 전 잠시 고개를 들었다. 그리고 뒤로 놓여 있던 큼직한 수건 하나를 그녀의 엉덩이에 받쳐 주었다. 그것은 그가 지금 이 순간 그녀에게 베풀 수 있는 유일한 배려였다.

이제는 침대로 데려가 달라고 해도 그 짧은 순간을 참을 수 있을지 의심스러울 정도로 진욱은 다급했다.

세린은 흐려진 눈빛으로 게슴츠레하게 그를 바라봤다.

누가 내 남자 아니랄까 봐. 이 순간에도 자신을 걱정해 주는 모습이 고맙고 귀여워 그녀는 웃음 지었다. 그리고 화답하듯 속삭였다.

"사랑해요, 주진욱 씨."

chapter 14

Prime
Time

피티워모(Pitti Uomo)는 매년 1월과 6월에 피렌체에서 열리는 세계 최대 규모의 남성복 패션 박람회였다. 바이어와 셀럽들 사이의 무한한 커뮤니케이션이 이루어지는 공간이다보니, 전시회의 성격과는 거리가 멀었다.

역사와 인지도, 규모 등 모든 면에서 세계 최대의 패션 트레이드 쇼라고 칭해지는 피티워모. 바로 이곳에서 세계적인 옴므 브랜드들의 피 튀기는 전쟁이 벌어졌다.

멋스럽게 차려입은 신사들이 활보하는 피렌체 거리는 남성들을 위한 축제였지만, 화려한 볼거리는 전 세계 여성들의 발걸음을 향하게 만들었다.

셀럽과 패션 피플들의 의상 센스를 엿보고 옴므 라인의 유행을 선도하는 피티워모의 막이 올랐다. 각종 패션 잡지와 신문, 블로그, SNS 등에는 5일 동안 밤낮없이 이뤄지는 축제 기간을 담은 사진들이 수를 놓았다.

이번 피티워모에서 가장 주목을 받는 것은 당연 정통 클래식 슈트와 슈즈인 만큼, 남자들의 의상 역시 무겁지 않은 클래식 슈트들이 주를 이뤘다.

함께 온 파트너들은 여성스러움을 놓치지 않은 커플룩을 선보였다. 그러나 페미닌 슈트 등 남자만의 전유물이라고 일컬어지는 슈트로 한껏 멋을 낸 여성들도 축제에 참여해 시선을 끌었다.

홍보팀에서는 바쁘게 손을 놀려 조금 더 브랜드가 주목을 끌 수 있게끔 작업을 했다. 예를 들면, 쇼에 대한 정보를 흘리거나 협찬 의상을 입은 셀럽들의 사진을 마치 팬들이 올린 것처럼 게시하는 것이다. 그러면 피렌체 안팎의 팬들은 더욱 열광하며 브랜드를 찬양하고는 했다.

세계 최정상 브랜드답게 Z 브랜드의 인기는 피티워모에서도 빛을 발했다. 특히 피렌체 본사에서 진행하는 쇼는 표를 구하기 어려울 정도의 인기를 자랑하며 주목을 받았다.

검은 재규어처럼 부드럽고 매끄럽지만 강렬함을 선사하는 것이 Z 브랜드의 특징이었는데, 피티워모의 마지막 날을 장식할 쇼를 보기 위해 세계 곳곳에서 몰려든 사람들로 본사 주변은 아침부터 문전성시를 이뤘다.

「그래서 이번 콘셉트가 뭐래?」

「나도 몰라. 뭘 감추고 있는 건지 아무도 입을 열지 않아.」

그러나 다른 해와 달리, 올해 Z 브랜드의 패션쇼 콘셉트에 대해선 알려진 바가 전혀 없었다.

보통 조금의 정보는 주기 마련인데 무엇을 보여 주려는지 관계자들은 쉬쉬하며 입을 막았다. 본사 건물과 포토존이 블랙으로 꾸며진 것으로 콘셉트를 미루어 짐작할 뿐. 하지만 그럴수록 Z 브랜드에 대한 사람들의 관심은 더욱 증폭되었다.

밤 10시. 강렬한 비트의 음악과 어둡고 몽환적인 실내. 첫 무대를 걸어 나오는 모델에게 핀 조명이 꽂혔다. 궁금증을 가득 안은 사람들의 시선이 그에게로 향했다. 그렇게 피티워모의 마지막 밤을 화려하게 장식할 패션쇼의 막이 열렸다.

블랙을 메인으로 강렬함과 부드러움, 그 경계를 아슬아슬하게 넘나드는 디자인은 사람들의 혼을 빼놓았다. 널찍한 메인 무대와 삐죽삐죽 삐져나온 방사형의 무대는 모델의 워킹 방향을 가늠하기 어렵게 만들었다. 계속 같은 방향으로만 다니는 보통의 무대와 달라 보는 재미를 더했다.

놀라운 것은 또 있었다. 압도적인 크기의 무대 위로 모델들이 쏟아져 나오자, 객석에서 작은 탄성들이 터져 나왔다. 바로 어마어마한 모델들의 숫자 때문이었다.

보통 여러 콘셉트를 동시에 담당하는 모델들은 런웨이가 끝나자마자 다음 의상으로 갈아입어야 했다. 그러나 이번엔 각자가 자신이 입고 있는 그 의상 하나만을 위해 쇼에 올랐다. 모델들이 여유로움을 최대치로 뽑낼 수 있었던 무대의 비밀이었다.

이번 쇼에서 가장 주목을 받은 것은 바로 구두였다. 블랙이 주를 이루는 옷과 달리, 구두는 매 콘셉트마다 다채로운 화려함을 담고 있었다. 그러면서도 전혀 부담스럽거나 올드하지 않았다.

모델들이 무대 곳곳에 흩어졌다. 간격을 두고 여유롭게 서 있는 모델들을 향해 관객들은 일어나 박수갈채를 보냈다. 평소의 Z 브랜드 쇼와는 많이 달랐지만, 정말 멋진 무대였다.

환호성이 터져 나오던 객석이 또 한 번 놀람으로 물들기 시작한 건 바로 그때였다.

끝난 줄 알았던 런웨이에 여성 모델들이 걸어 나오기 시작했다. 피티워모의 무대 위에 여자라니. 사람들은 경악했다. 그것도 한두 명이 아니라 무대에 나와 있는 남성 모델들과 비슷한 숫자였다.

동일한 블랙 튜닉을 입은 여성 모델들은 느긋하게 웃으며 각자의 자리를 찾아갔다. 관객들은 그들의 등장 이유를 알아내기 위해 눈을 가늘게 떴다.

「맙소사. 구두야!」

누군가의 외침에 모든 시선이 일제히 모델들의 구두로 향했다. 쌍을 이룬 모델들의 구두가 하나의 테마를 기준으로 남자와 여자의 것으로 나누어져 있었다. 그들이 각각 쌍을 이뤄 자연스레 커플 포즈를 취하고 있는 이유였으며, 이 넓은 무대를 사용한 이유가 비로소 드러나는 순간이었다.

객석에서 급히 숨을 들이켜는 소리가 들려왔다. 그들은 자신들이 완벽하게 속았음을 깨달았다. Z 브랜드의 쇼는 의상이 아닌, '구두'를 위한 쇼였음을 그제야 깨달았다.

허탈한 웃음이 터질 것 같음에도, 그들은 아무런 말을 할수 없었다. 쇼가 끝났다고 생각한 순간, 제대로 된 막이 열렸으니 말이다.

무엇보다 구두를 다시 살펴본 그들은 압도되는 디자인에 또다시 말문이 막혀 버렸다. 단아한 남성 구두와 화려한 여성 구두의 어울림은 그야말로 완벽한 한 쌍의 커플을 보는 기분이었기 때문이다.

관객들의 마음이 동요하기 시작했다. 커플 슈즈에 대한 새로운 해석은 전혀 유치하지 않았으며, Z 브랜드의 고급스러움에 걸맞는 품격을 자랑했기에.

음악이 바뀌자 한마음이 되어 객석을 속인 관계자들이 무대 위로 쏟아져 나왔다. 화려한 마지막 무대 끝에 우레와 같은 박수갈채와 함성 소리가 실내를 가득 메웠다.

새로운 무대를 꾸몄던 모델들과 스태프들은 웃음을 터뜨리며 기쁨을 나누었다. 알랭과 알리샤 역시 그 가운데 섞여 흥겹게 춤을 췄다.

그때, 스태프들의 무리가 갈라지며 한 남자가 나타났다. 모두들 박수를 치며 그를 맞이했다. 그는 바로 브랜드의 수장, 마크 필립이었다. 몇 발자국 걸어 나와 관객들에게 인사를 한 그는 다시 런웨이 입구 쪽으로 돌아서서 손을 내밀었다.

그의 몸짓에 모든 카메라 플래시와 이목이 집중되었다. 모델과 스태프들 역시 돌아서서 그의 손이 가리키는 곳을 주시했다.

바로, 이 쇼를 진행한 디자이너의 얼굴을 확인할 순서였다.

「Z 브랜드 옴므 디자이너가 일을 냈어!」

「드디어 그 단조로움을 탈피하는군!」

업계 종사자들은 성공적인 쇼의 디자인을 담당했을 옴므 라인 총괄 디자이너에 대한 칭찬의 말을 아끼지 않았다. 그러나 핀 조명을 받으며 무대 위로 나온 건 바로 동양에서 온 슈퍼 루키, 세린이었다.

또다시 객석은 충격에 휩싸였다. 슈퍼 루키가 아닌 진정한 수석 디자이너로서 그녀가 거듭나는 순간이었다.

❖　　　❖　　　❖

피렌체의 6월, 그 아름다운 풍경 속에 진욱이 서 있었다. 깜깜한 새벽이 되자 축제의 여흥이 잔잔하게 남은 도시는 잠이 들었다. 셔츠에 슬랙스를 받쳐 입은 그의 모습은 패션 피플들과 견주어도 손색없을 만큼 멋있었다. 세린은 밤의 열기 사이로 그에게 달려갔다.

뒤에서 끌어안는 자신의 피앙세 덕분에 진욱은 피어나는 웃음을 숨길 수 없었다. 그는 한 손으로 카메라를 옮겨 들어 그녀를 마주 안았다.

"다 끝났어?"

고개를 끄덕이며 품 안에 파고드는 그녀를 진욱은 애잔한 손길로 보듬어 주었다. 피렌체에 남기보다 한국에 있기로 선택한 그녀가 책임을 다하기 위해 몇 배로 고생하는 모습이 안쓰러웠다.

"쇼 어땠어요?"

"멋있었어. 내 여자 최고더라."

월차를 내고 이탈리아로 날아온 진욱은 다행히 세린의 쇼를 놓치지 않을 수 있었다. 이마에 자잘하게 쏟아지는 입맞춤에 그녀의 입가가 행복으로 물들었다.

세린의 옴므 라인 런칭쇼가 기획된 피티워모. 이곳에서의 뜨거운 반응은 성공적인 아시아 진출의 시작을 알렸다.

각국의 패션 정상들로부터 쏟아지는 극찬 세례에 Z 브랜드는 아직도 파티를 벌이고 있을 것이다. 잠시 얼굴만 비추고 빠져나온 세린은 이 순간 그의 입술을 타고 흐르는 말이 그 어느 칭찬보다 달콤하게 느껴졌다. 뿌듯했다. 그동안의 고생이 단숨에 잊혀질 만큼.

고개를 들자 밤하늘처럼 까만 그의 눈동자가 다가왔다. 작은 테라스에서 달콤한 입맞춤이 이어졌다. 쇼를 위해 또다시 한참을 떨어져 지냈던 두 사람의 입술은 서로를 갈구했다.

몇 걸음 움직인다 싶더니, 어느새 등 뒤로 푹신한 침대 커버가 닿았다. 카메라는 어디다 두었는지 그의 두 손은 바쁘게 이곳저곳을 지분거리고 있었다.

"거의 10년을 산 집인데, 선배가 있으니까 새롭다."

맞물렸던 입술이 잠시 떨어지자 세린이 가쁜 숨을 삼키며 입을 열었다.

회사에서 집을 제공해 준다고 했지만 세린은 이를 거부했다. 언덕 위에 자리한 3층짜리 건물의 외벽은 낡았지만 정감이 있었다.

작은 방에서 살던 세린은 건물 전체를 사들여 3층 전부를 개조해 편리하게 사용하고 있었다. 그래 봐야 회사에서 제공하는 집에 비하면 새 발의 피지만 이 집이 좋았다.

침실과 이어진 작은 테라스에서 피렌체 전경을 바라보며 울기도 많이 울었고 성공을 위한 전의를 다지기도 했다. 20대의 애환이 고스란히 담긴 공간이었다.

그런 곳에 진욱이 기다리고 있을 거라 생각하니, 파티장을 빠져나온 발걸음이 빨라졌다. 급하게 택시 문을 닫고 높은 힐로 3층 계단을 뛰어 올라왔을 때 두근거리는 가슴은 색다른 느낌이었다.

"빨리 같이 살아요, 우리."

당돌하지만 귀여운 세린의 요구에 진욱은 입꼬리를 올렸다. 눈을 휘며 웃는 것과, 이를 보이며 활짝 웃는 입술이 서로를 닮아 가는 두 사람이었다. 다시 그녀의 몸으로 입술을 내리려던 그가 문득 행동을 멈췄다.

"근데 언제까지 '선배'야?"

세린의 눈이 동그랗게 올라갔다. 그러고 보니 계속해서 선배라고 부르고 있었다. 너무 익숙해져서 별생각 없었는데.

"그럼 선배를 선배라고 부르지, 뭐라고 불러요?"

세린이 약을 올리듯 웃자 그가 짐짓 엄한 표정을 지었다.

"오빠, 안 그럼 밤새 안 놔줄 거야."

그가 그녀의 두 팔을 붙잡아 머리 위에서 포박시켰다.

❖   ❖   ❖

"아까 찍은 사진 볼래요."

카메라를 든 진욱의 손은 늦은 아침을 먹고 이곳저곳을 돌아다니는 동안 바삐 움직였다. 그는 쉴 새 없이 세린의 모습을 담았다. 젤라또를 먹을 때도, 그의 손을 잡고 걷는 와중에도.

진욱의 이런 모습은 처음이었다. 중간중간 세린이 카메라를 뺏어 그의 사진도 찍었지만, 그녀가 찍히는 수가 압도적으로 많았다.

결국 두 손을 든 세린은 시폰 소재의 원피스를 팔락이며 피사체 역할을 자처해 그의 장단을 맞춰 주었다. 사진을 찍으며 즐겁게 웃는 그의 모습을 계속 보고 싶었기 때문이다.

트레비 분수는 관광객들로 북적였지만, 바로 앞 계단에는 두 사람이 나란히 앉을 정도의 공간이 있었다.

카메라를 건네준 진욱이 허리를 끌어안자 세린은 카메라 화면을 들여다봤다. 오늘 이곳저곳에서 찍은 사진들이 화면에 나타났다. 화창한 날씨와 피렌체의 아름다움이 함께 녹아 있는 사진 중에 그녀가 빠져 있는 컷은 없었다.

그는 세린이 의식하지 못한 순간에 사진을 찍어 놓기도 했다. 꽤나 분위기 있게 나온 사진에 만족스레 웃으며 세린은 그의 볼에 쪽 하고 키스를 남겼다.

그러다 사진의 배경이 패션쇼장으로 넘어갔다. 어제 찍은 사진인 것 같았다. VIP석에 앉아 있던 그에게 손 키스를 날리던 모습도 고스란히 찍혀 있었다. 패션쇼와 관련된 사진은 그리 많지 않았다. 자신은 같은 사진도 여러 장 찍더니만, 그다운 모습에 웃음이 새어 나왔다.

더 뒤로 사진을 넘겨보던 세린은 낯익은 무대 설정과 의상에 눈이 커졌다. 그녀가 수석 디자이너로서 데뷔하던 날의 패션쇼 사진이었다. 이번에도 옷보다는 멀리서 세린의 모습을 찍은 사진이 대부분이었다. 놀란 눈으로 돌아보는 세린의 모습에 진욱은 머쓱한 표정을 지었다.

"맞아. 갔었어."

진욱은 세린의 어깨에 얼굴을 묻으며 설명을 요구하는 그녀의 눈을 피하려고 했다. 하지만 언젠가는 얘기해 주어야 할 것들이었다.

"우린 부산에서 먼저 재회했어."

진욱은 그녀는 알지 못했던, 그러나 그에게 희망의 끈이 내려온 그날의 재회를 담담하게 풀어냈다.

오랜 기간 감춰 왔던 그의 마음을 알게 된 세린의 눈시울이 붉어졌다. 생각보다 훨씬 깊고 진한 마음에 그녀는 그의 품에 안겨 들었다.

몰래 앓았던 짝사랑에 대한 고백을 하는 진욱의 담담한 목소리엔 망설임과 미안함, 고마움, 그리고 애정이 담겨 있었다.

사랑한다. 너무 사랑해서 이 사람이 없는 나를 이제 상상할 수 없을 만큼. 그렇게 사랑하고 있다.

세린은 그저 그를 원망했던 그 시간 속에서도 자신을 사랑해 온 이 남자를 정말 행복하게 해 주고 싶었다. 담담히 고백을 이어 가는 그의 말이 끝을 맺으면, 이렇게 말해 줄 생각이었다. 정말 사랑한다고. 영원히 사랑하겠노라고.

chapter 15

벌써
1년

폭염을 대변하듯 바람에 습한 기운이 실려 있었다. 얇아진 옷차림과 창문 밖에서 밤낮을 가리지 않고 우렁차게 울어 대는 매미가 여름의 한가운데에 와 있음을 알렸다.

서늘한 에어컨 바람이 SBC 사회부 회의실을 한 바퀴 휘돌았다. 최근 민감한 주제로 다른 방송국과 경쟁 구도가 형성되어서인지, 기자들 사이엔 여느 때보다 전투적인 말들이 오고 갔다.

그걸 조율하는 것은 부장인 진욱의 몫이었다, 아직까지는. 사회부 부장직 인수인계는 다 마쳐 다음 주부턴 설 차장이 설 부장이 될 테지만 아직은 그가 부장이었다.

"회의 끝. 해산합시다."

진욱의 담백한 목소리가 회의실을 울리자, 기자들이 수첩을 챙겨 우르르 빠져나갔다. 설 차장은 파일과 수첩을 들고 나가려는 진욱의 앞에 떡하니 섰다.

"무서운 놈. 가랑비처럼 인수인계를 몇 달에 걸쳐 남몰래 하는 놈은 너밖에 없을 거다."

설 차장이 혀를 내두르며 말하자 진욱은 말없이 빙긋 웃었다. 몇 주 전, 폭탄을 투하하듯 부장직 사임을 선언한 진욱을 누구도 말리지 못했다.

힘들다는 사회부 부장 자리를 신기록을 세워 가며 오래 버틴 그에게 좀 더 하라고 권고할 수도 없었다. 더군다나 6개월만 더 하면 더 이상 붙잡지 않겠다고 말했던 국장으로서는 그 후 1년 넘게 군말 없이 일한 진욱을 더더욱 붙잡을 수 없었다.

게다가 몇 달에 걸쳐 설 차장에게 인수인계를 한 그를 향해 '너무 갑작스러운 것 아니냐', '당장 그 자리를 누가 대체하느냐'는 말도 통할 리 없었다.

철두철미하게 부장직 사퇴를 준비해 온 그에게 그저 고마운 것이 있다면, 앵커 자리까진 그만두지 않았다는 사실이었다.

모르는 게 약일지도 모르겠으나, 그마저도 세린이 MBA를 위해 출국할 때쯤 특파원 신청을 내고 그만둘 생각이었다. 커리어를 쌓을 방법은 얼마든지 있었지만 제 여자는 한 명이었다.

모처럼 쉬는 날이라고 집에 있을 거라던 세린의 말에 진욱은 반차를 냈다. 토요일이라 뉴스도 없었고, 대부분의 일은 설 차장에게 넘어가 있었다. SBC 사회부 부장으로서의 공식적인 마지막 업무는 내일까지였고, 회식은 어제 이미 했다.

"야, 인마! 이제 부장 아니다 이거냐!"

가볍게 발걸음을 옮기는 진욱의 뒤에서 설 차장이 짐짓 엄하게 외쳤다. 그러나 말로만 그럴 뿐, 진욱이 사회부 기자실을 빠져나가는 것을 몸으로 막지는 않았다.

쟤도 좀 쉬어야지.

쉼 없이 달려온 진욱의 뒷모습을 보는 설 차장의 눈엔 대견함이 가득했다. 주진욱은 좋은 후배이자 좋은 상사, 그리고 좋은 기자였다. 여전히 SBC의 중추 역할을 하는 진욱을 매일 아침 회의에서 만나겠지만, 설 차장은 어쩐지 마음 한편이 허전해졌다.

괜히 코끝을 찡긋거리며 안경을 추켜올리던 설 차장은 좌우로 고개를 세차게 흔들었다. 나이 드니 주책이라며 정신을 다잡은 그는 회의실 밖으로 발길을 옮겼다.

"자자. 일합시다, 일!"

"나 왔어."

신발장을 여는 진욱의 입가에 실실 웃음이 흘렀다. 디자인 별로 짝을 지어 놓여 있는 여성 구두와 남성 구두. 모두 세린 이 디자인한 신발들이었다.

여성 구두만 그렸던 그녀가 재작년부터 선보인 남성 구두 는 대히트를 쳤다. 화려함의 상징이었던 세린의 구두에, 많 은 팬들은 출시 전부터 그녀가 만들 남성 구두에 대한 우려 와 부정적인 의견을 표출했다. 본래 화려함을 잃게 될 것이 라는 둥, 화려함을 살린다 하더라도 남자가 신기엔 무리일 것이라는 둥.

그러나 세린이 디자인한 신발이 세상에 나왔을 때, 그 소 란스러움은 언제 그랬냐는 듯 사그라들었다.

단아하면서도 화려함을 뿜어내는 그녀의 구두를 본 어느 기자는 '어린 소녀가 진정한 숙녀로 거듭났다'고 표현했다.

또한 아름다운 여인 옆에 멋진 슈트를 입고 든든히 선 신 사처럼, 잘 어울리는 남성 구두가 만들어졌다며 극찬을 아끼 지 않았다.

디테일은 여성 원피스 색깔과 맞춘 슈트의 행커치프나 넥

356

타이를 연상케 했다. 보고 있는 것만으로도 한 쌍의 커플이 떠오르는 세린의 구두는 그녀의 디자인 중 최고 매출을 기록했다.

게다가 커플 슈즈 콘셉트로 찍은 광고는 매번 이슈가 되고 있었다. 특히 우빈을 뮤즈로 내세워 제작된 광고는 수많은 패러디를 낳을 만큼 인기를 자아냈다.

그러나 진욱은 그 광고를 탄생하게 했던 '그날'에 비하면, 광고는 아무것도 아니라고 생각했다. 생각할 때마다 입꼬리를 올라가게 해 주는 그날을, 그는 아마 평생 잊지 못할 것이었다.

오늘 아침 우빈에게서 연락이 왔다. 늦은 저녁에 방영하는 토크쇼에 자기가 출연하니 꼭 보라고. 그는 자신을 브랜드의 뮤즈로 세워 준 세린에게 항상 고마워했다. 이번 토크쇼에서 그 고마움을 제대로 표현했다고 하니, 평소 보지 않던 토크쇼에 관심이 생겼다. 순전히 방송에 나올 세린의 이야기 때문에.

"세린아."

부드러운 진욱의 목소리가 조용한 공기를 갈랐다. 세린을 찾으려는 그의 발걸음이 집 안 이곳저곳에 닿았다.

엉덩이를 꼭 붙이고 앉아 이야기를 나누는 저 하얗고 기다란 소파는 세린이 가장 마음에 들어 하는 가구였다. 그는 모노톤의 심플한 가구를 추구했지만, 그녀는 따뜻한 색감의 빈티지 가구를 좋아했다.

인테리어엔 관심이 없을 줄 알았던 그녀는, 시즌 준비로 바빠도 시간을 쪼개어 새집 단장에 열의를 올렸다.

낭비를 줄이고자 대부분의 가구는 그의 집에서 가져왔고, 필요에 의해 구매한 것들은 그녀의 스타일에 맞췄다. 세린은 자칫 복잡해질 수 있는 두 가지 스타일을 조화롭게 꾸미는 데 재능이 있었다.

두 사람의 공간은 깔끔하면서도 편안하고 따뜻했다. 소파 대신 쿠션과 러그가 자리하고 천장에 작은 빔 프로젝터를 부착해 언제든 영화관으로 탈바꿈할 수 있는 방은 그녀가 가장 좋아하는 공간이었다.

세린은 쉬는 날이면 그곳에서 책을 읽거나 영화를 보다 낮잠에 빠졌다. 아주 가끔씩 빨래를 개키다 깜빡 잠들기도 했는데, 접다 만 수건들 속에 파묻혀 잠들어 있는 모습이 진욱의 눈에는 여간 귀여운 게 아니었다.

진욱은 지금 그녀가 어디에 있는지 알 것 같았다. 문고리를 돌리려던 그의 손은 방문 앞에 투박하게 붙어 있는 사진 한 장을 발견하곤 잠시 멈칫거렸다. 방을 드나들며 수천 번도 더 본 사진이고 비슷한 사진도 많았지만, 유독 이 사진을 볼 때 그는 웃음을 감추지 못했다. 지금처럼.

원피스 형태의 발랄한 웨딩드레스를 입은 세린이 아이처

럼 웃고 있어서일까, 그녀가 잡은 손이 자신의 손이기 때문일까.

어쩌면 부끄러운 미소와 달리 당찬 목소리로 자신을 소개하던 어린 후배가 떠올라서, 어쩌면 다시 만난 날 당황한 눈과 달리 자신의 볼에 뜨거움을 안겨 준 그 자그마한 입술이 떠올라서, 또 어쩌면 이곳에서 두 사람이 함께 아침을 맞이하던 첫날의 부스스한 얼굴이 떠올라서일지도 몰랐다.

해사하게 웃고 있는 세린의 얼굴이 담긴 사진에서 겨우 눈을 뗀 진욱은 혹시나 그녀의 잠을 깨울까 조용히 문을 열고 안으로 들어섰다.

영화가 끝나 파란색 준비 화면만 비추고 있는 프로젝터 아래, 커다란 쿠션 위에서 몸을 웅크리고 세린이 잠들어 있었다.

상상했던 모습 그대로 잠들어 있는 그녀 때문에 그의 입술 사이로 웃음이 새어 나왔다. 세린의 옆으로 다가간 진욱은 흘러내린 잔머리를 귀 뒤로 넘겨 주었다.

생각해 보니 저 방문에 붙인 사진을 통해 사랑하는 여자가 부여해 준 감격적인 직함을 되새길 수 있다는 점이 가장 마음에 들었다. 그녀가 있어야만 가능한 직함, 바로.

"여보, 나 왔어."

'남편'이었다.

주진욱 씨, 주 앵커, 주 기자, 주 부장.

그 어떤 호칭이나 직함보다 이 여자의 남편이라는 게 가장 값졌다.

"바쁘다더니, 얼굴이 반쪽이 됐네."

진욱은 세린의 상한 얼굴을 손으로 감싸며 미간을 찌푸렸다. 한약을 새로 짓던가 해야지. 일어나면 나가서 몸보신이라도 시켜 줘야겠다. 빨리 잠에서 깨서 '남편, 왔어?' 하고 속삭여 달란 말이야.

그는 잠든 그녀에게 텔레파시를 보내기 위해 이마를 마주 댔다.

그리고 그녀가 일어나 주길 바라며 한 번 더 나직하게—라 쓰고, 감히 부인의 잠을 억지로 깨울 순 없기에 아주 작은 목소리라 읽는다—속삭였다. 조금의 칭얼거림도 담아서.

"여보, 나 왔어."

epilogue

아름다운
밤

"전에도 인기는 많았지만, 우빈 씨를 세계적인 '만인의 연인'으로 만들어 준 두 광고를 빼놓을 수 없죠."

우빈이 웃으며 수긍하자, 토크쇼 무대 위에 설치된 화면에서 광고 영상이 나오기 시작했다. 브랜드 이름은 모자이크 처리되었지만 누구나 알고 있는 익숙한 영상이.

두어 개 푼 단추와 살짝 걷은 소매는 가슴 앞으로 팔짱을 끼고 있는 남자의 섹시한 몸매를 유려하게 드러내 주었다. 남자의 표정은 날카롭고도 냉철했으며, 아무것도 바르지 않은 검은 머리는 카리스마를 가중시켰다.

매끈하게 뻗은 다리 아래로 단아하면서도 화려한 구두를

신은 여자가 유리문 앞에 서 있다. 화면은 오랫동안 여자의 구두를 클로즈업했다. 곧 소란스러운 회의실 안으로 거침없이 들어간 여자가 남자의 앞에 멈춰 서자 사람들의 말소리가 빠르게 줄어들었다.

그리고 이어지는 적막. 여자는 남자 앞에 자신의 구두와 한 쌍처럼 잘 어울리는 구두 한 켤레를 새로 내려놓았다. 이제 화면은 천천히 여자의 다리를 따라 올라가며 그녀의 뒷모습을 잡았다.

냉철한 표정은 어디로 갔는지 남자는 멍한 눈빛으로 아랫입술을 살짝 떨고 있었다. 일부러 소리를 없애 여자가 무슨 말을 하는지는 들리지 않았지만 남자의 표정은 점점 드라마틱하게 변하고 있었다.

이어 손바닥으로 자신의 입을 가리기도 하고 머리를 쓸어올리며 고개를 숙이기도 하던 그는 이를 환히 내보이며 여자를 향해 웃었다.

눈을 감았다 뜬 남자는 결국 참을 수 없다는 듯 여자의 얼굴을 감싸 안으며 키스했다. 그때, 뮤트가 풀리며 회의를 하던 사람들의 환호 소리가 터져 나왔다. 마지막으로 마주 놓인 구두가 클로즈업되고 브랜드 이름이 화면 가운데 새겨지며 영상이 마무리됐다.

"네, 이게 그 유명한 두 광고 중 하나죠? 공항 앞에서 자꾸만 파파라치들이 따라붙자 보란 듯이 연인에게 키스를 하는 다른 버전의 광고와 참 다른 콘셉트네요. 이 광고 이후, 청혼하고 싶은 남자 1위에 뽑혔다는 사실, 알고 계신가요."

"네, 알고 있어요. 저한테 프러포즈 하고 싶은 분이 많으신 것 같더라고요."

우빈이 자연스레 진행자의 너스레를 맞받아치자 객석에서 한바탕 웃음이 터졌다.

"개인적으로 이 광고를 더 마음에 들어 하신다는 얘기가 있어요. 저야 둘 다 백 번씩은 돌려 봤지만, 궁금하네요. 왜죠?"

"실화거든요."

"뭐라고요? 이거, 뭔가요. 우빈 씨 얘기란 말이에요?"

방청객이 술렁이며 호응하기 시작했다.

"아니요. 제가 아니라, 구두 디자이너 박세린 님의 실제 이야기예요. 조금 각색된 부분이 있지만, 자기만 프러포즈 받기는 싫다고 지금의 남편분께 저렇게 프러포즈를 했대요. 광고는 그 얘길 바탕으로 만들어졌고요."

"오 마이 갓."

TV를 응시하던 세린은 입을 쩍 하고 벌렸다. 그녀는 맥주

365

잔을 탁자에 내려놓고 옆에 있던 쿠션을 집어 우빈에게 던졌다. 덕분에 입고 있던 티셔츠에 맥주를 쏟고 말았지만.

"해나야, 저거 한 대만 때려 줘."

분노에 찬 음성으로 세린은 우빈과 가까이 앉아 있는 해나에게 말했다. 우빈의 오랜 연인 해나는 흔쾌히 손바닥으로 그의 뒤통수를 날렸다. 그러자 이번엔 다른 곳에서 픕, 하고 맥주가 뿜어져 나왔다.

진상을 따라 놀러 온 그의 여자 친구 세리였다. 우빈의 열렬한 팬인 그녀는 세린의 소개로 우빈과 몇 번이나 만났지만, 현실 속 그의 모습에 적응을 하지 못했다. 토크쇼 진행자가 두 광고를 백 번은 돌려 봤다고 했던가. 세리는 만 번쯤 본 것 같았다.

그런 우빈이 제 앞에 있다는 사실도 놀라웠지만, 그가 보여 주는 소탈한 모습은 그녀를 더욱 놀라게 만들었다. 죽마고우라는 세린과 말싸움을 할 때면 배우 최우빈은 온데간데없고 초등학생같이 유치했다. 심지어 진욱과 진상, 세린과 세리의 이름을 가지고 놀리기도 했다.

"형님들께선 쌍둥이시라지만, 너랑 세리 씬 피 한 방울 안 섞인 남인데 뭐냐."

그러곤 아주 숨넘어가게 웃었더랬다.

우리 빈느님도 '인간'이었구나. 세리는 그러한 사실을 깨달아 가는 중이었다. 브라운관과 현실 속 연예인의 괴리감을 뼈저리게 느끼며.

흘린 맥주를 닦은 세리는 갑자기 진상이 보고 싶어져 그가 있는 부엌으로 향했다.

한편, 아프다고 징징거리는 우빈을 가볍게 무시한 해나는 유유히 맥주를 마시며 TV를 시청했다. 세린에게 간수 못 해서 미안하다는 심심한 사과의 말도 잊지 않은 채.

"이건 사생활 침해야."

진욱의 품에 파고들며 세린이 우울하게 중얼거렸다. 만천하가 알게 됐어. 심지어 이름까지 언급했다고. 그녀는 당장 내일부터 주변 사람들이 던질 피곤할 질문들을 떠올렸다.

"웬만한 사람들은 다 알고 있는 사실이었어. 네가 광고 콘티 짤 때 좀 관여했냐. 친구, 유난 부리지 말고 짠이나 하게."

우빈이 방긋 웃으며 맥주잔을 들어 보였다.

아오, 저 얄미운 자식을 그냥. 세린은 주먹을 쥐는 시늉을 했다.

"남편이 혼내 줘."

진욱을 올려다보며 세린이 아랫입술을 쭉 내밀자 그는 낮게 웃으며 그녀의 입술에 짧게 입을 맞췄다. 그리고 그녀의 기분에 맞춰 주기 위해 짐짓 엄하게 입을 열었다.

"연예 뉴스 말고 9시 뉴스에 이름 올라가게 해 줄까? 한번
탈탈 털어 봐?"

그 말에 세린의 입술이 말랑하게 풀어졌다.

"아, 형님. 무슨 또 그런 무서운 말씀을."

"야, 너 긴장하고 있어. 내 부인 건드리면 바로 9시 뉴스
가는 거야."

다시 진욱의 품에 안긴 세린은 이런 깜짝 선물을 준 친구
에게 어떻게 보답을 해야 될지 곰곰이 생각하기 시작했다.
그 덕분에 우빈이 진욱에게 보내는 음흉한 눈짓을 놓치고 말
았다. 진욱이 답하듯 엄지를 들어 보이는 것도.

'박세린은 형님뿐이라고 소문내고 왔습죠. 저 잘했습니까,
형님?'

'굿이다, 인마.'

"자자자. 주진상표 라면이 왔습니다요."

그때, 진상이 커다란 냄비를 들고 거실로 나오고 세리가
국자와 그릇, 숟가락을 들고 뒤를 따랐다. 탁자에 냄비를 내
려놓자 우빈이 엉덩이를 끌며 냉큼 다가와 앉았다.

어정쩡한 자세로 진상과 우빈 사이에 앉게 된 세리가 민망
한 호흡을 고르고 있는 동안, 세린과 진상이 입씨름을 벌였다.

"형수님, 얼른 내려와."

"에이, 얼굴 부어서 참을래요. 여기서 얼굴 붓는 거, 저뿐이잖아요!"

"부어도 이뻐, 이뻐. 내일 쉬는 날인데 어때."

"에헤이. 쉬는 날이긴 해도…… 안 돼, 안 돼."

풍겨 오는 라면 냄새에 정신이 혼미했지만 세린은 의지를 다잡았다. 지금 먹으면 내일 나만 달덩이 된다고! 항상 같이 라면을 먹어도 그녀만 부었다. 슬프게도.

"에헤이, 형수님. 이거 봐 봐. 파 송송 계란 탁. 거기다 치즈까지 올렸는데?"

아…… 치킨 다음으로 아찔한 그 이름, 라면이여. 세린은 모래성이 허물어지듯 무너져 가는 의지를 느꼈다.

"지금 안 먹으면 잠들기 전에 눈앞에서 막 떠다닌다?"

"아, 항복! 저도 젓가락 주세요!"

인간의 욕심은 끝이 없고, 같은 실수를 반복한다 했던가. 내일 굶지, 뭐! 결심한 듯 소파에서 내려가는 세린을 진욱이 뒤에서 꽉 한 번 끌어안고 놔주었다.

세린과 진욱까지 함께 탁자에 둘러앉자 해나가 라면을 그릇에 덜어 나눠 주고 우빈은 빈 잔마다 맥주를 채웠다.

"자, 짠 합시다."

냄비 위에 맥주잔 여섯 개가 모였다.

"선창은 용기를 내 라면을 먹겠다고 결심하신 박세린 씨께서 하시겠습니다."

진상의 말에 다들 웃으며 세린 쪽으로 고개를 돌렸다. 그에 세린은 큼큼 하고 목을 가다듬은 뒤 자신을 바라보는 사람들을 한 번씩 쭉 둘러봤다. 이들과 함께해서 참 즐거운 밤이라고 생각하며.

저녁을 같이 먹자며 반찬거리를 사 들고 찾아온 진상과 세리, 양손에 맥주를 가득 들고 '네 얘기 나오는 내 토크쇼니까 같이 보자' 며 기습에 가까운 방문을 한 우빈과 해나.

진욱과 단둘이 있어도 멋진 밤이었겠지만 다 같이 저녁을 만들어 먹고, 맥주를 마시고, 어정쩡한 TV 광고 시간엔 음악을 틀어 사랑하는 사람과 춤을 추는 이 밤은 참 아름다웠다.

"우리 해나, 우빈이, 예비 동서, 도련님. 그리고 내 남편, 주진욱 씨. 사랑합니다!"

side story 1

말하는
대로

"조 여사님, 우리 들어가도 돼?"

누가 얼음땡을 외친 것처럼, 멍하니 굳었던 엄마의 표정이 그제야 풀렸다. 아직 얼떨떨한 기운이 가득했지만.

"어어, 들어와."

세린의 모친은 두 사람이 들어올 수 있게 한쪽으로 비켜서면서도, 한곳에 고정된 시선을 풀지 못했다.

"들어와요."

당신께서 뚫어져라 쳐다보는 사람이 저녁이면 브라운관에 등장하는 그 얼굴이 맞는지 긴가민가한 표정이었다.

'어머, 그 앵커?'

정중히 인사를 하고 안으로 들어서는 남자의 뒤로 세린의
모친은 소리 없는 아우성을 던졌다. 그녀의 표정은 확신에서
우러나오는 놀라움에 더 가까웠다.

'그래요, 그 앵커 맞습니다.'

세린은 소리 없이 고개를 끄덕이며 긍정했다.

언젠가 이 남자를 사위로 데리고 오겠다 말했을 때, 숨넘
어가게 웃던 엄마의 모습이 떠올랐다. 역시 사람은 말하는
대로 된다더니.

점점 눈이 커져 가던 세린의 모친은 홀린 듯 진욱의 뒤를
따라 걸어갔다. 그제야 눈에 들어오는 엄마의 옷차림에 세린
은 큭큭 웃음을 지었다. 웬 웅 드레스?

"하여간, 귀여워. 울 엄마."

요즘 연하 남자 친구를 만난다고 하더니 부쩍 귀여워졌다.

소파 앞에 어정쩡하게 서 있는 진욱과 그를 관찰하듯 바라
보고 선 엄마의 모습이란. SBC 뉴스에서 보던 그가 맞나 확
인이라도 하려는 듯한 진득한 시선이 그를 따라붙고 있었다.

땀이 삐질 흐르는 그래픽 효과가 붙어도 전혀 어색하지 않
을 법한 진욱의 표정에 세린은 웃음을 참기가 힘들었다. 표
정은 담담했지만, 멀리서도 빨개진 진욱의 귀는 한눈에 들어
올 정도였다. 긴장과 당황의 연속일 것이 분명했다.

"편히 앉아 있어요."

옆에 앉아서 지원군이 되어 줄까 하다, 세린은 발걸음을 옮겨 주방으로 향했다. 차도 내올 겸, 주진욱도 놀려 줄 겸. '편히'에 강세를 두어 말하는 것도 잊지 않았고, 뒤에 '엄마랑 얘기도 좀 하고'라며 말을 덧붙이는 것 또한 빼놓지 않았다.

"혹시 그, 뉴스에……."

"네, 맞습니다. SBC 앵커로 일하고 있습니다."

세린은 주방에서 커피를 내리면서도 '주진욱입니다' 하는 그의 목소리가 어딘지 조금 경직되어 있다는 것과 '어머, 어머. 맞네, 맞아' 하고 호들갑을 떠는 엄마가 평소보다 유난스럽다는 것을 느낄 수 있었다.

그가 사 온 과일과 방금 내린 커피 세 잔을 챙겨 거실로 나가던 세린은 갑자기 온몸으로 느껴지는 묘한 분위기에 걸음을 멈췄다. 우리 집인데 우리 집이 아닌 듯한 이 느낌은 무어란 말인가.

주방으로 들어가기 전만 해도 아무렇지 않았는데, 그녀는 갑자기 이 공간이 세상에서 제일 불편하게 느껴졌다.

"그래서, 우리 집엔 어쩐 일로?"

조심스러움이 묻어나는 엄마의 물음에 조용했던 집 안이 더욱 적막해졌다. 탁자 위에 쟁반을 내려놓는 소리가 어찌나 크던지, 세린은 괜히 두 사람의 눈치를 봤다.

아마 모두 다 직감했으리라, 서로가 하고 싶은 말과 해야
할 말이 무엇인지를. 혼기가 꽉 들어찬 딸이 잘 차려입은 남
자를 집에 데려왔다는 건, '엄마, 나 오늘 학교에서 처음으로
친구 사귀었어' 하는 것과는 다른 문제일 테니 말이다.

이런 상황에 모든 남자들의 머릿속에 공통적으로 든 생각
도 하나일 것이었다. 집에 오겠다고 할 때부터 세린은 이 남
자가 어떻게 말을 꺼낼지 궁금했다.

사귀는 사이다? 선후배로 만나 좋은 사이로 발전했다? 결
혼을 전제로 만나고 싶습니다? 뭐라고 할까, 이 남자.

"인사가 늦어 죄송합니다, 어머님."

돌연 소파에서 엉덩이를 뗀 그가 택한 건 직구였다. 진욱
은 털썩 무릎을 꿇었다.

"처음 보는 제가 당황스러우시겠지만. 어머님, 저 어머님
아들 하고 싶어서 왔습니다."

뭐라는 거야, 이 남자가. 하마터면 세린은 과도를 놓칠 뻔
했다. 하지만 비장하고 진지한 그의 얼굴을 보고는 아무 말도
하지 못했다.

힐끔 보니 엄마도 마찬가지였다. 찰나였지만 '얘가 누굴 데
려온 거야' 하는 눈빛도 스쳐 지나간 것 같았다.

그러게, 엄마. 내가 나가서 엄마 아들을 주워 왔나 봐.

"뉴스 하며 벌어 놓은 것도 좀 있고, 이곳저곳에서 저를 부

르는 것을 보니 능력도 괜찮은 것 같습니다. 세린이만큼 애교는 없어도 아침마다 문안 인사는 드릴 만큼 예절 정신은 투철합니다. 해병대 수색대 출신이라 체력도 꽤 쓸 만하고요. 모조사에서 사윗감 순위에 뽑히기도 했습니다."

처음 보는 그의 모습에 세린조차도 당황하고 말았다.

"저 꽤 쓸 만한데. 어머님 아들 하면 안 되겠습니까?"

두 여자의 입을 다물게 한 건 흔들림 없는 그의 눈빛과 확고하고 다부진 목소리였다.

"대신 눈에 넣어도 안 아픈 따님, 저한테 주시면 안 되겠습니까? 제가 세린이를 많이 사랑합니다. 이제 어디 혼자 못 내보내겠습니다. 명색이 뉴스 진행하는 사람인데 말주변이 없어 이 말씀밖에 드리지 못해 죄송합니다. 그래도 어머님."

진욱은 세린을 바라보다 다시 그녀의 모친과 눈을 마주했다.

"예쁜 따님, 저한테 주시면 안 되겠습니까?"

그가 말을 마치자, 다시 거실은 적막감으로 휩싸였다. 시계 초침 소리가 크게 울릴 만큼 숨소리 하나조차도 조심스러워지는 순간이었다.

하여간, 이 남자의 매력이란. 가슴이 뭉클하면서도 눈물이 고이는 와중에 세린은 엄마의 입에서 어떤 대답이 흘러나올까 조마조마했다.

진욱은 여전히 무릎을 꿇고 세린의 모친을 올려다보고 있었고, 그녀도 아무 말 없이 그를 빤히 바라보고 있었다. 둘 사이에 왠지 모를 스파크가 느껴져 세린은 아무 소리도 내지 못하고 동아줄처럼 과도만 꼭 움켜쥐었다.

그때 세린의 모친이 자세를 풀고 탁자 위의 커피 잔 하나를 집어 들어 입 앞으로 가져갔다. 그 시간은 느릿하게 흘러갔다. 조용하고 우아한 몸짓으로 커피를 한 모금 머금은 그녀가 드디어 입을 열었다.

"콜."

콜이래. 세린은 잘못 들은 게 아닐까 생각했지만, 장난기 많고 소녀 같은 엄마의 성격이라면 충분히 나올 수 있는 대답이었다.

그제야 세린의 입에서 웃음이 튀어나오기 시작했다. 울 엄마, 정말 귀여워. 그러나 심각한 표정으로 무릎을 꿇고 있는 진욱은 아직도 상황 파악이 안 된 듯한 눈치였다.

거기다 세린이 웃기까지 하니, 진욱이 더욱 갈피를 못 잡는 듯했다. 설명을 부탁하는 그의 눈빛에 이대로 더 둘까도 싶었는데, 옆에서 흘러나온 목소리에 단번에 상황이 정리되었다.

"콜이라고, 주 서방."

활짝 웃는 세린의 모친 얼굴에 그제야 안도하며 진욱은 스르르 미소 지었다. 자기가 '주 서방'이라고 불린 건 제대로 들었을는지.

　세상에서 제일 사랑하는 두 사람이 나란히 앉아 있는 모습이 생각보다 더 유쾌하고 사랑스러워 세린은 웃음이 멈추질 않았다.

side story 2

낙원

"장모님이랑 어머니, 아버지한테 전화했어. 비행기 표도 확인시켜 드렸고."

진욱이 세린의 허리를 끌어안으며 속삭였다. 귤을 까먹던 그녀에게서 상큼한 향기가 피어올랐다.

"도련님이랑 동서한테도 얘기했죠?"

"응, 했어. 진상이가 일 마치는 대로 바로 온대. 늦어도 크리스마스 당일까지는 도착한다고 했어."

"아유, 우리 남편 잘했네."

세린은 몸을 돌려 진욱의 입에 남은 귤을 넣어 주고 그 품에 파고들었다. 어린아이 다루듯 엉덩이를 토닥거리자, 진욱이 키득거리며 그녀의 어깨에 얼굴을 파묻었다.

"우빈이네도 우리랑 같은 비행기라던데?"

진욱의 말에 세린이 중얼중얼 입을 열었다. 가족이야, 아주.

때마다 여행을 다니는 양측 부모님과, 결혼 후 일 때문에 미국에 가 있는 진상과 세리, 그리고 한국에 있는 두 사람은 명절이면 각자 있는 곳을 기준으로 가운데 지점에서 모여 시간을 보냈다.

일과 여행 등으로 뿔뿔이 흩어져 있는 가족들이 꼭 한국에서만 함께 시간을 보내야 한다는 법은 없었으니까.

유럽이나 미주 쪽에 있을 땐 보통 서부나 남부 유럽에서 만났지만, 이번 크리스마스는 하와이에서 모이기로 결정되었다. 단어 그대로 따뜻한 크리스마스를 보내기에 안성맞춤인 곳에서.

그리고 이 가족 모임에는 매년 우빈네 커플도 참석하고 있었다.

세린의 브랜드 뮤즈로 한창 전성기를 달리던 때, 해나와의 스캔들이 터진 그는 주변의 만류에도 아주 흔쾌히 열애를 인정했다. 오히려 해나가 귀찮아했지, 우빈은 이제 당당하게 커플 여행을 다닐 수 있게 됐다고 좋아했더랬다.

화목한 가정이 있는 녀석이 왜 남의 가족 모임에 끼려는지 모르겠다는 세린이었지만 말로만 그랬지 싫은 내색을 보인 적은 단 한 번도 없었다.

오히려 우빈이네 부모님 비행기 표도 구해 드려야 하는 거 아니냐고 덧붙이기까지 했다. 진욱은 그런 세린이 사랑스러웠다.

"우빈이네 부모님 이미 여행 가셨대."

진욱의 품에서 세린은 흐음, 하고 숨을 내쉬었다. 그녀 나름대로의 알겠다는 신호였다.

"공항 좀 시끄럽게 만들어 주겠어."

몇 년 전, 토크쇼에서 세린의 프러포즈를 모티프로 하여 광고가 제작되었다고 밝히는 바람에 세간의 주목에 시달렸던 그녀는, 언젠가 우빈에게 이것을 되갚아 주리라며 칼을 갈고 있었다.

잘 아는 편집장에게 우빈의 공항 출현 소식을 슬쩍 흘려 봐야겠다는 계획을 짜는 중이었다. 기자들이 몰린 곳을 매번 귀신같이 잘 피해 가는 우빈이지만 이번에는 꼭 카메라 세례에 진이 빠지도록 만들어 주겠다고 결심했다.

제 품 안에서 의지를 되새기는 세린이 귀여워 진욱은 그녀를 꼭 껴안았다. 마음이 약해 제대로 하지도 못할 거면서, 귀엽기는.

그런데 어쩐지 품 안에 들어온 그녀가 부쩍 살이 빠진 느낌이 들었다. 요즘 통 입맛이 없어 보이더라니.

"여보, 약 한 첩 지어야겠다. 살이 더 빠졌네."

"그런가? 요즘 소화가 좀 안 돼 가지고."

세린은 그의 어깨에 머리를 기대며, 다음 달 출국으로 바빠서 그렇겠거니 했다. 패션 위크 준비 기간이나 한창 바쁠 때는 스트레스 때문에 소화도 잘 안 되고 그러니까. 이번에도 같은 맥락이라고 생각했다.

오늘부터 휴가니 잘 먹고 잘 쉬면 살은 금방 오르기 마련이다. 안 그래도 집에 오자마자 귤 열댓 개를 한 번에 까먹질 않았던가. 배고프진 않았는데 몸이 피곤해서 새콤달콤한 게 당겼다.

방금까지 집어 먹던 귤을 떠올리니 그새 입안에 침이 고였다. 냉장고에서 더 꺼내 먹어야겠다고 생각하던 세린은 그러고 보니 아직 남편 저녁도 안 챙겨 주었다는 사실을 깨달았다.

"저녁 뭐 먹을래요?"

"비빔국수 어때?"

진정 탁월한 선택이라 생각하며 진욱에게 가볍게 입을 맞춘 세린은 그의 품에서 빠져나와 주방으로 향했다.

"국수에 넣으면 맛있을 김치 있는데 잘됐다! 잠깐만 기다려요."

그녀가 김치냉장고 문을 열자, 진욱이 뒤따라와 김치 통을 꺼내 식탁에 올려 주었다. 고마워요. 그러자 진욱이 그녀의 볼에 키스했다.

"저녁 잘 부탁해, 여보."

웃으며 흘긋 그를 쳐다본 세린은 가위와 그릇을 들고 와 김치 통을 열었다. 그때, 순식간에 속에서 토기가 치밀어 올랐다. 그녀는 미간을 찡그리며 입술을 앙다물었다.

김치가 상했나? 고개를 숙여 김치 통으로 더 가까이 코를 가져간 세린은 쿵쿵 냄새를 맡았다. 그러자 이번에는 아까보다 더 심한 구역질이 올라왔다.

"읍."

손을 들어 급하게 코와 입을 가리고 뒤로 물러난 세린의 눈에 어리둥절한 진욱의 얼굴이 보였다. 손을 떼려던 세린은 속에서 끊임없이 치솟는 토기에 급하게 화장실로 달려갔다.

문을 닫을 새도 없이 변기를 부여잡은 그녀는 아까 먹은 귤을 모두 토해 내고 말았다.

곧바로 욕실로 뒤따라와 등을 두드려 주던 진욱이 변기 뚜껑을 닫고 물을 내리는 세린을 부축하며 걱정스레 말했다.

"병원 가자."

몇 번의 토악질로 얼굴이 벌게지고 눈물이 그렁그렁 맺힌 그녀에게 물컵을 건네는 그의 손길엔 애정과 걱정이 묻어 있었다.

그는 당장이라도 그녀가 일을 쉬었으면 했다. 세린이 일을 좋아한다는 걸 알기에 억지로 그만두게 할 수는 없었지만.

"아니에요, 김치가 좀 상했나 봐."

세린은 스스로 말하고도 이상하다고 생각했다. 김치가 상할 리가 있나? 담근 지 얼마나 됐다고. 만약 상한 것이라면 진욱도 인상을 찡그렸어야 했는데 그는 그러지 않았다. 무슨 일이냐는 듯 어리둥절하게 바라볼 뿐.

어? 설마. 소화도 안 되고. 요즘 귤 같은 새콤한 과일이 계속 당겼어……. 에이, 아냐. 아닌데…… 오늘 며칠이지? 생리할 때가 아직 안 됐나?

"남편, 오늘 며칠이지?"

"22일."

세린의 머릿속으로 지난달, 스트레스를 받으면 생리가 늦어진다고 걱정을 하던 해나의 말이 떠올랐다. 그리고 그 옆에서 맞장구치던 자신도.

그럼 지금 두 달 넘게……. 아니, 그래도 이이는 콘돔을 쓰는데. 아, 그날. 아…… 그날.

세린이 먼저 진욱의 위에 올라타 도발했던 날이 있었다. 둘 다 아주 뜨겁게 만족했던 밤.

"어머."

뒤죽박죽인 머릿속이 점점 명확해졌다. 하지만 아직 섣부른 판단은 이르다. 진욱에게 의심 가는 점을 말해 주고 싶었지만 아닐 수도 있으니 세린은 이따 몰래 약국에 다녀와야겠다고 생각했다.

만약, 임신이라면…….

세린은 아랫배에 손을 가지고 갔다. 그리고 옆에서 어깨를 감싸 주며 자신보다 더 자신을 아껴 주는 진욱을 바라봤다. 아직 일이 더 하고 싶어서, 콘돔을 쓰자고 했었다. 자신의 의견을 존중해 주는 그가 고마우면서도 참 미안했다.

병원에 가서 검사를 받자고, 아니면 수액이라도 맞자는 그를 진정시켜 화장실 밖으로 내보내고 그녀는 칫솔을 입에 물었다. 만약 임신이라면, 이 사람 정말 좋아할 텐데. 정말 좋은 아빠가 될 텐데.

거울에 비친 아랫배를 쓰다듬으며 세린도 인정하고 말았다. 아, 여기에 우리 아이가 있었으면 좋겠다. 그러자 거짓말처럼 설레기 시작했다.

입을 헹구고 밖으로 나가자 진욱이 어느새 방에서 두툼한 외투를 가지고 나와 기다리고 있었다. 세린은 외투를 걸쳐 주려는 그를 보며 다가가 품에 폭 안겼다.

"나 괜찮아요."

혹시나, 가능성이 있었다. 그 가능성에 가슴이 떨렸다.

"약국에라도 다녀오자."

"하하. 안 돼."

약국은 나 혼자 다녀올 거야, 남편. 세린은 뒷말을 삼켰다. 아까부터 고개를 들던 가능성이 점점 확신으로 기울었다. 이왕이면 좋은 쪽으로 생각하는 게 좋지. 빨리 확인해 보고 싶다. 아, 어떡해.

"박세린. 오늘 아주 작정하고 남편 피를 말리는구만."

진욱의 깊은 한숨 소리가 귓가에 울렸다. 본의 아니게 그를 걱정시켜 미안했지만 세린은 혹시나 하는 가능성에 기대를 걸고 있었다. 그를 놀라게 해 주고 싶었다.

미안해, 남편. 지금 할 수 있는 말은 이게 전부야.

"사랑해, 여보."

side story 3

짝사랑

'또 있네.'

벌써 세 번째였다. 그는 또다시 경영관 옥상의 오두막에서 세상모르게 잠들어 있는 여자를 목격했다.

제대 후 배낭여행을 가기 전 가끔씩 학교를 찾던 진욱은 아지트에서 주로 시간을 보냈다. 제1경영관 옥상, 그곳이 바로 그의 아지트였다.

경영대 건물은 아무리 지어도 모자라지 않는지, 벌써 세 번째 경영관을 짓는 바람에 찬밥 신세가 된 구건물은 몇 가지 전공 수업과 교수들의 연구실 외에는 잘 사용되지 않았다.

건물 옥상에 자리한 벤치와 널찍한 정자 몇 개가 학생들에게 쉼터를 제공했는데, 새로운 건물에 프랜차이즈 카페가 들어오면서 사람들의 발길이 뜸해졌다.

입대 전, 답답한 속을 달래기 위해 우연찮게 발견한 그곳은 진욱에게 아주 쓸 만한 쉼터가 되어 주었다. 이용하는 사람이 없어 자신만 찾는다고 생각했다. 이 여자를 발견하기 전까지는.

배낭을 베개 삼아 대자로 누워 있는 익숙한 모습을 보니 반갑기까지 했다. 설마 오늘도 있을까, 반신반의하던 그의 입술에 가느다란 실소가 흩어졌다.

진욱은 조용히 다른 오두막으로 발길을 옮기며 손목시계를 보았다. 곧 있으면 여자의 베개로 사용되고 있는 가방 안에서 우렁찬 알람 소리가 울려 퍼질 것이다.

잠시 후, 그의 예상처럼 '빠바바밤—'하는 알람이 울리기 시작했다. 옥상에 가득 퍼지는 '운명 교향곡'에 여자는 부스스 눈을 떴다. 변함없는 저 알람 소리에 저도 모르게 터지는 웃음을 참느라 그는 괜히 먼 산을 보며 시선을 돌렸다.

탁탁, 바닥에 발을 구르고 가방을 움켜쥔 여자가 크게 하품을 했다. 이젠 잠이 묻은 눈으로 손목시계를 보는 여자의 입에서 안타까운 신음 소리가 나올 타이밍이었다.

"흐익."

급하게 달려가는 발소리에 그는 힐끔 뒤를 돌아보았다. 지각인 듯했다. 벌써 3주째인데, 위험하지 않나? 세 번 지각하면 한 번 결석한 것으로 처리하는데. 알람을 좀 일찍 맞추지.

하품을 하던 통통한 볼과 앳된 외모는 언뜻 봐도 막 스무 살이 된 것 같았다.

그는 바지 주머니에 손을 넣으며 난간으로 다가갔다. 배를 기대고 쑥 몸을 내미니, 막 건물을 빠져나가는 여자가 보였다.

경영관이 있는 오른쪽이 아니라, 왼쪽으로 뛰어간다. 경영대와 가까운 지하철역이 있는 곳이었다. 강의실에 가는 게 아니었나?

뭐가 그리도 급한지 여자는 턱 끝까지 숨이 찼을 텐데도 뜀박질을 멈추지 않았다. 지하철역 계단으로 뛰어 내려가 시야에서 사라질 때까지 진욱의 진득한 시선이 따라붙었다는 것을, 여자는 모를 것이다.

뭐하냐, 주진욱. 알지도 못하는 여자애의 목적지가 왜 궁금해. 그는 스스로의 모습에 흠칫 놀라며 고개를 들었다. 그러나 그 순간, 사라졌던 동그란 머리가 다시금 지상으로 모습을 드러냈다.

내려갈 때와 달리 짐이 가득한 수레를 끵끵거리며 들고 올라오는 여자의 모습에 그는 시선을 다시 고정했다.

수레를 내려놓은 여자는 또다시 계단을 내려갔다. 그리고 이내 백발이 성성한 노부인의 손을 잡고 나타났다. 멀어서 뭐라고 하는지는 들리지 않았지만, 두 사람 모두 밝은 표정이란 건 알 수 있었다. 노부인이 손수레를 끌고 가며 몇 번이고 뒤를 돌아 인사하자, 여자도 허리를 굽히고 고개를 끄덕이며 답했다.

곧이어 손목시계를 쳐다본 여자의 표정은 높은 곳에서도 한눈에 알아볼 정도로 급박하게 변했다. 아마 아까처럼 탄식을 내질렀을지도 모르겠다.

여자는 다시 역 아래로 급히 사라졌다. 진욱은 여자가 바쁜 와중에도 노부인의 짐을 들어다 주었다는 것을 알아차렸다.

'기특하네.'

그는 알지도 못하는 그 여자가 꽤 괜찮은 사람일 거라고 생각했다. 괜히 마음 한구석이 온기로 차오를 정도로 그녀가 기특했다. 한 번 더 자고 있는 모습을 목격한다면, 알람이 울리기 전에 조금 일찍 깨워 줄 수도 있을 것 같았다.

매주 화요일 오후 3시에 낮잠을 자던 '이상한 여자'가 '기특한 후배'로 진욱의 머릿속에 기억되는 순간이었다.

그로부터 6개월 후, 배낭여행을 다녀온 진욱이 다시 그 여자를 만난 건 강의실에서였다. 문과 가까운 가장자리에 앉은 여자를 그는 바로 알아봤다. 사람을 기억하는 데 소질이 있는 것도 아니었는데 말이다.

강의 소개가 진행될수록 초조하게 시계와 문을 번갈아 보는 여자의 모습에 그의 입꼬리가 조용히 올라갔다.

'귀엽네.'

팀을 정하라는 교수의 말에 다들 분주했는데, 그녀는 당혹스런 표정으로 입술만 깨물고 있었다. 저런, 그는 저도 모르게 안타까운 목소리로 중얼거렸다.

"학생? 뭐하고 앉아 있나? 어서 일어나서 팀 찾아 돌아다니게."

"네? 아! 네!"

교수의 우렁찬 목소리에 사람들의 시선이 몰렸다. 같이 팀을 하고 싶다고 찾아온 한 학생의 학번을 적던 진욱의 고개도 다시 올라갔다. 여자는 발그레한 볼로 어색한 웃음을 지으며 갈피를 잡지 못한 채 주변을 두리번거리고 있었다.

"야, 쟤 나갈 타이밍 놓쳤나 보다."

옆에 앉아 있던 지석이 큭큭거리며 속삭였다.

예쁘장한 여자의 외모에 다들 눈치를 보며 수군거렸다. 하지만 몇 분 후 수업이 끝나면 저 어린 후배는 수강 정정을 할 것이다. 수업이 끝나면 곧장 수강 정정을 할 것 같은 여자를 팀원으로 넣는 리스크를 감수하고 싶지는 않은 듯했다.

"교수님. 괜찮다면 저희가 데려오고 싶습니다."

생각해 보면 참 이상한 일이었다. 진욱의 반듯한 목소리가 강의실을 갈랐으니 말이다. 그는 절대로 필요 없는 일에 움직이는 성격이 아니었다. 평소 진욱을 알고 지내던 사람들이 놀란 눈으로 그를 바라봤다.

마주 선 여자의 커다란 눈에 자신이 비춰지는 걸 보며 진욱은 매끄럽게 웃었다. 하품하던 얼굴만 봐서 몰랐는데 눈이 정말 크네, 후배님.

"주진욱이에요. 잘 부탁해요."

정말 이상하지? 주위에 크게 관심 없던 내가, 겨우 몇 번 봤을 뿐인 네 얼굴을 단번에 기억해 낸 것도, 처음으로 수업 중 다른 사람을 관찰하며 시간을 보낸 것도, 먼저 벌떡 일어나 나선 것도 말이야.

"박세린입니다. 잘 부탁드립니다."

시간이 지난 뒤에 생각해 보니 알겠더라고. 누가 먼저였는지.

봐 봐. 이제 알겠지? 내가 먼저였어. 나조차도 너무 늦게 깨달았지만.

내가 먼저 시작했던 거야.

—*fin*

작가 후기

걸보기와 달리 책을 좋아하고 몽상가형이라, 머릿속에는 항상 이것저것 떠오르는 이야기들이 많았습니다. 그런 생각들을 조금씩 써 놓은 파일들이 제 컴퓨터에는 한가득이었어요. 짧은 에피소드들이었죠.

그러다 어느 하나는 끝을 내보고 싶어졌습니다. 그래서 시작한 게 바로 이 글이죠. 세상에 이렇게 책으로 나올 줄이야. 이 자리(후기)를 빌려 독자님들과 출판사 관계자분들께 감사의 말씀 올리고 싶습니다.

매 회마다 독자분들이 달아 주시는 댓글에 힘입어 또 다음 글을 쓰고, 또 다음 커피 잔을 비우며 또 한 번의 밤을 샜습니다.

너무 큰 사랑을 받아서 당황스럽고, 놀랍고, 또 매우 행복했던 지난겨울이 생각납니다. 특히나 제 글을 읽고 힘을 얻었다는 쪽지를 받았을 때의 기분이 생생한데요.

이 책은 제게 귀한 재산으로 남지 않을까 싶습니다. 또한 이 글을 쓰던 날들에 함께해 주셨던 독자님들 역시 오래도록 기억에 남을 것 같습니다.

감사합니다.

—소피박 올림.